Für Gisela Schröder und Sina Berlinski

ELISABETH
SANDMANN

© Daniel Biskup

Der Fotograf Daniel Biskup schildert, unter welchen Umständen dieses Bild aufgenommen wurde, das im Frühjahr 1999 bei einer seiner Reportagen aus dem Kosovo entstand:

»Den ganzen Vormittag war ich im Flüchtlingslager Stenkovec (Mazedonien) unterwegs. Hunderte Zelte waren dort in aller Eile von französischen Soldaten an der Grenze zum Kosovo aufgebaut worden. Nur Frauen, Kinder und alte Männer lebten hier, bis zu sechzig Menschen in einem Zelt. Immer wenn die Bewohner des Flüchtlingslagers vom Berg aus einen Reisebus entdeckten, der aus dem zwei Kilometer entfernten Kosovo kam, strömten viele an die Straße, um in den vorbeifahrenden Bussen nach Verwandten und Freunden Ausschau zu halten. Unter ihnen war auch die damals 18-jährige Kumrije, die an diesem Tag mehrmals vergeblich zum Zaun des Flüchtlingslagers lief. Das Einzige, was Kumrije auf der überstürzten Flucht vor den serbischen Truppen mitnehmen konnte, war ein kleiner Rucksack mit T-Shirts, einige Fotos und ihr Lippenstift.«

HENRIETTE SCHROEDER

Ein Hauch von Lippenstift für die Würde

WEIBLICHKEIT IN ZEITEN GROSSER NOT

ELISABETH SANDMANN

INHALT

LIPPENSTIFT FÜR DIE WÜRDE

Diese schöne und gepflegte Frau wurde 1940 von Max Kirnberger im jüdischen Ghetto Rzeszów fotografiert. Die Wahrscheinlichkeit, dass sie Verfolgung und Krieg überlebt hat, ist gering.

Das tägliche Ritual: ein letztes Mal die Nase pudern, den Lippenstift nachziehen, sich schnell mit dem Kamm durch die Haare fahren, den Schal zurechtzupfen und den Blazerkragen richten – ein kurzer kontrollierender Blick in den Spiegel –, bevor man das Haus verlässt und sich den Blicken der Umwelt aussetzt. Auch ich tue es ganz selbstverständlich, ohne nachzudenken, denn Zufriedenheit mit dem eigenen Aussehen vermittelt Sicherheit und Selbstbewusstsein. Keine Frau möchte »nackt«, ohne selbstgewähltes Erscheinungsbild, auf die Straße gehen.

Seit Menschengedenken legen Frauen Wert auf ihr Äußeres. Bereits die Ägypterinnen, Etruskerinnen, Griechinnen und Römerinnen hatten einst ein ausgeprägtes Faible für Schminktöpfe und Cremetiegel. Die Freude an Samt und Seide, an Lippenrot und *Eau de Parfum*, an Perlen und Seidentüchern ist zeitlos. Frauen aus allen Kulturen und aus allen Religionen achten auf sich, um Weiblichkeit, Selbstachtung und Würde zu wahren.

Doch was machen Frauen, deren Welt bedroht oder längst untergegangen ist, die keine Gelegenheit haben, sich die Nase zu pudern, die Lippen nachzuziehen oder ihr Lieblingskleid aus dem Schrank zu holen? *Bella Figura* machen – ist dies nur Frauen in Zeiten des *dolce far niente*, des süßen Müßiggangs, vorbehalten? Oder ist im Krieg, im Gefängnis, auf der Flucht, im Lager, in einem totalitären Staat die Sehnsucht danach nicht ebenso groß? Ist es ›angebracht‹, sich in Zeiten großer Not Gedanken über das Aussehen zu machen, gilt es gar als Tabu? Gibt es in solchen Situationen nicht weitaus ›Wichtigeres‹? Menschen, die diese Frage stellen, haben, so die bosnische Journalistin Samra Lučkin, die während des Krieges in Sarajevo lebte und arbeitete, »... nie Krieg, Konflikt oder Bombardement erlebt«.

Auf sich zu achten unterstreicht immer auch den Überlebenswillen. Zarema Mukusheva, die den ersten Tschetschenienkrieg in einem Keller in Grosny überlebte, wischte sich jeden Morgen vor einer Spiegelscherbe den Ruß vom Gesicht, den ein kleiner Ofen hinterlassen hatte, kämmte sich und zog eine weiße Bluse an, die sie jeden Tag sorgfältig reinigte – denn: »Wenn du aufgibst und dich nicht mehr um deine Erscheinung kümmerst, hast du schon verloren«.

Im Winter 1995, kurz bevor das Abkommen von Dayton, das den Krieg in Bosnien und Herzegowina beendete, ratifiziert wurde, fuhr ich nach Sarajevo, um Frauen zu treffen, die den Krieg in der eingekesselten Stadt überlebt hatten. Die Frauen Sarajevos, egal welchen Alters, welcher ethnischen Herkunft und Religion, erzählten, dass sie während der Belagerung, trotz Granaten und Beschuss, alle geschminkt und sorgfältig gekleidet aus dem Haus gingen – selbst wenn sie stundenlang anstehen mussten, um ein paar Tropfen Wasser zu ergattern. In jenen Kriegsjahren veranstalteten sie Modenschauen, Konzerte, einen »*Miss Besieged Sarajevo*«-Wettbewerb (Miss und zeigten Kleider, die aus Bettbezügen genäht waren, in einer Ausstellung. Sonia Elazar, die Vorsitzende des Frauenclubs ›Bohoreta‹ der jüdischen Gemeinde, eröffnete noch zu Kriegszeiten einen Schönheits- und Friseursalon in kleinen, verwinkelten Räumen in einem Nebenhaus der Synagoge. »Es war ein wenig Balsam für die Seele der Frauen«, sagte die elegant in Schwarz gekleidete Mittsechzigerin – der Salon war für Jüdinnen, Kroatinnen, Musliminnen und Serbinnen ein Ort, an dem sie gemeinsam das Grauen ringsherum kurz vergessen konnten. Doch in der belagerten Stadt gab es kaum Schönheitsprodukte und Haarpflegemittel zu kaufen. Daher bat ich nach meiner Rückkehr nach München Freundinnen, die für Mode- und Frauenzeitschriften arbeiteten, Kosmetika und Shampoo für mich zu sammeln. Nach kürzester Zeit stapelten sich Tüten und Kisten voller Lippenstifte, Wimperntusche, Puderdosen, Cremetuben, Flaschen voller Body Lotion und Haarspülung in meiner Wohnung. Verstaut in einem Lastwagen der jüdisch-humanitären Organisation »*La Benevolencija Sarajevo*«, der Hilfsgüter in die umzingelte Stadt transportierte, erreichten die ›Preziosen‹ ihr Ziel.

Senka Kurtović, damals Journalistin bei der renommierten bosnischen Tageszeitung *Oslobođenje* (Befreiung), schilderte mir, wie sie geschminkt, mit perfekt sitzender Frisur und gebügelter Bluse zur Redaktion ging. Ihr Weg führte sie entlang der gefürchteten sogenannten *Sniper Alley* (Allee der Scharfschützen), trotzdem trug sie meist Pumps. »Ich habe Freunden immer geschrieben, schickt mir Make-up und Parfüm, kein Geld oder Lebensmittel. Schminken war Pflicht, jedes Mal so, als ob es das letzte Mal sein würde.« Über die bewundernswerte und beispiellose Haltung der Frauen Sarajevos sprach ich mit Christiane Amanpour, der internationalen Chefkorrespondentin des amerikanischen Fernsehsenders CNN, die jahrelang über den Bosnienkrieg berichtete: »Ich begriff, dass unter Beschuss, unter den mittelalterlichen Bedingungen, unter denen die Frauen leben mussten, schön sein zu wollen, nichts mit Eitelkeit zu tun hatte. Es ging ihnen darum, ihre Menschlichkeit zu bewahren.«

Beeindruckt von der Haltung der Frauen in Sarajevo, achtete ich nach meinem Besuch in der bosnischen Hauptstadt auf Geschichten von Frauen, die in den verschiedensten Extremsituationen ihre Würde und ihr Selbstwertgefühl bewahrt hatten, indem sie – jede auf ihre Art – an einem Hauch von Weiblichkeit festhielten.

Ich beschäftige mich schon sehr lange mit Zeitgeschichte und deren Auswirkungen auf die Schicksale von Menschen. Vielleicht wurde dieses Interesse während meiner Kindheit in

England geweckt, meine Eltern hatten dort viele Freunde in Emigrantenkreisen. Auf Reisen nach Ost- und Zentraleuropa, während meiner Arbeit für Menschenrechtsorganisationen und bei der Lektüre von Büchern über die Geschichte des 20. Jahrhunderts begann ich den Erinnerungen von Frauen, die Traumatisches erlebt hatten, besondere Aufmerksamkeit zu schenken. Im Laufe der Zeit kontaktierte und traf ich einige der Frauen und fing an, ihre Geschichten zu sammeln. Geschichten über Würde und Weiblichkeit, über Würde und Schönheit, über Würde und Widerstand. Libuše Brodová, Historikerin in Prag, wurde nach 1968, nach dem Einmarsch von Truppen der Warschauer-Pakt-Staaten, in den sogenannten Zeiten der »Normalisierung« gezwungen, 15 Jahre lang als Putzfrau zu arbeiten. Sie leistete auf ihre Art Widerstand: »Trotz der schweren Zeiten habe ich nie resigniert oder gar meine Weiblichkeit vernachlässigt. Ganz im Gegenteil. Ich war immer eine Modedame.«

Die Schicksale der Frauen berührten mich. Ich wollte ihnen eine Stimme geben, und ich wollte das gängige Klischee, das Tabu hinterfragen, dass Äußerlichkeiten in solchen Situationen völlig unwichtig seien. Jede Frau erzählt ihre ganz eigene Geschichte, jede eine ganz andere Geschichte und jede auf ihre besondere Art, vom »Verlangen nach Weiblichkeit« in Zeiten großer Not, während der Gräuel und Wirren des 20. Jahrhunderts sowie des angehenden 21. Jahrhunderts.

Es entstand eine Sammlung von Frauenporträts und Interviews sowie Gesprächen mit Expertinnen. Diese Fachleute aus Bereichen wie *Women's and Gender History*, amerikanischer Kulturgeschichte und Psychotherapie ergänzen die Geschichten der Frauen. In die Anthologie aufgenommen sind auch Beiträge von Autorinnen wie Ellen Presser, die sich in dem Feuilleton »Was Mutter half zu überleben – Würde ist wichtig wie Luft zum Atmen« daran erinnert, dass für ihre Mutter

»... ein Stück Seife mindestens so wichtig wie Nahrungsmittel« war. Die kurdische Dichterin Choman Hardi schreibt über Kleidung als ein Mittel, um Macht auszuüben und ein Gefühl für Würde in muslimischen Gesellschaften zu wahren: »Frauenkleidung als eine Form des Widerstands«. Bei einem Gespräch im Literaturhaus in Berlin erzählte mir die Schriftstellerin und Literaturnobelpreisträgerin Herta Müller eindringlich und sehr persönlich über Tristesse, Hässlichkeit und Lebensfeindlichkeit im kommunistischen Rumänien – Gedanken von Herta Müller über Ästhetik in der Diktatur: »In einem Staat, in dem Individualität zur Staatsfeindin erklärt wird, was soll da noch entstehen?«

Einige Jahre nach meiner Reise ins belagerte Sarajevo lebte ich drei Jahre (1999 bis 2002) im Kosovo und in Bosnien und Herzegowina, um dort für eine internationale Organisation zu arbeiten. Während meiner Zeit in Priština und Sarajevo kleidete ich mich, wie ich es in München oder Wien auch getan hätte: im Sommer Leinenhose und Ballerinas, im Winter Blazer, Flanellhosen und Stiefeletten. Mehrere Male wurde ich von den meist schick gekleideten und geschminkten kosovoalbanischen oder bosnischen Kolleginnen angesprochen: »Du bist eine der wenigen ›*Internationals*‹ (internationalen Kolleginnen), die hier normal angezogen herumlaufen. Viele von euch scheinen zu glauben, sie seien im Dschungel gelandet. Dabei freuen wir uns über jede neue Boutique, jedes neue Kosmetikgeschäft, das bei uns nach dem Krieg aufmacht.« Einige meiner internationalen Kolleginnen waren nämlich überzeugt davon, dass man politische Arbeit in einem Krisengebiet nur wetterfest gekleidet und ohne einen Hauch von Lippenstift ausüben könne. Für sie gab es sehr wohl ›Wichtigeres‹, für die Freude der Bosnierinnen und Kosovo-Albanerinnen an hübschen Kleidern und Kosmetika hatten sie wenig Verständnis.

Als ich Jahre später in Wien für die *Internationale Helsinki Föderation für Menschenrechte* arbeitete und im Büro die Tschetschenin Eliza Mousaeva traf, musste ich an jene Episode auf dem Balkan denken. Denn als die Psychologin und Menschenrechtsaktivistin ihren Freundinnen in Grosny 2004 mitteilte, dass sie nach Wien umziehen werde, wurde sie bemitleidet: »Du Arme, im Westen tragen die Frauen keinen roten Lippenstift!« Woher kam diese Einschätzung? Die einzigen Frauen aus dem Westen, die ihre tschetschenischen Freundinnen kannten, waren Mitarbeiterinnen von NGOs, die ›im Einsatz‹ immer sehr schlicht gekleidet und ungeschminkt herumliefen. Die Tschetscheninnen verstanden es aber als ein Zeichen mangelnden Respekts. Eliza: »Sie empfanden dies nach dem Motto – wenn ihr unter euresgleichen seid oder bei euch zu Hause würdet ihr ja auch nicht so herumlaufen. Wir mögen ja gerade ein Problem haben, aber deswegen sind wir auch zivilisierte, menschliche Wesen.«

Im Laufe meiner Recherchen erzählte mir eine Freundin die Geschichte von Zara Murtazalieva. Es ist die Geschichte einer jungen Tschetschenin, die im Alter von 20 Jahren, während sie in Moskau arbeitete, unschuldig in das Räderwerk der Putin'schen Justiz geriet. 2004 wurde sie zu acht Jahren und sechs Monaten Haft in einem der entlegenen Straflager der Region Mordowinien verurteilt. Die Urteilsbegründung lautete: »Vorbereitung eines terroristischen Attentats zu einem unbekannten Zeitpunkt mit unbekannten Komplizen«. In dem Straflager mussten die Häftlinge Zwangsarbeit leisten und Häftlingsuniform sowie Kopftuch tragen. Zara brachte es fertig, sich vor dem Morgenappell das Haar auf Lockenwickler aus Papier einzudrehen und sich zu schminken. Mit gewelltem Haar, aufgetragenem Eyeliner und Lippenstift in der Fabrik zu sitzen, hieß für sie, in der grauen Masse der Häftlinge ihre Individualität zu wahren: »Ich glaube, dass das Bedürfnis, sich um sein Äußeres zu kümmern, in Extremsituationen stärker, viel stärker ist als im normalen Leben. Man versucht die Welt, in der man einst gelebt hat, zu erhalten. Man will beweisen, dass man immer noch stark und die Seele nicht zerbrochen ist. Man will auch beweisen, dass sich im Leben nichts verändert hat, dass dies nur vorübergehende Probleme sind, die man überwinden kann und muss. Dies ist eine Herausforderung.«

Auch Frauen, die in nationalsozialistischen Konzentrationslagern oder im sowjetischen Gulag inhaftiert waren, berichten, dass sie einen letzten Rest an Würde, an Weiblichkeit bewahrten, indem sie den Gürtel an den Häftlingskleidern ein wenig anders banden, den Kragen zurechtrückten, das Oberteil rafften oder am Kopftuch zupften. Die Pragerin Nina Jirsíková, eine Freundin Milenas[1] zeichnete im Konzentrationslager Ravensbrück sogar satirische »Modevorschläge für den anspruchsvollen Häftling«, die sie das »Ravensbrücker Modejournal« nannte.[2]

In ihrem Buch »Paris – After The Liberation: 1944–1949« schildern die britischen Historiker Anthony Beevor und Artemis Cooper die Geschichte der Comtesse Bessie de Mauduit. Sie war, nachdem sie von ihrem Dienstmädchen denunziert worden war, in das Konzentrationslager Ravensbrück deportiert worden. Ihr Vergehen: Bessie de Mauduit hatte alliierte Flieger in ihrem Schloss in der Bretagne versteckt. Bei ihrer Rückkehr nach Paris, 1945, entstieg sie dem Flugzeug »... immer noch in der gestreiften Häftlingsuniform gekleidet, jedoch sehr elegant«.[3] Einige Tage nach ihrer Ankunft in ihrem geliebten Paris lüftete sie das Geheimnis um ihre auffallende Erscheinung in Häftlingskleidung. Eine Mitgefangene, eine ehemalige Vorarbeiterin in der Schneiderei der italienisch-französischen Modeschöpferin Elsa Schiaparelli, hatte ihre Lageruniform abgeändert.

Liana Millu, die im Mai 1944 als Widerstandskämpferin und Jüdin von den Nationalsozialisten in Venedig verhaftet und nach Auschwitz-Birkenau deportiert wurde, sagte 1998, 84-jährig, in einem Interview: »Die Frauen hielten im Allgemeinen sehr viel auf ihr Aussehen und ihre Kleidung. Sie fertigten sich zum Beispiel Gürtel an. Ich erinnere mich an eine Französin, die ihre wöchentliche Margarineration dazu benutzte, ihr Gesicht gegen Falten zu schützen. Es gab eine Umwertung der Werte: Was im normalen Leben als Gipfel der Eitelkeit angesehen wird, verwandelte sich im Lager in Widerstandskraft. Die Geste dieser Französin beinhaltet den Willen zur Selbsterhaltung und die Hoffnung auf Rückkehr.« Es war die Hoffnung auf Rückkehr in eine Welt, die meist nicht mehr existierte, und die Erinnerung an ein wenig Normalität, an das Leben vor der Katastrophe, die die Frauen bewegte. In demselben Interview erinnert sich Liana Millu daran, dass vor allem die Frauen im Lager über die kleinen Annehmlichkeiten ihres früheren Lebens sprachen. »Ich habe nie einen Mann sagen hören: ›Was für ein schönes Seidenhemd ich hatte!‹ Die Frauen unterhielten sich über solche Dinge.«[4]

Erinnerungen wie jene von Liana Millu bleiben im Gedächtnis und verstören. Lebensmittel in einem Konzentrationslager für das Aussehen zu opfern, berührt ein Tabu. Erzähle ich dieses Beispiel Freunden und Bekannten, kommt oft die Antwort: »Das ist schon sehr extrem, angebracht finde ich es nicht, in solch einer Situation Nahrung für das Aussehen zu verschwenden.«

Die Psychologin und Psychotherapeutin Dr. Elisabeth Jupiter, deren Eltern das Konzentrationslager Auschwitz überlebten, sieht darin schlicht den Wunsch der Frauen nach Normalität. In einem Gespräch mit mir sagte sie: »Im ersten Moment scheint es sicher lächerlich, sich von den kargen Lebensmitteln noch etwas zur Pflege abzuzwacken. Aber wir sind da wieder beim Thema

Normalität. Was vor dem KZ normal war, gibt nun auch hier einen gewissen Halt und schürt auch die Hoffnung, dass es wieder normal werden könnte. Kleine Gesten wie das Eincremen des Gesichts sind wie eine Metapher für das andere Leben – das Leben vorher, und, durch den Überlebenstrieb gespeist, auch das Leben nachher. Das Gefühl, sauber und gepflegt zu sein, entfernt einen vom drohenden Tod und gaukelt normale Lebendigkeit vor.«

Für die Frauen, umgeben von Tod, Folter, Hunger und Demütigungen, war es ein Akt der Rebellion gegen die Unterdrücker, schon fast eine politische Handlung, unter solchen Umständen auf ihr Aussehen zu achten. Es verlieh den Frauen psychische Stärke, um in den nationalsozialistischen Konzentrationslagern oder im Gulag zu überleben. Und selbst inmitten des Grauens spielte bei manchen Frauen auch ein ewig weibliches Bedürfnis eine Rolle – sich selbst attraktiv zu finden.

Jewgenia Ginsburg, die 18 Jahre lang in stalinistischen Gefängnissen und Lagern inhaftiert war, erinnert sich an eine Mitgefangene, die bis zum bitteren Ende schön aussehen wollte.

»Asja gehörte zu jenen Frauen, die ihre Weiblichkeit in jedem Alter und in jeder Situation bewahrten. Wie oft hatte ich es gesehen: Bei einer Kontrolle oder beim Morgenappell zieht Asja plötzlich eine Spiegelscherbe aus der Tasche, wirft einen Blick hinein, steckt das Stück Spiegel wieder weg und sieht sich mit fröhlichen Augen um. Als ob sie sagen wollte: Noch ist nicht alles Pulver verschossen! Solange eine Frau anziehend ist, ist noch nicht alles verloren. Auch in der Leichenhalle sah sie schön und jung aus …«[5]

Spiegel spielten für Frauen in Extremsituationen eine wichtige Rolle. Denn selbst in einer Gefängniszelle kann man sich vor einer Spiegelscherbe noch die Augenbrauen mit den Fingern schnell glätten. In der Untersuchungshaftanstalt Hohenschönhausen in Ost-Berlin ließ die Staatssicherheit, die Stasi, nicht einmal einen Spiegelsplitter in den Zellen zu. Wochen und Monate konnten die inhaftierten Frauen sich nicht selbst betrachten. Es war eine Form der psychischen Folter. Edda Schönherz war in Hohenschönhausen inhaftiert. Das Gefängnis ist heute eine Gedenkstätte. Dort erzählte sie mir bei einem Treffen, dass die Stasi-Vernehmer dies als psychische »Waffe« benutzten. »Beim Verhör sagten sie später auch zu uns: ›Ihre Haare sind aber lang und zottelig geworden, ihre Nägel sind sehr gewachsen.‹ So erniedrigten sie uns, wir hatten ja keine Chance, gepflegt zu erscheinen. Wir wussten ja gar nicht, wie wir aussahen. So betrieb die Stasi die Zersetzung der Seele.«

Bei der Lektüre von Swetlana Alexijewitschs Buch »Der Krieg hat kein weibliches Gesicht« wurde mir bewusst, dass sich viele sowjetische Soldatinnen trotz des Grauens und der unmenschlichen Entbehrungen nach weiblichen Freuden, vor allem nach Memorabilia aus dem Vorkriegsleben sehnten. Während des Zweiten Weltkriegs dienten über eine Million Frauen in der Roten Armee, sowohl bei kämpfenden Einheiten als auch im Sanitätsdienst: »Gebraucht wurden Soldaten … Aber wir wollten auch noch schön sein …«[6] »…Wir zogen uns zurück aus Woronesh, aber ich weiß noch, wir liefen in einen Laden, und dort kaufte ich mir ein Paar Schuhe mit hohen Absätzen. Ja, wir waren auf dem Rückzug, es war schrecklich, alles schwarz, voller Rauch (aber der Laden war offen), und ich wollte mir unbedingt diese Schuhe kaufen. Das weiß ich noch wie heute, so elegante Schuhchen ... Und Parfüm habe ich mir noch gekauft ... Es ist schwer, ganz plötzlich auf das normale Leben zu verzichten, wie es vorher war.«[7] – Vera Iossifowna Chorewa, Militärchirurgin.

Inmitten einer von Männern dominierten Welt, inmitten von Kanonendonner und Kugelhagel, umgeben von Toten und Verwundeten: Gewaschene Haare und eine gut sitzende Frisur blieben für viele Frauen *das* Symbol ihrer Weiblichkeit. Manche Soldatinnen zweigten sogar ein Teil ihrer Zuckerration ab und vermischten diese mit Wasser, sofern welches vorhanden war, um Haarfestiger herzustellen.

»... Unseren Oberst Ptizyn, den liebten wir sehr... Er hatte Verständnis für unsere weibliche Seele. Bei Moskau, schon auf dem Rückzug, in der allerschlimmsten Zeit, da sagte er zu uns: ›Mädchen, Moskau ist nicht weit. Ich hole euch einen Friseur her. Lasst euch die Augenbrauen färben, Locken eindrehen. Das ist zwar nicht erlaubt, aber ich will, dass ihr schön seid. Der Krieg ist noch lang – er ist nicht so bald zu Ende ...‹ Und er holte eine Friseurin. Wir ließen uns Locken eindrehen und färben. Und waren so glücklich ...«[8] – Sinaïda Prokofjewna Gomarewa, Telegrafistin.

Auch die 95-jährige Rahil Schor-Tschudnowskaja, Veteranin der Roten Armee, die heute in Frankfurt lebt, war in ihrer Jugend stolz auf ihre langen Haare. Mit Anfang zwanzig war sie im Sanitätsdienst der sowjetischen Armee und wurde an der Leningrader Front eingesetzt. »Mein einziger Traum und Wunsch war es, meine Haare zu waschen. Wenn wir Zeit hatten und eine Banja[9] einrichten konnten, haben wir dort gebadet und uns mit Desinfektionsmittel die Haare gewaschen.«

Die Bedeutung, die Frauen der Haarpflege und einer mehr oder minder perfekt sitzenden Frisur in Extremsituationen beimessen, ist für die Psychotherapeutin Dr. Jupiter keine Überraschung: »... denn Haare sind natürlich ein sekundäres Sexualsignal. Es geht immer darum, ein bisschen was von der früheren Normalität zu bewahren.« Selbst in dem von der deutschen Wehrmacht zwischen 1941 und 1944 belagerten Leningrad (heute: St. Petersburg) und in dem von den Russen zerbombten Grosny blieb, unter den schlimmsten Bedingungen, ein Friseursalon geöffnet. Sowohl im ersten als auch im zweiten Tschetschenienkrieg arbeiteten die Friseurinnen in ausgebombten Häusern, in Salons, deren Fensterscheiben durch die Detonation von Bomben zersplittert waren. Die Öffnungszeiten hingen ganz davon ab, ob es gerade Strom oder Wasser gab. Melissa Fleming, Sprecherin des UN-Flüchtlingshilfswerks, erzählt, dass auch in entlegenen jordanischen Flüchtlingslagern »... allerlei verborgene Schönheitssalons, die Haarstyling, Färben, kosmetische Gesichtsbehandlung und Maniküre anbieten«, existieren.

Schon ein Hauch von Lippenstift lässt Frauen sich in fast jeder Notlage besser fühlen. Denn der Lippenstift, der 2013 sein 130-jähriges Jubiläum feierte, gilt per se als Symbol für Glamour und Luxus, für mondänes Leben und weibliche Verführungskünste. So spricht Kathy Peiss, Professorin für amerikanische Geschichte an der University of Pennsylvania, auch vom »Lippenstift auftragen als *der* Geste des 20. Jahrhunderts«. Für ehrbare Damen ist der Lippenstift allerdings erst seit Beginn des 20. Jahrhunderts salonfähig. Vorher galten Frauen, die sich schminkten, vor allem wenn sie dunkelroten Lippenstift auflegten, in bürgerlichen Kreisen als anrüchig, wenn nicht gar als Prostituierte.

Doch seit den 20er-Jahren gilt der Lippenstift als kleiner Luxus, den sich jede Frau noch leisten kann. Deshalb verkauft er sich wohl auch besonders gut in Krisenzeiten. Im Zweiten Weltkrieg erhielten Lippenstifte sogar patriotische Namen: »*Victory Red*« und »*Patriot Red*« ließen die Lippen amerikanischer und englischer Damen leuchten. In ihrem Buch »Hope in a Jar – The Making of America's Beauty Culture« zitiert

Kathy Peiss eine Umfrage des *War Production Board*: Um Metall und Chemikalien der Rüstungsindustrie zugutekommen zu lassen, hatte man Frauen jeder Altersgruppe gefragt, auf welche Kosmetika sie am ehesten verzichten könnten – »…auf Faltencreme, Nagellack und vieles mehr, wenn es hilft die Achsenmächte zu schlagen«. Doch als unentbehrlich galt allen: der Lippenstift![10]

Und auch in der Sowjetunion, in der Kosmetika während des Zweiten Weltkrieges ein rares Gut waren, da auch dort die Kosmetikindustrie auf Kriegsgüter umstellen musste, waren Lippenstifte weiterhin gefragt. »Frauen haben in Kriegszeiten keine Kosmetika verwendet. Aber ich bin mir sicher, dass sie weiterhin Lippenstift gekauft haben, in einer spezifischen ›Kriegsfarbe‹: einem Rot-Orange. Die Farbe war das Ergebnis einer neuen, kriegsbedingten Mixtur der Inhaltsstoffe. Die meisten Frauen, die den Krieg erlebt hatten, verwendeten diese ›Karotte‹ für den Rest ihres Lebens. Diese Farbe war noch bis in die 70er-Jahre ein Bestseller. Unbewusst assoziierten die älteren Frauen die Farbe mit ›Leben und Sieg‹«, erzählt die russische Modehistorikerin Megan Virtanen aus St. Petersburg. »Die englischen Puritaner, die Bolschewiken und die Nazis, sie alle versuchten, vom Anwenden von Kosmetika abzuraten, ohne Erfolg … Hitlers ›ideale Frau‹ – ein äußerst schlichtes Exemplar im Regenmantel – wurde in ganz Deutschland und vielen anderen Teilen der Welt vorgestellt. Sie regte aber kaum zur Nachahmung an«, schrieb der englische Schriftsteller und Journalist George Orwell in den 40er-Jahren.[11]

Totalitäre Systeme jeglicher Couleur sahen ihre Frauen am liebsten in grauer Einheitskleidung, ungeschminkt und mit braver Frisur. Meine Mutter erzählte schon immer von den Plakaten, die während der Nazizeit an jeder Ecke hingen: »Die deutsche Frau raucht nicht, die deutsche Frau trinkt nicht, die deutsche Frau schminkt sich nicht«. Lippenstift, Nagellack und Bleistiftrock galten entweder als entartet oder als bourgeois-dekadent. Das brave BDM-Mädel[12] unterschied sich im Aussehen kaum von der linientreuen Komsomolzin[13]. Individuelles Auftreten, oder gar weltgewandtes, sollte um jeden Preis vermieden werden. »Jede autoritäre Macht ... strebt die Nivellierung aller individuellen Unterschiede an. Sie versucht, den Vorrang staatlicher und gesellschaftlicher Interessen gegenüber individuellen Interessen und Bedürfnissen zu etablieren ... Ein hohes Maß an ideologischer Gestaltung des gesellschaftlichen und individuellen Lebens garantiert dem autoritären Regime die Machterhaltung. Darüber hinaus wird das Individuum selbstverständlich auch durch repressive Maßnahmen kontrolliert«, schreibt die Soziologin Anna Schor-Tschudnowskaja in dem Essay »Das Ideal der Frau. Eine qualitative Analyse sowjetischer ›Benimmbücher‹«.[14]

In der brutalsten kommunistischen Diktatur Osteuropas, in Ceaușescus Rumänien, gab ein gepflegtes Äußeres inneren Halt in demütigenden Situationen. Niemand beschreibt dies besser als die Schriftstellerin Herta Müller, die jahrelang von der rumänischen Geheimpolizei *Securitate* bespitzelt wurde und von ihr Morddrohungen erhielt, in dem Essay »Wenn etwas in der Luft liegt, ist es meist nichts Gutes«: »Mitten in einem Verhör sagte der Geheimdienstler mit leiser Stimme zu mir: ›Wer sich sauber anzieht, kann nicht dreckig in den Himmel kommen.‹ Es war Sommer, ich hatte eine neue Bluse an, war besonders sorgfältig geschminkt, wie immer, wenn ich zur Erniedrigung befohlen wurde. Ich wollte gut aussehen. Ich kann heute nur darüber spekulieren, warum das für mich so wichtig war. Damals richtete ich mich automatisch her, stand lange am Spiegel. Vielleicht nahm ich mir einen Vorschuss an Halt, der beim Verhör so schnell weg war, wie gestohlenes

Gepäck. Aber hergerichtet beim Verhör zu erscheinen, muss ein Trumpf gewesen sein gegen den Ekel vor der Ohnmacht.«[15]

Im kommunistischen China mussten Frauen eintönige Uniformen tragen, die sie zu einer amorphen Masse degradierten. In den Zeiten der berüchtigten Kulturrevolution durfte nicht einmal eine farbige Bluse darunter hervorblitzen oder eine Blüte im Haar stecken. Selten versuchten Frauen, ein wenig Individualität zu bewahren. Denn es wurde drastisch bestraft: »Falls man Frauen beim Tragen eines verbotenen Kleidungsstückes oder Accessoires erwischte, wurden sie öffentlich gedemütigt, geschlagen, oder noch schlimmer, als ›Konterrevolutionär‹ oder als ›Volksfeind‹ abgestempelt. Das Corpus Delicti wurde konfisziert oder zerstört«, erinnert sich die chinesische Schriftstellerin Emily Wu, die während der Kulturrevolution in China aufwuchs und als Kind nicht einmal bunte Schleifen ins Haar binden durfte.

In Diktaturen hat sich bis heute nichts geändert: In Nordkorea ist nicht nur die Kleidung vorgeschrieben. Auch die Frisuren sind für Männer und Frauen penibel geregelt. Für Frauen gibt es eine Liste von 18 Haarschnitten, aus denen sie wählen können; verheirateten Frauen sind allerdings nur die Kurzhaarschnitte aus der Liste genehmigt. Weibliche Singles dürfen immerhin die Haare etwas länger und lockiger tragen. Für nordkoreanische Frauen ist es praktisch unmöglich, sich diesem Diktat nicht zu beugen. Individuellen Stil bei der Wahl ihres Haarschnitts dürfen auch Männer nicht zur Schau stellen. Für sie gibt es eine Liste von zehn erlaubten Haarschnitten. Anfang März 2013 erließ der nordkoreanische Diktator Kim Jong-un, der einen beispiellosen Personenkult um sich aufgebaut hat, ein Dekret, das allen männlichen Studenten befiehlt, den gleichen Haarschnitt wie der Diktator zu tragen.

Von Tirana bis Riga – in den trostlosen, grauen Jahren des Kommunismus, die geprägt waren von Mangel an Gütern jeglicher Art, von täglicher Tristesse, von Armut und der Allgegenwart der Geheimdienste, galt weiblicher Luxus schnell als Sinnbild einer bürgerlichen, dekadenten und von westlichem Kapitalismus angesteckten Haltung. Doch die Frauen in Zentral- und Mitteleuropa ließen sich nicht beirren. Sie schneiderten, nähten, besorgten unter der Ladentheke Stoffe, Accessoires und Schnittmuster. Auf Reisen nach Bukarest, Warschau, Krakau oder Kiew traf ich oft Frauen, die mich darum baten, ihnen Kleidung, Kosmetika oder Modezeitungen zu schicken. Sie waren meist elegant und gepflegt, trugen manchmal noch die Kleidung ihrer Mütter und Großmütter, die noch aus einer Zeit stammte, als Städte wie Warschau und Bukarest jeweils noch als »Paris des Ostens« bezeichnet wurden. Für die Frauen war es eine Selbstverständlichkeit, ein Zeichen ihres Stolzes, ein privater Akt des Widerstandes gegen Ideologie und Mangelwirtschaft und eine Hommage an Schönheit, Ästhetik und kulturelles Leben, vielleicht auch die Sehnsucht nach einer Welt, die längst untergegangen war.

Ich erinnere mich auch an eine Reise Mitte der 80er-Jahre ins damalige Leningrad (heute St. Petersburg). Einige junge Frauen hatten es geschafft, in das Intourist-Hotel[16] vorzudringen. Sie gingen von Zimmer zu Zimmer und baten um Jeans, T-Shirts und Kosmetika. Kurze Zeit darauf durchkämmte die Polizei auf der Suche nach den jungen Leuten das Hotel. Über dieses Erlebnis habe ich noch viele Jahre später nachgedacht. Ich empfand es als erschreckend, dass Menschen, die einfach nur Verlangen nach Kleidungsstücken, ein wenig Seife oder *Eau de Toilette* hatten, Dinge die für uns so selbstverständlich sind, von der Polizei gejagt wurden.

Während der Recherchen zu diesem Buch wurde ich manchmal mit Unverständnis, Erstaunen, Verwirrung und der eingangs zitierten Frage »Gibt es denn in jenen Situationen nichts Wichtigeres?« konfrontiert. Ich bin mir sicher, hätte ich erzählt, dass Frauen in Extremsituationen Gedichte von Rainer Maria Rilke zitierten, es wäre kein Mensch auf diese Frage gekommen, denn »geistige Werte« gelten in jeder Situation als wertvoll. Offenbar existiert noch immer ein tief verankertes Ressentiment gegenüber dem Wunsch von »Opfern«, sich um ihr Aussehen zu kümmern. Dies wird meist als oberflächlich und eitel sowie völlig unangebracht in widrigen Umständen abgetan. Ich bekam zu hören: »Das reduziert die Frau auf ihr Aussehen.« Dem widerspricht Pamela S. Nadell, Professorin für *Jewish Studies und Women's and Gender History* an der American University in Washington, D.C., im Interview: »Indem sie sich weiterhin um ihre Erscheinung kümmern, bewahren Frauen im Extremfall ihren Sinn für Menschlichkeit und verfechten ihre Weiblichkeit.«

Zu allen Zeiten haben Frauen in erniedrigenden, in lebensbedrohenden, in aussichtslosen Situationen versucht, auf ihr Äußeres zu achten. Immer ging es ihnen darum, ihr Selbstwertgefühl und ihre Würde, psychische Stärke und ein Gefühl für einstige Normalität zu bewahren und zu zeigen. Schon ein Tropfen Eau de Toilette, eine Kette aus Holzperlen, ein sauberes Kleidungsstück, ein Kamm, ein hastig eingestecktes Spitzentaschentuch, eine Tube Creme, ein Stück Seife, ein neuer Kragen, ein wenig Shampoo, manchmal auch nur eine Blume im Haar … können in unheilvollen Zeiten Selbstachtung verleihen und das Gefühl stärken, nicht aufgegeben zu haben. In diesen Fällen von Eitelkeit oder Selbstgefälligkeit zu sprechen, wäre vermessen. Denn, so Dr. Elisabeth Jupiter: »In diesem Zusammenhang kann nicht von Eitelkeit gesprochen werden, sondern das ›Schön-Machen‹ ist eine Metapher für den Lebenswillen.«

EMILY WU

Als ich 15 Jahre war, verkaufte ich mein schönes Haar

»… Wenn man einen Hauch von Lippenstift aufträgt, kann man vielleicht das Unrecht, das in der Welt, in der wir leben, geschieht, einen Moment lang vergessen.«

Emily Wu wurde 1958 in Peking geboren, im selben Jahr, in dem Mao Tse-tung den »Großen Sprung nach vorn« propagierte, dessen Ziel die Kollektivierung der Landwirtschaft war sowie die Umgestaltung Chinas in eine industrialisierte kommunistische Großmacht. Innerhalb von vier Jahren verhungerten an die 45 Millionen Menschen als Folge dieser Politik. Als Emily zur Welt kam, war ihr Vater bereits in einem Arbeitslager inhaftiert; sie sah ihn zum ersten Mal im Alter von drei Jahren, als sie ihn zusammen mit ihrer Mutter besuchen durfte; 15 Jahre verbrachte der Vater in Lagern und in der Verbannung.

Als kleines Mädchen, als Teenager und als junge Erwachsene kannte Emily Wu nur eine graue, triste Welt ohne bunte Haarschleifen, ohne farbige Kleidung, ohne elegant gekleidete Mütter und Tanten, nicht einmal bestickte Schuhen oder Blumen im Haar waren erlaubt. 1966 begann in China die Kulturrevolution. Während dieser Zeit galt all dies als »bürgerlich«, als »konterrevolutionär«. Der Terror der Roten Garden überschattete Wus Kindheit und Jugend, es war eine Zeit geprägt von Armut, Hunger und Demütigungen. Sie und ihre Famile wurden aus Hefei, einer großen Stadt im Osten Chinas, in weit entlegene Dörfer verbannt – zur »Umerziehung unter Bauern«. Als Mao 1976 starb, endete die letzte Phase der Kulturrevolution. Da war Emily Wu 18 Jahre alt. Fünf Jahre später konnte sie in die USA emigrieren, wo sie noch heute lebt. Ihre Memoiren »Feder im Sturm – Meine Kindheit in China« wurden in mehr als zehn Sprachen übersetzt. In China stehen sie bis heute auf dem Index.

Ihr Vater wurde als »Rechtsabweichler« verurteilt. Warum und welche Konsequenzen hatte dies für Ihre Kindheit und Jugend in China?

Als das kommunistische Regime 1949 in China die Macht übernommen hatte, studierte mein Vater Englische Literatur an der University of Chicago in Amerika. Aus Liebe zu seinem Land ging er 1951 nach China zurück und lehrte Englische Literatur in Peking. Meine Mutter war eine Studentin meines Vaters; sie heirateten 1954 und feiern 2014 ihren 60. Hochzeitstag. Ich habe einen zwei Jahre älteren Bruder, Yiding, und einen jüngeren, Yicun, der fünf Jahre jünger ist als ich. Ich wurde am 3. Juni 1958 geboren, sieben Wochen nachdem mein Vater, Ningkun Wu, in ein »landwirtschaftliches Umerziehungslager«, der chinesischen Version eines Konzentrationslagers oder eines Straflagers im Archipel Gulag, eingeliefert worden war. Er wurde nie wegen einer Straftat vor Gericht gestellt oder verurteilt. Er hatte auch keine begangen. Während der »Anti-Rechts-Kampagne« hatte ihn jemand als »Rechtsabweichler« denunziert, woraufhin man ihn in das Arbeitslager zum Zweck der »Gedankenreform« deportierte. Mit dieser politischen Kampagne – einer von vielen – sollten die Intellektuellen zum Schweigen gebracht werden. Unsere ganze Familie wurde daraufhin von der Gesellschaft gemieden, man behandelte uns wie Angehörige der niedrigsten Klasse. Ich wurde verprügelt, verspottet und von den anderen Kindern als »kleiner Rechtsabweichler« beschimpft. Ich kann mich nicht daran erinnern, je ein Kind gewesen zu sein. Ich musste sehr früh erwachsen werden.

Später durchlebten Sie die »Kulturrevolution« – Ihr Vater wurde erneut denunziert, diesmal als »Kuh-Dämon«[1], und ihre Familie kam zur »Umerziehung unter Bauern« in weit entlegenen Bauerndörfer. Von allen geächtet, lebten sie immer am Rande des Hungertods – wie erträgt ein Mädchen so viel Leid?

Ich litt an schwerster Unterernährung, in deren Folge bei mir schon früh, mit Anfang vierzig, Osteoporose diagnostiziert wurde. Gleich nach Beginn der Kulturrevolution hatten sie meine Eltern eingekerkert. Über ein Jahr lebten meine Brüder und ich in einer Art Waisenhaus. Am Ende meines Aufenthalts dort bekam ich eine mysteriöse Krankheit. Der Arzt hatte mich aufgegeben und sagte der Krankenschwester, sie solle die Familie benachrichtigen, damit sie sich auf eine Beerdigung vorbereitete. Aber es gab niemanden, der wusste, wohin man diese Benachrichtigung hätte schicken können.

Ich begann mich damit abzufinden: »Du wirst sterben. Das ist okay. Du hast alle Spielarten des Lebens erfahren – Strenge, Verbitterung, Süße. ... Genug der Leiden. Lass den Tod kommen.« Ich war erst zehn Jahre alt. Das Leben sollte eigentlich erst anfangen ...

Ich sah die Dinge so, wie sie waren, akzeptierte sie und machte das Beste daraus. Das war meine Stärke. Das Land ging ja damals im völligen Chaos unter, jede Famile um uns herum war dem Leid ausgesetzt. Alle litten unter der Armut. Für mich war das normal. Als ich zum ersten Mal, nachdem unsere Familie aus einer großen Stadt in ein abgelegenes Dorf verbannt worden war, Tierexkremente einsammeln musste, trug ich Schuhe. Die Dorfkinder lachten mich aus – ich sei verschwenderisch. In den fünf Jahren, die wir in dem Dorf leben mussten, habe ich nie wieder Schuhe getragen. Ich habe mich daran gewöhnt und fand auch gar nichts mehr daran auszusetzen.

Dennoch hatte ich Träume, wünschte mir, in die Schule zu gehen, ohne Angst vor den Schlägen der anderen Kinder zu haben. Ich träumte davon, so viel Bonbons essen zu können, wie ich wollte. Ich träumte davon, meine Verwandten in weit entfernten Großstädten zu besuchen. Ich fragte auch meine Mutter nach ihren Träumen von damals – ihre Antwort: Sie wollte nachts nur schlafen, ohne Angst davor zu haben, die Roten Garden würden das Apartment stürmen.

Wir lebten in ständiger Furcht vor den Roten Garden. Unsere Wohnung wurde mehrmals geplündert und ausgeraubt. Zu jeder Tages- und Nachtzeit konnten sie kommen, um meine Eltern und meine Großmutter, die bei uns lebte, zu öffentlichen Demütigungen abzuholen. Ich sah, wie sie geschlagen und mit »Schandmützen« auf dem Kopf vorgeführt wurden. – Ich wurde vergewaltigt.

Wie erklären Sie, dass in Maos China die Menschen sich alle uniformiert kleiden mussten – in tristen Farben ohne jegliche Ornamente?

In einem totalitären Staat müssen alle gleich aussehen, das Gleiche denken und agieren wie alle anderen. Denn ein Mensch gilt dort nicht als Individuum, sondern als ein Handlanger des Staates. Die verordnete Kleidung während der Kulturrevolution reflektierte dies. Nicht nur farbige Kleidung war verboten, ebenso Schuhe mit Absätzen, Kleider, Make-up, Schmuck, gefärbtes, lockiges oder dauergewelltes Haar. Erwischte man eine Frau beim Tragen eines verbotenen Kleidungsstückes oder Accessoires, wurde sie öffentlich gedemütigt, geschlagen oder, noch schlimmer, als »Konterrevolutionär« oder »Volksfeind« abgestempelt.

In Ihrem Buch »Feder im Sturm« schreiben Sie über eine Freundin, die stolz auf eine Bluse war, die ihre Mutter bestickt hatte, oder erzählen, wie Sie außer sich vor Freude waren über ein paar bestickte Schuhe, die eine Freundin für Sie hergestellt hatte.

Schön aussehen zu wollen liegt in der menschlichen Natur, vor allem kleine Mädchen wollen hübsch sein. Wir benutzten einfache Gummibänder, um unseren Pferdeschwanz zusammenzubinden. Ich habe an jedem Tag der Woche ein Stück Garn in einer anderen Farbe um das Gummiband gebunden.

Wir jungen Mädchen und Frauen verbrachten unendlich viele Stunden damit, zu stricken, zu nähen, zu sticken oder Dekorationen für das Haus zu basteln. Unser Leben war so elend, langweilig und farblos, dass wir alles taten, um es erträglicher zu machen.

Ich hatte eine alte, aber hübsche grün-rote Jacke mit Rosenmuster, die mir meine Tante vererbt hatte. Die Jacke war noch ein Überbleibsel aus vor-kommunistischer Zeit. Ich trug sie unter meiner Mao-Jacke. Obwohl ich sie niemand zeigen konnte, fühlte ich mich schön.

Haben Ihre weiblichen Verwandten Ihnen je von einer Zeit erzählt, in der schöne Gegenstände noch als selbstverständlich angesehen wurden?

Nein, nie. Sie hatten Angst davor, uns irgendetwas Positives über die alten Zeiten zu erzählen. Wenn man sie beim Lob der alten Zeiten erwischte, bekamen sie große Schwierigkeiten.

Während der Kulturrevolution wurden die sogenannten »Vier Alten« zerstört oder konfisziert – unter anderem Kleidung, Schuhe, Kunstgegenstände, Bilder, Statuen, Schmuck, Dessous und Bücher, weil die Roten Garden darin Überreste eines dekadenten, bourgeoisen Lebensstils sahen.

»Vier Alte« ist die Kurzform für alte Ideen, alte Kultur, alte Bräuche und alte Gewohnheiten. Die 5.000 Jahre alte chinesische Tradition, die die »Vier Alten« repräsentierten, sollte für immer eliminiert werden. Auch ausländische Ideen, Kultur, Traditionen und Bräuche wurden verboten. Die einzigen in den Schulen zugelassenen chinesischen Bücher waren die Schriften Maos und die einzigen ausländischen die Werke von Marx, Engels, Lenin und Stalin. Alle anderen Bücher wurden vernichtet, verbrannt oder auch als Toilettenpapier verwendet. Ich brachte mir das Lesen bei und verliebte mich in Literatur, indem ich Toilettenpapier stahl. Ich las alles, was mir in die Quere kam. In meiner Fantasie erfand ich Geschichten, die die fehlenden Seiten ersetzten.

Als junges Mädchen fand ich einmal im Müll eine Enzyklopädie, in der Fotos von wunderschön angezogenen Kindern abgebildet waren. Ich glaubte, dass diese Kinder aus einer Fantasiewelt, aus einer Scheinwelt stammten.

Was bedeutet es für Frauen in so entwürdigenden Lebenswelten, sich um ihr Äußeres kümmern zu können – und sei es nur eine Blume ins Haar zu stecken.

Es ist sehr, sehr wichtig für die Selbstachtung und das Selbstwertgefühl von Frauen, sich in einer solchen Situation um ihr Äußeres zu kümmern.

Ich hatte bis zu meinem neunten Lebensjahr kurze Haare. Eines Tages hörte ich, dass ein Mädchen ihr bodenlanges Haar für 100 Yuan verkauft hatte, genug, um ein Fahrrad zu kaufen. Von da an ließ ich mein Haar wachsen, denn unsere fünfköpfige Familie lebte in der Verbannung von nur 50 Yuan im Monat. Als ich 14 war, reichte mein Haar schon bis zu den Hüften. Es sah aus wie ein schwarzer Wasserfall, wenn ich es offen trug. Das durfte ich aber nicht, während der Kulturrevolution galt es ja schon als kleinbürgerlich, sich eine Blume ins Haar zu stecken. Also trug ich es zu zwei Zöpfen geflochten. Mein schönes Haar war mein Stolz und meine Freude, und oft bekam ich dafür Komplimente. Ich wusch es nur am Morgen, so konnte ich mit langem Haar durch das Dorf gehen, denn es musste schließlich trocknen. Wenn ich Kühe oder Enten auf dem Feld hütete und mich niemand sah, steckte ich mir auch Blumen ins Haar.

Während der Hungersnot, die auf Maos Politik des »Großen Sprungs nach vorn« folgte – ich war damals ja noch klein –, hatte ich einige Zeit in Tianjin bei meiner Großmutter mütterlicherseits und meinen Tanten und Onkels gelebt. Ich hing sehr an ihnen, es war das erste Zuhause, das ich kannte. Später wollte ich die Verwandten in Tianjin gern besuchen, doch wir konnten uns kein Zugticket leisten. So schickte ich ihnen wenigstens etwas von meiner Haarpracht. Ich schnitt mir eine Strähne ab, knüpfte und webte daraus eine hübsche Blume und schrieb dazu dieses Gedicht:

Teure Tante, liebt mein Haar.
Mein Haar schneidend, eine Blume schaffend.
Wenn Du die Blume erhältst
Kehre ich in einem Umschlag heim.

Als ich 15 Jahre alt wurde, verkaufte ich mein schönes Haar, um ein paar Schuhe zu kaufen, da die Schule mich nicht barfuß akzeptierte. Es war eine schwere Entscheidung, denn meine Haare waren meine einzige Quelle der Schönheit.

1976, als Mao starb, endete die letzte Phase der Kulturrevolution. Sie waren 18 Jahre alt, veränderte sich Ihr Leben?

Damals lebte ich, als »gebildete Jugendliche«, immer noch auf dem Land zur Umerziehung unter Bauern. Die politischen Verhältnisse änderten sich nur langsam, doch schließlich erreichte uns aus Peking die Nachricht, dass ein neuer politischer Kurs eingeschlagen werde. Der Hochschulzugang sollte, zumindest teilweise, durch die Prüfungsergebnisse und nicht nur durch die familiäre Herkunft ermöglicht werden. Als Tochter eines »Rechtsabweichlers« hatte ich bis dahin keine Chance auf einen Studienplatz, da bei der Vergabe das Prinzip der Sippenhaft galt. Die Zulassungsrate betrug jetzt circa ein Prozent. Ich bestand die Prüfungen und ging an die Lehrerhochschule nach Wuhu in der Provinz Anhui, um Anglistik zu studieren. Einige Studienkolleginnen und ich wurden zu »Trendsettern in Sachen Mode«. Ein vergrößertes Foto von mir mit dauergewelltem Haar hing sogar im »East Wind Photo Studio«. Zu Zeiten der Kulturrevolution wäre das undenkbar gewesen. Eine Studienkollegin, die schneidern konnte, kopierte Kleider aus den Englisch-Lehrbüchern sowie aus Zeitschriften und nähte für alle guten Freundinnen. Wenn wir dann auf dem Campus oder in der Stadt herumspazierten, blieben die Leute stehen und starrten uns völlig verwundert und fassungslos an.

Würden Sie sagen, dass sich um sein Äußeres in Extremsituationen kümmern zu können auch Schutz vor Angst ist?

Ja. Während eines Besuchs in China, 2007 in Tianjin, wurde ich von der Geheimpolizei verschleppt und stundenlang verhört, da ich über die Gräueltaten in China geschrieben hatte. Ich trug ein hübsches blaues Kleid. Ich hatte zwar Angst, meine Hände zitterten, aber ich dachte mir: Wenn das geheime Video dieses Verhörs eines Tages veröffentlicht wird, sehe ich schön aus.

Die Suche und das Verlangen nach Freiheit und Schönheit ist ein Teil der menschlichen Natur. Zu jeder Zeit, in jeder Kultur und in jeder Umgebung wollen Frauen hübsch aussehen. In Zeiten des Krieges, in einem Gefängnis, in einem Lager wird dieses Verlangen noch größer. Es wird ein Teil des

Überlebensmechanismus: Ich sehe immer noch gut aus. Das Leben ist immer noch schön. Ich muss noch einen Tag durchhalten.

Der Lippenstift gilt als »kleiner Luxus«, den Frauen auch in Krisenzeiten noch erwerben können – galt das auch im kommunistischen China?

Natürlich war der Lippenstift als Symbol der Bourgeoisie verpönt und verboten. Er wurde dämonisiert, man konnte ihn auch nirgends kaufen. Bis heute trage ich selten Lippenstift und Make-up auf. Anscheinend eine Gewohnheit, die mir aus chinesischen Zeiten geblieben ist. Manchmal rät mir eine Freundin zu dieser oder jener Kosmetika, aber nach kürzester Zeit vergesse ich, dass ich sie im Badezimmerschrank habe. Nur wenn ich auf eine schicke Party eingeladen bin oder zu einem beruflichen Interview gehe, schminke ich mich.

In schwierigen Zeiten erscheint einem alles hässlich, alles geht schief – wenn man einen Hauch von Lippenstift aufträgt, kann man vielleicht das Unrecht der Welt einen Moment lang vergessen. Noch heute denke ich mit Wehmut an die traurigen Zeiten von Chinas Kulturrevolution, in denen den Frauen selbst diese Kleinigkeit verwehrt war.

»Die Wunden des Herzens heilen nie. Die Zeit überzieht die Wunden mit einem Narbengewebe, doch unter der Narbe blutet die Wunde weiter. Hin und wieder wird die Narbe aufgerissen und das Blut tritt wieder aus. …
Ich glaube, dass ich meine Narben gut zudecke, ich denke nicht über sie nach oder sehe sie an. Das Leben geht weiter. Ich danke Gott jeden Tag, dass ich noch am Leben bin. Niemand, vor allem kein Kind, sollte so leiden, wie ich es getan habe. Dieses Mal, für dieses Buchprojekt, macht es mir nichts aus, unter die Narben zu schauen.«

Emily Wu an Henriette Schroeder

1

2

1
Schulabschluss an der Mittelschule, noch während der Kulturrevolution im Jahre 1973. Vorne links sitzt Emily.

2
Emily im Alter von fünf Jahren, 1963.

3
Emily (links) im Jahr 1975 mit ihrer besten Freundin auf dem Gymnasium. Auf den Abzeichen an den Hemden steht: Rotgardist.

4

4
Vier Generationen der Familie von Emily Wu (von links nach rechts stehend): Großtante mütterlicherseits, Mutter und Großmutter mütterlicherseits. In der Mitte sitzt die Urgroßmutter, die damals 102 Jahre alt war und noch gebundene Füße hatte. Auf ihrem Schoß Emilys älterer Bruder, links ihr Cousin, 1956.

5
Emily und ihr Vater, Wu Ningkun, der als »Rechtsabweichler« fünfzehn Jahre in Lagern und in der Verbannung verbrachte. Das Foto wurde während der Kulturrevolution 1972 aufgenommen.

6

6
Während der Großen Proletarischen Kulturrevolution, 1966–1976, wurde landesweit mit brachialer Gewalt eine Kampagne zur Zerschlagung der »Vier Alten« – alte Ideen, alte Kultur, alte Bräuche und alte Gewohnheiten – durchgesetzt. Auch die Lehren des Konfuzius wurden verdammt, wie hier auf einem Treffen von Rotgardisten in dem Bezirk Baotou, in der Inneren Mongolei.

7
Weibliche Angehörige einer Volksmilizeinheit in China 1953, vier Jahre nach der Machtübernahme durch die Kommunisten. Unter dem Motto »Jeder ein Soldat« wurden Arbeiterinnen eines Pekinger Textilkombinats rekrutiert.

SENKA KURTOVIĆ

Schminken war Pflicht, als ob es das letzte Mal sein würde

»Selbstverständlich haben sich auch meine Kolleginnen geschminkt, sogar diejenigen, die das früher nie taten, kamen während des Krieges täglich mit Make-up ins Büro.«

Die Bosnierin Senka Kurtović wurde 1968 in Sarajevo geboren, ihre Mutter war eine kroatische Katholikin, ihr Vater kam aus einer muslimischen Familie. Während der Belagerung Sarajevos arbeitete Senka Kurtović für die Tageszeitung *Oslobodenje* (Befreiung), deren Redaktionsräume vom Juli 1992 bis zum November 1995 in einem Luftschutzkeller untergebracht waren. Trotz Granateneinschlag und dem Beschuss durch Scharfschützen ging sie jeden Tag zu Fuß zur Arbeit.

Heute trägt die 46-jährige bosnische Journalistin Senka Kurtović gerne Schwarz. In jenen Frühlingstagen im März 1992 liebte sie noch Farben: Kurz vor Beginn des Bosnienkrieges war sie in Triest einkaufen. »Damals waren pastellfarbene Pullover aus weichem Angora in. Ich fuhr mit mehreren Pullis in Lila, Rosa, Gelb und Grün und mit neuen Schuhen, Jacken, Jeans nach Sarajevo zurück. Ich war also für den Krieg gut ausgestattet«, erinnert sie sich mit einer gewissen Ironie in der Stimme.

Senka Kurtović wuchs in Sarajevo auf, ging dort zur Schule und verließ die Stadt nie für längere Zeit. Der Vielvölkerstaat Jugoslawien unter dem kommunistischen Staatschef Josip Broz Tito war in Senkas Erinnerung während ihrer Kindheit und Jugend noch »auf dem Weg zum Ruhm«.

Senka stammt aus einer Familie, in der man sowohl Weihnachten als auch das höchste muslimische Fest Kurban Bajram feierte. Der tolerante Geist, der in ihrer Familie herrschte, bestimmt ihr Denken und Handeln bis heute. »Ich bin ein echtes Kind der Liebe und bin stolz darauf, das Kind aus einer ›Mischehe‹ zu sein. Diese Mischung aus verschiedenen Bräuchen, Traditionen und Religionen hat mich geprägt.«

Anfang der 90er-Jahre zerfiel das Jugoslawien, in dem Senka Kurtović aufgewachsen war. Im Juni 1991 erklärten Slowenien und Kroatien ihre Unabhängigkeit. Und als am 6. April 1992 die Europäische Union die Unabhängigkeit Bosnien-Herzegowinas anerkannte, umzingelten bosnisch-serbische Einheiten die Hauptstadt Sarajevo, unterstützt von der jugoslawischen Bundesarmee unter dem damaligen Staatschef Slobodan Milošević. 1.425 Tage blieb die Stadt eingeschlossen – die längste Belagerung einer Stadt im 20. Jahrhundert. Tag und Nacht feuerten die Serben von den umliegenden Hügeln Granaten auf die Stadt, Scharfschützen zielten auch auf Frauen und Kinder. 11.541 Menschen starben während des Krieges, Tausende wurden schwer verletzt und über 30.000 werden seither vermisst. Bosnisch-serbische Einheiten blockierten die Zugangsstraßen – Lebensmittel- und Medizinkonvois erreichten die Stadt nicht mehr. Auch der Zugang zu Wasser, Elektrizität und Heizung wurde abgeschnitten. Entlang des Flusses Miljacka, der quer durch Sarajevo fließt, führt eine Straße ins Zentrum. Man nannte sie *Sniper Alley* (Allee der Scharfschützen), da sie im Visier der Scharfschützen lag, die sich in den Hochhäusern und auf den Hügeln rund um die Stadt verschanzt hatten. An einer Hauswand sah man ein Graffiti, das die kommenden vier Jahre Krieg in Sarajevo mit nur drei Worten beschrieb: »Welcome to hell«.

»Ich sah Flüchtlinge auf den Straßen, meine Freunde begannen, die Stadt zu verlassen, wir mussten immer öfter im Keller vor Bombenangriffen Zuflucht nehmen, langsam wurde mir klar, es ist Krieg. Aber endgültig habe ich es erst verstanden, als meine Mutter starb«, erzählt Senka. An einem Abend im Oktober 1992, als Senka die Nachtwache für den Gebäudekomplex übernehmen sollte, in dem sie mit ihren Eltern wohnte, schickte ihre Mutter sie ins Bett. Sie sah, wie müde ihre Tochter war und übernahm selbst die Nachtschicht. Zehn Minuten später wurde Senkas Mutter von einer Granate getroffen. »Sie war damals erst 45 Jahre alt, sie war zu allem bereit, sie war eine Kämpferin, eine Löwin.«

Die Tageszeitung *Oslobodenje*, bei der Senka Kurtović arbeitete, war für die Menschen in der von der Außenwelt abgeschnittenen Stadt damals die einzige unabhängige Informationsquelle; je nach Papierversorgung veröffentlichte *Oslobodenje* täglich vier bis acht Seiten. »Wir haben im Keller gearbeitet, gegessen und geschlafen. Ich habe den Geist, der in jenem Keller herrschte, geliebt. Ich war so stolz auf die Redaktion. Das war einer der Gründe, warum ich jeden Tag, trotz Granaten, zur Zeitung gegangen bin.« Senka Kurtović ging täglich zu Fuß zur Arbeit, immer geschminkt, mit gut sitzender Frisur und gebügelter Bluse – ein Aufbäumen, ein Zeichen von Würde und Widerstand. Senka, ihre Freundinnen und Kolleginnen versuchten auch in widrigsten Zeiten, den Schein eines normalen Lebens aufrechtzuerhalten. Sie feierten Geburtstage, heirateten, bekamen Kinder. »Wir gingen ins Theater, in Cafés und Restaurants – oft bis zur Ausgangssperre – wir trafen uns in den Wohnungen von Freunden und Bekannten. Selbstverständlich wollten wir schön aussehen. Wir wollten uns ablenken. Wir wollten vergessen.«

»Sich schminken, sich gut kleiden, war auch Schutz gegen das Grauen. Es gab uns den Anschein von Normalität. Du stehst auf, trinkst Kaffee, wenn du welchen hast, schminkst dich – wie in den ›guten alten Zeiten‹, dann suchst du aus, was du anziehen willst. Du konntest ja nie wissen, wo du an dem Tag übernachten wirst, da es oft riskant war, nach Hause zu gehen. Oft übernachteten wir bei denen, die an jenem Abend Wasser und Strom haben würden, einfach um zu baden, um die Haare zu waschen, um zu bügeln. Während des gesamten Krieges hatte ich immer eine riesige Tasche mit Schminkzeug,

Wäsche, Strümpfen und T-Shirts dabei, denn morgen ist auch ein Tag und man muss wieder schön und hergerichtet sein. Und Schminken war Pflicht, jedes Mal so, als ob es das letzte Mal sein würde. Selbstverständlich haben sich auch meine Kolleginnen geschminkt, sogar diejenigen, die das früher nie taten, kamen während des Krieges täglich mit Make-up ins Büro.«

Schwarzer Humor half die Situation zu ertragen. Die Vorstellung, nicht epiliert oder mit angegrauter Wäsche verwundet ins Krankenhaus eingeliefert zu werden, sei unerträglich, scherzten Senka und ihre Freundinnen. Aus dem Wachs abgebrannter Kerzen stellten sie Enthaarungspräparate her und ein paar Tropfen aus sorgfältig aufbewahrten Parfumflaschen vermischten sie mit Tee, schüttelten das Ganze ein paar Minuten, um ein »neues« Parfum zu kreieren. Senka, die ihre Haare blond färbte, erfand sogar dafür ein Rezept: »Ich stückelte geruchs- und farblose Seife ganz fein und vermischte sie mit Wasserstoff, den ich in einem Krankenhaus besorgt hatte. Aus dieser Mischung ergibt sich eine hervorragende Haarfarbe.«

Schminkutensilien und Make-up-Zubehör gab es in einigen wenigen Geschäften, die während der Belagerung der Stadt noch offen hatten. Auch auf dem Schwarzmarkt konnte man, vor allem gegen Zigaretten, Kosmetika und Kleidungsstücke erstehen. »Irgendwo auf einem improvisierten Tischchen, mitten im Krieg, kaufte ich rote Samtballerinas. Ich glaube, ich tauschte sie gegen eine Schachtel Zigaretten. ... Ich kann mich noch erinnern, wie eines Tages in einem Kiosk, Gott weiß woher, rote Lippenstifte von Yves Saint Laurent auftauchten. Sie waren nicht billig. Trotzdem rasten wir los, um sie zu kaufen. Wir sahen lächerlich aus – alle mit der gleichen Lippenstiftfarbe, am helllichten Tag mitten im Krieg«, erinnert sich Senka Kurtović, die heute nur farblosen Lipgloss aufträgt.

Während der vier langen Jahre des Krieges wurden in Sarajevo Zeitungen und Bücher veröffentlicht, Konzerte, Ausstellungen, Theateraufführungen und Modeschauen organisiert. Gordana Magaš, einstige Primaballerina am Nationaltheater, arrangierte über 300 Konzerte in der Trümmerlandschaft der Stadt. 1993 veranstaltete sie den »*Miss Besieged Sarajevo*«-Wettbewerb, um der Welt zu zeigen, dass der Fundamentalismus nicht gesiegt hatte. Zur *Miss opkoljenog Sarajeva* wurde die damals 17-jährige Inela Nogić gewählt. Sie und ihre Mitbewerberinnen hielten am Ende der Show ein Transparent hoch: »Don't Let Them Kill Us«.

Sich zu schminken, Röcke und Schuhe mit Absätzen zu tragen – und das sogar, wenn man einige Kilometer laufen musste, um Stunden für Wasser oder Brot anzustehen, war ein Akt der Rebellion gegen die belagernden Truppen, die Heckenschützen und gegen die Tatenlosigkeit der internationalen Gemeinschaft. »Ich weiß nicht, wann uns so richtig klar wurde, dass das Schminken sowie die sorgfältige Auswahl der Kleidung ein Teil unseres Widerstands wurde. Vielleicht haben das zuerst die internationalen Journalisten bemerkt. Vermutlich haben sie uns auf das, was wir unbewusst taten, aufmerksam gemacht. Doch wir mussten wohl so handeln, denn es hatte auch etwas mit unserer Würde zu tun. Ohne Würde gibt es keinen Widerstand. Und diese Würde muss sowohl ethisch als auch ästhetisch auf hohem Niveau sein. In der Lage, in der ich mich damals befand, waren Schönheit sowie die Erinnerung an das Leben vor dem Krieg zu bewahren, Widerstand gegen das Toben, das Töten, das unzivilisierte Handeln.«

Care-Pakete von Freunden und internationalen Journalistenkollegen, die »Gesichtscreme, ein Deodorant, ein wenig Schminke, einen Lippenstift, ein kleines Parfum, ein schickes Schmuckstück, lustige Handschuhe, eine schöne Mütze – irgendetwas, das an eine Welt erinnerte, die nicht mehr existierte«, enthielten, waren besonders gefragt während des Krieges in Sarajevo. »Wir sind stolz, keiner von uns hätte je um Nahrung gebettelt. Und Sie müssen zugeben, dass ein Lippenstift mehr Freude bereitet als etwas zu essen. Außerdem ist er leichter zu verschicken.« Nebst Päckchen mit Memorabilia, die an ein längst vergangenes zivilisiertes Leben erinnern sollten, erwarteten Senka und ihre Freundinnen von der Außenwelt vor allem, dass diese den Glauben an und die Hoffnung auf ein baldiges Ende der Kriegsgräuel nicht aufgegeben hatten. »Wir hofften einfach, dass jemand da draußen an uns denkt. Ich hoffe, das klingt nicht zu pathetisch.«

Am 14. Dezember 1995 unterschrieben der serbische Präsident Slobodan Milošević, der kroatische Präsident Franjo Tuđman und der bosnisch-herzegowinische Präsident Alija Izetbegović den Friedensvertrag von Dayton in Paris. Der Krieg in Bosnien-Herzegowina war beendet. Doch die Belagerung Sarajevos endete erst am 29. Februar 1996. Etwa 300.000 Menschen hatten die Hölle überlebt.

»Gleich nach dem Krieg habe ich wie eine Wahnsinnige eingekauft. Ich wechselte ständig den Stil und den Haarschnitt, trug High Heels in allen möglichen Farben, um sie dann durch Ballerinas zu ersetzen. Ich wollte etwas nachholen. Heute kaufe ich wesentlich weniger ein, ich bin ruhiger geworden. Aber ich lege viel Wert auf Accessoires – ich habe zahllose Schals, Ohrringe, Armreifen, ich trage grünen, blauen und schwarzen Nagellack. Und ich schminke mich noch immer jeden Tag.«

Zwölf Jahre nach dem Ende des Krieges, 2007, heiratete Senka Kurtović. Ihr Mann, ein Grafikdesigner, war während des gesamten Krieges Soldat in der Armee der Republik Bosnien und Herzegowina und ist heute Art Director bei der Radiostation

RSG (*Radio Stari Grad*). Bei dem angesehenen landesweiten Radiosender arbeitet auch Senka seit 2007 – als Direktorin der Nachrichtenabteilung. Inzwischen haben die beiden einen fünfjährigen Sohn.

Die meisten Kleidungsstücke, die sie während des Krieges getragen hatte, warf Senka Kurtović weg. Einige jedoch bewahrte sie auf. »Ich habe noch einen rot-grün karierten Rock und eine Jacke, die ich von einer Freundin bekam. Rock und Jacke hatten mir vor dem Krieg gefallen, so schenkte sie sie mir während des Krieges. Das sind jetzt meine Kriegsandenken und das Andenken an eine wunderbare Freundschaft.«

Was bringt man am besten Frauen in Kriegsgebieten mit? – Parfum und Satinunterwäsche

»Sie rief ihre Mutter an, um sie zu fragen, was im Krieg wichtig sei und was sie den Belagerten mitbringen soll. Die Mutter hatte den Krieg überlebt und wusste Bescheid: Parfum. Jane Birkin ging mit ihrer jüngsten Tochter einkaufen; Lou schnitt die Preisschilder aus der Satinunterwäsche, die sie besorgten. ›Diese Art Luxus ist wichtig für die Aufrechterhaltung der Moral.‹«

Interview Jane Birkin, *Süddeutsche Zeitung*, 2013

2

e 17-jährige Inela Nogić als strahnde Siegerin der ›Miss opkoljenog rajeva‹ (Miss belagertes Sarajevo)-ahlen, 1993.

ereits kurz nach Beginn des Krieges schreibt das Graffiti die kommenden er Jahre Krieg in Sarajevo mit nur ei Worten: »Welcome to hell«.

3
Die Miss-Wahlen wurden aus Angst vor den Kugeln der serbischen Scharfschützen in einem Keller abgehalten. Nachdem sie zur Siegerin gekürt worden war, hielt Inela Nogić zusammen mit allen Teilnehmerinnen des Wettbewerbs ein Banner hoch auf dem geschrieben stand: »Don't let them kill us« (Lasst nicht zu, dass sie uns töten).

3

SAMRA LUČKIN

So gut angezogene Frauen im belagerten Sarajevo

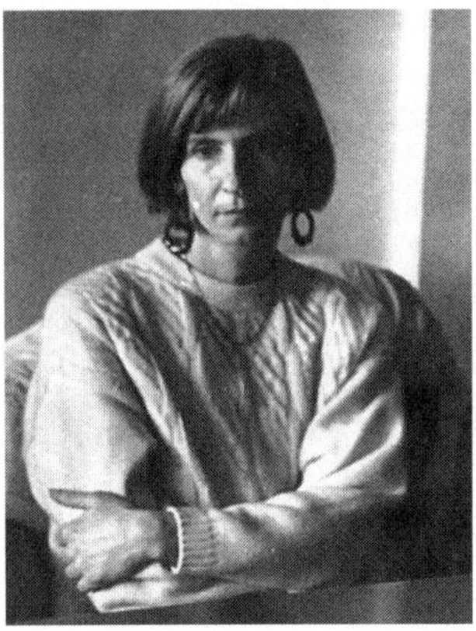

»Ich wollte nicht hinnehmen, dass mich jemand zu einer Lebensweise zwingt, die unter meiner persönlichen Würde ist.«

»Lippenstifte gab es während des Krieges schlicht keine zu kaufen und so kannten wir auch keine Trends in Lippenstiftfarben. Später, als sie auf dem Schwarzmarkt auftauchten, als Freunde aus dem Ausland welche schickten, war uns jeder recht – egal welche Farbe. Alle waren schön. Aber wenn Sie erschöpft, hungrig und blass sind, mag Rot eh keine gute Wahl sein.«

Die in Sarajevo geborene und aufgewachsene Journalistin Samra Lučkin war 1992, zu Beginn des Bosnienkrieges, 29 Jahre alt, verheiratet, und sie hatte eine vierjährige Tochter. Trotz Granatenbeschuss und Scharfschützenfeuer arbeitete sie während des ganzen Krieges – anfangs für das Pressebüro der Kommunalverwaltung, später für ausländische Medien, unter anderem auch für die japanische Zeitung *Yomiuri Shimbun*. In den Nachkriegsjahren prägte Samra Lučkin die Politik der Abteilung Media Affairs der OSZE (Organisation für Sicherheit und Zusammenarbeit in Europa), um dann vor 14 Jahren ihre eigene Agentur BORAM zu gründen. Ursprünglich als reines Radio-Netzwerk aufgebaut, ist BORAM inzwischen eine PR-Agentur, die gesellschaftlich relevante Kampagnen organisiert. Zu deren Kunden gehören die NATO, die EU, UNICEF und bosnische Ministerien.

Wo waren Sie, als der Krieg begann?

Ich war zu Hause zusammen mit meiner Familie, meiner vierjährigen Tochter, meinem Ehemann und meiner Großmutter. Plötzlich begann das Bombardement. Bei uns im Haus gab es keinen Luftschutzkeller. In dem Moment wurde mir klar, wie fragil das Leben ist, und dass es in einem Augenblick vorbei sein kann. Ich hatte schreckliche Angst. Kurz vorher hatten bei uns noch Friedensdemonstrationen stattgefunden. Ich hätte mir nie vorstellen können, dass sie anfangen, auf Zivilisten zu schießen. Ein paar Tage später bin ich in das Haus meiner Mutter umgezogen, da es dort einen Luftschutzkeller gab. Mein Vater jedoch wurde von einer Kugel getroffen, die durch das Fenster geflogen kam. Es passierte in unserem Wohnzimmer. Es gab für niemanden irgendwo einen sicheren Ort – und so blieb es die ganzen vier Jahre.

Sie arbeiteten während des Krieges als Journalistin, unter welchen Bedingungen? Und wie sah Ihr Alltag aus, wie kleideten Sie sich?

Jeden Morgen musste ich aufstehen, Wasser holen und ein erstes Wunder vollbringen, nämlich Material finden, um zu heizen. Dann musste ich meiner Tochter etwas zu essen vorbereiten, also ein weiteres Wunder vollbringen. Wenn ich sie zum Abschied küsste, bevor ich ins Büro ging, war ich mir nie sicher, ob ich sie wiedersehen würde.

Im Büro trugen wir trotz allem hübsche Kleider und High Heels, so konnten wir die Illusion aufrechterhalten, dass alles ganz normal, dass dies nur ein Arbeitstag wie jeder andere ist. Bei schwerem Beschuss wechselten wir allerdings zu flachen Schuhen, da wir rennen mussten. Während ich im Pressebüro der Kommunalverwaltung arbeitete, musste ich oft an die Front und von dort wieder zurück in ein unbeheiztes Büro. Zum Glück hatte jede Frau in Sarajevo damals ein ganzes Lager an italienischen Schuhen, Stiefeln, Pelzmänteln und Skijacken zu Hause, wir sind schließlich eine Olympiastadt. Es war fabelhaft, diese Kleidung zu haben und zu tragen, erstens: Die schönen Stücke halfen uns, den Horror draußen vor der Tür zu vergessen, zweitens: Den Pelzmänteln verdanke ich mein Leben. Mein Pelzmantel half mir im Büro, meinen Körper vor der Kälte zu schützen. Leider nicht auch die Hände. Für meine Arbeit an der Schreibmaschine gab es keine Handschuhe. Ich bekam schwarze Erfrierungsstellen an den Händen und musste ins Krankenhaus.

Man las damals so viel über die Frauen Sarajevos, über Modeschauen, die sie organisierten, oder Miss-Wahlen – waren Sie an solchen Aktivitäten beteiligt?

Ich war Mitglied einer Frauenvereinigung, in der sich Frauen aus unterschiedlichen Berufen trafen. Unser Hauptziel war es, die

Kinder von der Straße fernzuhalten. Also organisierten wir allerlei Programme für sie, zum Beispiel Sprachunterricht, einen Chor, Gitarrenunterricht und Spiele. Für uns Frauen waren Modeschauen die schönsten Veranstaltungen. Wir entwarfen und schneiderten Kleider. Manchmal haben wir nur alte Kleider umgearbeitet, es gab ja keine neuen Stoffe. Wir hatten so viel Spaß dabei, die Teile anzuziehen, denn sie waren *neu*.

Zu Beginn des Krieges haben wir noch Waren getauscht, auch Kosmetika und Kleidung, da es ab 1992/93 kaum noch etwas zu kaufen gab. Nachdem im Sommer 1992 UNPROFOR-Einheiten (Schutztruppen der Vereinten Nationen) stationiert wurden, konnte man einiges auch in den sogenannten PX-Läden (Läden, in denen ausschließlich Militärangehörige der US-Streitkräfte und der NATO-Einheiten einkaufen dürfen) bekommen oder sich etwas mitbringen lassen von Leuten, die einen UNPROFOR-Presseausweis hatten und daher Sarajevo verlassen konnten. Ich hatte einen solchen Presseausweis, bin aber nur zweimal damit gereist. Dazu gibt es eine etwas surreale Geschichte: Als ich im Januar 1993 zum ersten Mal Sarajevo mit einem UNPROFOR-Flug für ein paar Tage verließ, gab mir meine Familie eine Liste von Lebensmitteln mit, die ich in Italien besorgen sollte, denn wir waren am Verhungern. Als ich jedoch in Italien ankam, legte sich in meinem Kopf auf seltsame Art und Weise ein Schalter um, so nach dem Motto: Es ist Frieden und ich bin in Italien. Also habe ich Schuhe und Kleider gekauft, wie ich es früher in Italien immer getan hatte. Lebensmittel nahm ich hingegen wenig mit, denn auf militärischen Flügen gab es strenge Gewichtsgrenzen für das Gepäck. Als ich nach Hause kam, zeigte ich meiner Familie die schönen Mitbringsel, die ich für sie besorgt hatte. Sie sagten: »Hübsch, aber wo sind die Lebensmittel?« Und ich: »Eine gute Frage.« Ich konnte mich kaum retten vor meinem wütenden Ehemann und meiner wütenden Mutter. Bis heute kann ich nicht erklären, was damals mit mir passierte, wie es zu jenem seltsamen Umlegen des Schalters gekommen war.

Es gab selten Elektrizität und Wasser während des Krieges, wie haben Sie geduscht oder sich die Haare gewaschen? Und woher bekamen Sie Kosmetika, zum Beispiel Lippenstifte?

Wenn ich Ihnen sage, dass ein Mensch lernen kann, sich mit einer Tasse Wasser zu duschen, würden Sie das glauben? Wir haben das gelernt. Wir lebten im siebten Stockwerk. Die meiste Zeit schleppten wir Wasser wie die Esel, manche in den 17. oder 20. Stock. Aber wir wollten jeden Tag unser *Cupping*. So nannten wir das Duschen, denn wir ließen das Wasser aus Tassen – auf Englisch: *cup* – über uns tröpfeln. Zum Bügeln stellten wir unsere Eisen, da es keinen Strom gab, auf die Ofenplatte und warteten, bis sie heiß geworden waren. Es war witzig zu sehen, wie elektrische Geräte ohne Elektrizität funktionierten. Wir haben uns auch die Haare gewaschen, obwohl Shampoo schwer zu bekommen war. Glücklicherweise existierte bei uns nebenan eine Fabrik, die einst Haarwaschmittel hergestellt hatte und ab und zu Restbestände aus dem Lager verkaufte.

Lippenstifte gab es während des Krieges schlicht keine zu kaufen und so kannten wir auch keine Trends in Lippenstiftfarben. Später, als sie auf dem Schwarzmarkt auftauchten, als Freunde aus dem Ausland welche schickten, war uns jeder recht – egal welche Farbe. Alle waren schön. Aber wenn Sie erschöpft, hungrig und blass sind, mag Rot eh keine gute Wahl sein.

War sich schön zu kleiden, sich zu schminken auch Rebellion gegen den Horror, der Sie umgab?

Meine größte Angst ist, mit Situationen konfrontiert zu werden, die ich nicht verändern oder beeinflussen kann. Ich glaube, diese Angst teilen die meisten Menschen. Und genau diese Angst hatte auch ich damals. Ich sah um mich herum Menschen, die Geschützfeuer wie Regen hinnahmen. Nach einer Weile gingen sie auch nicht mehr in den Luftschutzkeller. Doch dies konnte ich weder akzeptieren noch mich mit dem Gleichmut anfreunden. Ich hatte am ersten Tag des Krieges genauso viel Angst wie am letzten. Ich wollte aber auch nicht hinnehmen, dass mich jemand zu einer Lebensweise zwingt, die unter meiner persönlichen Würde ist. Und Letzteres konnte ich beeinflussen. Auch deshalb habe ich mich um mein Aussehen gekümmert. Es ging um Würde und um Auflehnung gegen diese Primitiven, die uns umzingelt hatten und auf uns schossen.

Wie würden Sie weibliche Würde unter solchen Bedingungen definieren?

Weibliche Würde bedeutet für mich, mit beiden Beinen auf dem Boden zu stehen, für die Familie, für Freunde und für Kollegen. Es heißt zu zeigen, dass man sich vor Herausforderungen nicht fürchtet, dass man eine starke Säule ist, auf die sich die Lieben verlassen können. Wenn der Geist oder das Erscheinungsbild verfallen, dann kollabiert alles um einen herum. Das ist im Frieden wie in Kriegszeiten so. Nur ist es so viel dramatischer, während des Krieges Geist und Erscheinungsbild aufrechtzuerhalten. Aber es gibt keine andere Option.

Für die Frauen Sarajevos war es sehr wichtig, der Welt zu zeigen, dass wir uns unsere Würde, unsere Verve und unseren Esprit erhalten hatten. Eines Tages lud uns der Bürgermeister unseres Stadtbezirks ein und kündigte den Besuch einer Delegation weiblicher EU-Parlamentarier und anderer Organisationen an. Wir waren aufgeregt. Wir warteten die ganze Nacht, bis es genug Wasser gab, um die Kleider waschen und uns duschen zu können. Ich suchte mir eine Seidenbluse aus und italienische Schuhe, die ich noch nie getragen hatte. Außerdem nähte ich neue Röcke, denn ich hatte 25 Kilo abgenommen. Die anderen Frauen hatten sich auch schön angezogen. So warteten wir auf die Gäste. Sie tauchten auf, waren in dicke Pullover und warme Anoraks gekleidet und trugen Wanderstiefel. Als ob sie an den Nordpol gereist wären! Wir waren erstaunt. Nach kurzer Zeit kam die Leiterin der Delegation auf uns zu und entschuldigte sich für so »unangemessene« Kleidung. Sie sagte, sie hätten sich ja im Traum nicht vorstellen können, dass sie so gut angezogene Frauen im belagerten, vom Horror umgebenen Sarajevo treffen würden.

Was würden Sie Menschen sagen, die behaupten, es sei völlig unwichtig, sich während eines Krieges um sein Äußeres zu kümmern?

Solche Menschen haben wahrscheinlich nie Krieg, militärische Konflikte oder Bombardements erlebt. Es gibt natürlich noch andere, die so etwas sagen würden – jene, die sich auch im Frieden niemals um ihr Aussehen kümmern.

Würden Sie zustimmen, dass es für Frauen in Zeiten des Krieges, im Gefängnis, im Lager, in totalitären Staaten ... genauso von Bedeutung ist, schön zu sein, wie in Zeiten des ›dolce far niente‹?

Das Bedürfnis bleibt immer gleich, aber es ist besonders stark an Orten oder in Situationen, in denen Frauen ihrer Rechte, egal aus welchen Gründen, beraubt sind. Frauen im Krieg, Frauen in totalitären Staaten, misshandelte Frauen – sie alle wollen beweisen, dass sie noch eine Frau sind. Frauen brauchen die Bestätigung von der wichtigsten Person überhaupt – von sich selbst.

»Jeden Morgen musste ich aufstehen, Wasser holen und ein erstes Wunder vollbringen, nämlich Material finden, um zu heizen. Dann musste ich meiner Tochter etwas zu essen vorbereiten, also ein weiteres Wunder vollbringen.«

1

1
Bereits zu Beginn des Krieges in Bosnien-Herzegowina gab es kaum noch Lebensmittel und Medikamente in der Stadt. Eine ältere Einwohnerin von Sarajevo freut sich daher über ein UN-Care-Paket, 1992.

2
Hunderte von Menschen stehen in Sarajevo Schlange, um Trinkwasser aus einer zerborstenen Wasserleitun zu schöpfen. Der Zugang zur Wasser- und Elektrizitätsversorgung war scho kurz nach Beginn des Krieges gekapp worden.

3

4

, im letzten Kriegsjahr, Samra
in mit ihrer Tochter in Sarajevo.

wog Samra Lučkin, kurz nach
gsbeginn, noch 40 Kilo. Bereits
g erschöpft trifft sie Angehörige
UNPROFOR-Einheiten, der Schutz-
pen der Vereinten Nationen.

CHRISTIANE AMANPOUR

Frauen widerstrebt es, ihr Aussehen verbergen zu müssen

»Frauen sind Überlebende, die sich weigern, die furchtbaren Auswirkungen des globalen Kriegs gegen Frauen hinzunehmen.«

Christiane Amanpour, die internationale Chefkorrespondentin des amerikanischen Fernsehsenders CNN, wurde 1958 in London geboren. Ihr Vater Mahmoud Amanpour ist Iraner, ihre Mutter Patricia Engländerin. Kurz nach ihrer Geburt zog die Familie nach Teheran, wo sie bis zu ihrem elften Lebensjahr ihre Kindheit verbrachte. Zur weiteren Schulausbildung schickten die Eltern ihre Tochter auf ein Internat nach England. Anfang der 80er-Jahre, kurz nach der Machtübernahme des Ajatollah Khomeini im Iran, kehrte die ganze Familie nach England zurück.

Seit über 30 Jahren berichtet Christiane Amanpour weltweit aus Krisengebieten – zum Beispiel aus Afghanistan, Somalia und Ruanda. Berühmtheit erlangte sie durch ihre Berichterstattung über den Iran-Irak-Krieg in den 80er-Jahren, die Besetzung Kuwaits durch den Irak 1990 und vor allem durch ihre jahrelange Präsenz im ehemaligen Jugoslawien während des Bosnienkrieges. Christiane Amanpour ist seit 2006 Ehrenbürgerin der Stadt Sarajevo und wurde 2007 von Königin Elisabeth II. mit dem *Most Excellent Order of the British Empire* ausgezeichnet.

Wie erinnern Sie sich an die Frauen im belagerten Sarajevo während des Bosnienkriegs?

Der Krieg in Bosnien zeigte mir, wie Frauen ihre Verachtung und ihre Würde im wahrsten Sinn des Wortes *zur Schau tragen*. Während der brutalen Belagerung Sarajevos wurden Kleidung, Make-up und Frisuren zu Symbolen des Widerstands. Doch es gab kaum Vorräte: nur wenige Lebensmittel, selten Wasser und Elektrizität – gut auszusehen war also nicht einfach. Ich kann mich lebhaft an die wenigen Momente erinnern, in denen einzelne Stadtteile Sarajevos für kurze Zeit wieder an die Strom- oder Wasserversorgung angeschlossen waren. Die vielen Schönheitssalons in der Stadt brummten und surrten dann vor Aktivität. Die Frauen eilten herbei, um sich die Haare waschen und föhnen zu lassen. Wenn Haarfarbe aufzutreiben war, ließen sie sich auch noch den Haaransatz färben! Ich erinnere mich, dass Frauen, selbst wenn sie die sogenannte *Sniper Alley* (Allee der Scharfschützen) entlanghasteten oder Schlange standen, um Brot oder Wasser zu bekommen, immer bemüht waren, gut auszusehen – selbst wenn es nur durch einen leuchtenden Strich Lippenstift über den Mund war. Ich begriff, dass unter Beschuss, unter den mittelalterlichen Bedingungen, unter denen die Frauen leben mussten, schön sein zu wollen nichts mit Eitelkeit zu tun hatte. Es ging ihnen darum, ihre Menschlichkeit zu bewahren.

Frauen im Iran müssen ein Kopftuch oder den Tschador tragen, wie schaffen sie es, sich trotzdem schön herzurichten?

Iranische Frauen sind Experten darin geworden, aus wenig mehr zu machen – das Beste aus sich zu machen, selbst wenn sie sich von Kopf bis Fuß verhüllen müssen. Die Gesichter müssen nicht verschleiert sein, aber das Haar schon. Einige der streng gläubigen Frauen tun dies freiwillig, aber den meisten

Frauen widerstrebt es, dass sie ihr Aussehen verbergen müssen. Also sind sie Experten in der Kunst der Coiffure geworden! Ein Kopftuch zu tragen bedeutet, dass nur der vordere Pony sichtbar sein darf, aber die Frauen und ihre Kosmetikerinnen sind geschickt und zaubern ganz Besonderes daraus! Die Augen und Gesichter sind dramatisch, oft wunderschön geschminkt. In einem Land, in dem alles verhüllt ist –, ist das Gesicht, die einzig freie »Fläche« zur Selbstdarstellung. Und Accessoires sind die Krönung! Designer-Schals und Sonnenbrillen ergänzen noch den Sinn für Ungehorsam und Wagemut der iranischen Frauen.

In Zeiten großer Not versuchen Frauen auf ihr Äußeres zu achten, um Würde, Selbstwertgefühl sowie psychische Stärke und Unabhängigkeit zu bewahren und zu zeigen. Haben Sie dies während Ihrer Arbeit in Krisen- und Kriegsgebieten auch beobachtet?

Ja, aus all den oben genannten Gründen. Frauen sind stark. Frauen sind Überlebende, die sich weigern die furchtbaren Auswirkungen des globalen Kriegs gegen Frauen hinzunehmen.

»Ich begriff, dass unter Beschuss, unter den mittelalterlichen Bedingungen, unter denen die Frauen leben mussten, schön sein zu wollen nichts mit Eitelkeit zu tun hatte. Es ging ihnen darum, ihre Menschlichkeit zu bewahren.«

1

2

3

anpour mit Malala Yousafzai Oktober 2013, der Kinderrechts- tivistin aus dem Swat-Tal in Pakistan, im Oktober 2012 im Bus von Taliban geschossen wurde, da sie trotz Ver- zur Schule gegangen war.

istiane Amanpour während einer e-Übertragung in Bagdad, Irak, Juni 2004, nachdem der ehemalige kische Präsident Saddam Hussein mell der irakischen Justiz übergeben rde.

3
Während der vierjährigen Belagerung von Sarajevo gingen die Frauen nie ohne Schminke und Lippenstift auf- zutragen aus dem Haus, selbst wenn sie Stunden – unter Scharfschützen- Beschuss – für Brot oder Wasser an- stehen mussten. Kosmetiksalons, wie hier in Sarajevo 1994, gab es sogar während des Krieges.

YALDA

Die Sittenpolizei versuchte, auch mich anzuhalten

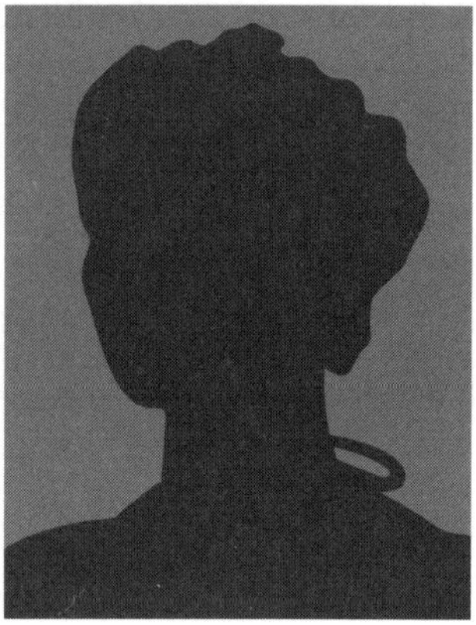

»Viel Make-up zu tragen war die pure Rebellion gegen das Regime.«

Die Iranerin Yalda (Name geändert) lebt seit 2012 in völliger Anonymität in Wien. Sie gibt auch ihren wahren Namen nicht preis.

Im Jahr 2012 flüchtete die 33-jährige Yalda zusammen mit ihrem damals siebenjährigen Sohn aus Teheran nach Wien. Es war eine harte, beschwerliche Reise. Von Schleppern wurden sie in einem Lastwagen versteckt und über die Türkei nach Österreich gebracht. Neun Tage brauchten Yalda und ihr Sohn, um ihr Ziel zu erreichen. Es war die Flucht vor der repressiven Atmosphäre im Iran der Mullahs und vor ihrem gewalttätigen, trinkenden Ehemann. In eine Scheidung hatte er nicht eingewilligt, und bei einer Trennung wäre ihr nicht nur das Sorgerecht für ihren Sohn entzogen worden – sie wäre in der iranischen Gesellschaft auch zum Paria abgestempelt worden. Nachdem Yalda ihren Sohn vor dem Einfluss des autoritären Regimes und vor der Manipulation durch den brutalen Vater schützen wollte, gab es für sie nur einen Ausweg: die Flucht. »Ich hatte viele Probleme in meinem Land. 13 Jahre lang war ich verheiratet und stand unter immensem Druck. Ich tat mein Bestes, um am Leben zu bleiben, und vor allem um mich um mein Kind kümmern zu können. Ich habe früher immer alle meine Probleme für mich behalten – psst, psst –, hier mache ich eine Psychotherapie und kann über alles sprechen. Doch bevor ich mein Land verlassen hatte, war ich mit meinen Ängsten und Sorgen alleine.«

War Ihnen die Kleidung im Iran vorgeschrieben?

Wir mussten immer eine Kopfbedeckung und eine lange Jacke tragen. Die jungen Leute ziehen statt der langen Jacke einen Parka an und binden sich meist ein Kopftuch um, nur die älteren Frauen sieht man noch in einem Tschador. Mit dem Verlassen des Hauses muss das Haar bedeckt sein, überall in der Öffentlichkeit. Darüber aber denkt man nicht mehr nach, es wird zur Gewohnheit. Dennoch habe ich die ganze Zeit daran gedacht, das Kopftuch abzulegen und etwas anderes anzuziehen. Doch wenn man eine kurze Jacke trägt oder ein nur ein wenig Haar unter dem Kopftuch hervorblitzt, dann stecken sie dich ins Gefängnis … Zu Hause trug ich am liebsten normale, ziemlich bequeme Sachen. Doch war mir das die meiste Zeit nicht möglich, da mein Mann mir zum Beispiel ein Tanktop oder Ähnliches verbot. So musste ich daheim langärmelige Blusen oder T-Shirts anziehen. Für mich gab es überall irgendwelche Einschränkungen – zu Hause, vor der Tür, überall …

Ich träumte davon, frei zu sein. Den Wunsch, all diese Zwänge loszuwerden, hatte ich immer und überall in meinem Hinterkopf.

War das Auflegen von Make-up auch Schutz vor Angst?

Sicher. Zugleich aber auch ein Mittel, sich von der Angst nicht unterkriegen zu lassen. Indem wir Freundinnen uns trotz aller Verbote schminkten und anders anzogen, wenn wir dazu Gelegenheit hatten, protestierten wir gegen die Zwänge in unserer Gesellschaft. Indem wir viel Make-up auftrugen, zeigten wir allen, dass wir den Mut haben, aufzustehen und etwas zu tun. Es war die pure Rebellion gegen das Regime. Kosmetika und Kleidung gibt es überall, man kann sie an jeder Ecke kaufen. Aber man darf sich ja nur zu Hause für seinen Ehemann schön machen.

Die Mullahs sagen, der Islam schreibe die Kleiderordnung vor. Aber in Wirklichkeit bestehen sie darauf, weil sie so dreckige, pervertierte Seelen haben. Und sie behaupten, alle anderen hätten ähnliche Gedanken; also erlassen sie viele Verbote. So wird Druck aufgebaut. Sie haben eine so schmutzige Fantasie, dass eine weibliche Fessel sie bereits anmachen würde. Mit all ihren Vorschriften verbreiten sie Angst und Schrecken und können so ihre Herrschaft zementieren.

Wir mussten immer tristes Grau, Schwarz oder Braun tragen, im Sommer gab es sogar ein Gesetz, das weiße oder rote Tuniken verbot. Aber gerade weil gewisse Farben verboten waren, trugen wir sie, es war einfach interessanter. Es gab auch Partys, auf denen jede anzog, was immer sie wollte.

Sie müssen sich einen Besuch in einem Club hier in Wien vorstellen, die Frauen waren ganz ähnlich gekleidet. Manche Freundinnen machten hier nicht mit, sie hatten zu große Angst. Denn wenn die Sittenpolizei eine von uns erwischte, nahm sie sie mit, und man wusste nie wann oder ob sie zurückkommen würde. Die Sittenpolizei versuchte, auch mich anzuhalten, aber ich bin immer weggelaufen und so davongekommen; oft war es allerdings ziemlich knapp.

Was bedeutet weibliche Würde unter so einem Regime?

Die Würde einer Frau hängt unter solchen Bedingungen von der Familie ab – von der Erziehung, der Kinderstube. In meiner Familie zeigte man Frauen gegenüber viel Respekt, sie wurden immer würdevoll behandelt. Im Wiener Exil ist meine in Teheran lebende Mutter, die Person, die mir am nächsten steht.

Sprachen ihre Freundinnen und weiblichen Verwandten über das Leben vor der Revolution?

Ja, es war ständig Thema und alle diskutierten darüber. Sie schauten alte Fotos an, zeigten sich gegenseitig die Kleider von damals und unterhielten sich über die Art sich zu schminken. Sie erinnerten an das ungezwungene Leben im einstigen Iran und sprachen darüber, wie anders inzwischen der Alltag geworden ist. Auch darüber, was für ein Image der Iran heute in der Welt hat. Es war ein verbreitetes Gesprächsthema.

Während der Proteste und Demonstrationen gegen die Wiederwahl von Mahmud Ahmadinedschad 2009, der sogenannten, ›Green Revolution‹, trugen die Frauen Gucci-Sonnenbrillen, Hermès-Kopftücher und Kelly-Bags – sie waren sehr elegant. Wie erklären Sie dies?

Die meisten Iraner versuchen zu zeigen, dass sie das schöne Leben lieben. Besonders die Frauen – noch in den schlimmsten Situationen wollen sie gut aussehen. Das verleiht ihnen Würde. Sogar vor einem Verhör richten sie sich noch her.

Wo auch immer sie herkommt – ich mag diese Einstellung. Es war immer so im Iran. Es ist eine langjährige Tradition, die man Generationen zurückverfolgen kann. Es steckt wahrscheinlich in den Menschen drin. Sie sind darauf programmiert.

Wenn morgen das Mullah-Regime kollabierte, was würde passieren?

Gleich am ersten Tag wären alle auf der Straße. All das, was sie jetzt heimlich tun, würden sie öffentlich machen: Sie würden Partys veranstalten, sich hübsch anziehen; sie würden in den Swimmingpool springen, anders lachen – einfach ihre Vorstellung von Vergnügen ausleben …

Als Sie das erste Mal nach Österreich kamen, was für einen Eindruck machten die Menschen auf Sie?

Es war interessant, die Unbeschwertheit in den Augen der Menschen hier zu sehen. Die sehe ich nicht in den Augen der Iraner. Make-up, Kleidung, all dies ist ja nur oberflächlich. Aber wenn ich den Menschen in die Augen schaue, fällt mir hier immer diese Unbeschwertheit auf.

1

hänger des Präsidentschafts-
ndidaten der Opposition, Mir Hossein
usavi, dessen Wahlkampffarbe Grün
r, zeigen im Haydarniya Stadion
Teheran am 9. Juni 2009 auf einer
-Reform Wahlkampfveranstaltung,
s Siegeszeichen – ihre Finger sind
n bemalt.

Juni 2009 kam es im Iran zur
enannten ›Grünen Revolution‹.
lionen gingen auf die Straße, um
en das offizielle Wahlergebnis, das
n bisherigen Amtsinhaber Mahmoud
madinejad die absolute Stimmen-
hrheit einräumte, zu protestieren.
h im Dezember demonstrierten
Menschen und manche, wie dieser
mummte Student, sogar mit dem
terfei des Ajatollah Chomeini.

2

MELISSA FLEMING

In jedem Zelt entdeckt man einen kleinen Spiegel

»In jeder Unterkunft entdeckt man einen kleinen Spiegel, der so hängt, dass die Frau des Hauses sich gut darin schminken und frisieren kann.«

Seit sechs Jahren ist Melissa Fleming Pressesprecherin und Direktorin der Kommunikationsabteilung des Flüchtlingshilfswerks der Vereinten Nation (UNHCR, *United Nations High Commissioner for Refugees*). In 120 Ländern bietet es 30 Millionen Menschen, die vor Verfolgung und Kriegen geflüchtet sind, Schutz und Hilfe. »Objektive Informationen über die Lage von Flüchtlingen weltweit zu verbreiten, ist die eine Seite meiner Arbeit, auf der anderen Seite will ich Mitgefühl für diese Menschen erzeugen, denn ihr Schicksal liegt mir sehr am Herzen.«
In den Jahren zuvor hatte Melissa Fleming jeweils als Pressesprecherin für zwei weitere internationale Organisationen gearbeitet: für die Internationale Atomenergiebehörde (IAEA) und die OSZE (Organisation für Sicherheit und Zusammenarbeit in Europa). Melissa Fleming studierte Journalistik an der Boston University und begann ihre Karriere als Public-Affairs-Spezialistin bei dem Sender Radio Freies Europa (*Radio Free Europe/Radio Liberty, RFE/RL*) in München.
Seit dem Beginn des Krieges in Syrien im Jahr 2011 verbringt Melissa Fleming viel Zeit in Flüchtlingslagern in Jordanien, im Libanon und in der Türkei.

Was für Habseligkeiten tragen Flüchtlinge bei sich, wenn sie die Grenzen überqueren? Welche Szenen spielen sich ab?

Weibliche Flüchtlinge scheinen auf der Flucht nur ein Anliegen zu haben: um jeden Preis ihre Familien zusammenzuhalten. Aber nach einiger Zeit sehnen sie sich nach der Schönheit ihres vergangenen Lebens, zu dem Schränke voller Kleider gehörten, Besuche beim Friseur, Sitzungen bei der Kosmetikerin. Einmal traf ich zwei Schwestern im Bekka-Tal im Libanon, sie trugen farblich aufeinander abgestimmte rosafarbene Hausmäntel aus dickem Material. Es war Sommer, schwülwarm, es hatte über 30 Grad. Sie erzählten mir, dass sie keine Zeit hatten, sich umzuziehen, als die Bombardierung ihrer Nachbarschaft in Homs begann, daher war dies jetzt die einzige Kleidung, die sie besaßen. Sie träumten von einem neuen, langen Sommerkleid, von einem neuen Kopftuch, aber sie hatten kaum genug Geld, um Nahrung für ihre Babys zu kaufen. Aus einem angenehmen Leben im Überfluss waren sie ins Elend geraten.

Während einer meiner Besuche in Jordanien ging ich nachts an die Grenze zu Syrien. Dort wurde ich Zeuge, wie ungefähr 100 Syrer die Grenze überquerten und in dem Moment zu Flüchtlingen wurden. Ihre Silhouetten waren am Horizont kaum erkennbar. Das Mondlicht war ihr Lotse, und die sternenklare Nacht schien sie zu beschützen, während sie schicksalsergeben durch Sand und entlang der Felsen in Richtung einer ungewissen Zukunft im Exil zogen. Sie balancierten Taschen auf den Köpfen und schleppten Gepäck mit hastig gepackten letzten Besitztümern und lebensnotwendigen Gütern. Ein kleiner Junge zerrte einen riesigen Behälter voller Olivenöl hinter sich her. Wer noch eine Hand frei hatte, umklammerte oder trug ein Kind.

Nachdem die Flüchtlinge die Kuppe eines staubigen Hügels erreicht hatten, wo sie sich endlich in Sicherheit befanden und rasteten, konnte ich sie im Schein des elektrischen Lichts eines großen Zeltlagers deutlich erkennen, darunter eine Großfamilie, ungefähr 40 Mitglieder. Erschöpft ließen sie sich auf den Boden fallen, jordanische Soldaten reichten ihnen kühle Fruchtsäfte und gesalzene Kekse. Alle aus der Familie hatten ihr Leben riskiert, um hierherzukommen. Doch wären sie zu Hause geblieben, hätten sie jeden Tag mit dem Tod rechnen müssen.

Was mir sofort auffiel, war, dass die Kinder anscheinend ihre beste Kleidung trugen. Ein rosa Kleid mit einer Schleife, Partyschuhe, ein gestärktes weißes Kragenhemd; Haarreifen, Pferdeschwänze zusammengehalten mit bunten Bändern. Hatten sie sich so schön angezogen aus Vorfreude auf das Land, in dem sie endlich sicher sein würden? Oder als List, um Kämpfer an Straßensperren entlang des Weges zu bezirzen?

Wie können sich Frauen in Flüchtlingslagern um ihre Erscheinung kümmern?

Meine Kollegin in Jordanien erzählte mir, dass eines Tages ein verzweifelter und wütend aussehender Flüchtling auf sie zustürmte und sie um Make-up und einen Friseur für seine Frau anflehte. »Sie ist hässlich geworden«, rief er aus, »und ich werde mich scheiden lassen, wenn sie keine Kosmetika und keinen Friseurbesuch bewilligt bekommt.« Entrüstet verweigerte meine Kollegin seine Bitte und erklärte ihm, dass dies nicht Teil des UNHCR-Nothilfepakets sei. Das waren die Anfangstage in dem Zaatari-Flüchtlingslager. Heute gibt es dort allerlei verborgene Schönheitssalons, die Haarstyling, Färben, kosmetische Gesichtsbehandlung und Maniküre anbieten. Eine Sache, die mir an syrischen Flüchtlingsfrauen immer aufgefallen ist: ihre Augenbrauen sind perfekt, gekonnt gezupft und geformt. In jedem Zelt, in jeder Unterkunft entdeckt man einen kleinen Spiegel, der so hängt, dass die Frau des Hauses sich gut darin schminken und frisieren kann.

Flüchtlingslager sind zu oft an staubigen, unzugänglichen Orten gelegen, und einfache UNHCR-Zelte dienen als Ein-Zimmer-Herbergen – ein Zelt pro Familie. Meist gibt es auch nur Gemeinschaftsduschen. Ich bin immer wieder überrascht, wie auffallend sauber und gepflegt die Frauen und ihre Kinder dennoch erscheinen. Flüchtlinge aus Somalia sind in Umhänge und Schals in brillanten Farben gehüllt. Eritreische Frauen, die als die schönsten Menschen Afrikas gelten, errichteten einen Schönheitssalon mitten in einem Lager in der sudanesischen Wüste. Eine Kollegin erzählte mir, dass in einem bosnischen Flüchtlingslager ein Schönheitswettbewerb organisiert wurde – die Teilnehmer trugen Kleider, die aus UNHCR-Plastikbahnen gemacht waren.

Wie gelingt es weiblichen Flüchtlingen, den Zusammenbruch ihres einstigen Lebens zu verarbeiten?

Nachdem sie alles verloren haben, was einst ihre Identität ausmachte – ihre Existenzgrundlage, ihr Haus, die Gemeinschaft – ist den Flüchtlingen nichts wichtiger, als ein Gefühl für die eigene Würde zu bewahren. Sie haben Gewalt überlebt. Sie haben geliebte Menschen verloren. Sie sind überfallen, eingesperrt und vergewaltigt worden. 80 Prozent der Flüchtlinge sind Frauen und Kinder. Viele der Mütter müssen jetzt ohne Ehemänner, Väter oder Söhne den Alltag bewältigen, die männlichen Mitglieder der Familie sind tot, verschollen, eingekerkert oder sie kämpfen. In der Sicherheit des Exils fühlen die Flüchtlinge erst einmal Erleichterung darüber, noch am Leben zu sein, dann jedoch traumatisiert sie der Verlust. Es fällt ihnen schwer, sich mit dem Flüchtlingsstatus abzufinden. Ihr Lebensstandard ist auf das Minimalste zurückgestuft worden. Sie sind auf Almosen, auf die Güte Fremder angewiesen. Manchmal werden sie verhöhnt oder schikaniert. Sie müssen ertragen, dass ihr einstiges Leben unwiderruflich vorbei ist. So dient ihr Gefühl für Würde als innerer Antrieb, um in die Zukunft blicken zu können. Würde wird zum Herzstück ihrer Existenz.

1

Rund 85.000 Menschen leben im Sommer 2014 in Zataari, einem der größten Flüchtlingslager weltweit. Mehr als die Hälfte von ihnen sind Frauen. Die Studentinnen in dem Lager träumen, wie alle anderen, von einer besseren Zukunft. Sie formulieren ihre Träume auf Zetteln und hängen sie an einen Wunschbaum.

2

Das Zaatari-Flüchtlingslager im Nordwesten Jordaniens wurde im Sommer 2012 vom UN-Flüchtlingshilfswerk für syrische Männer und Frauen, die vor dem Bürgerkrieg in ihrer Heimat geflüchtet waren, errichtet. Die erste Priorität für weibliche Flüchtlinge: um jeden Preis ihre Familien zusammenhalten.

1

CHOMAN HARDI

Eine Welt, in der Frauenkörper mit Sex und »Ehre« in Zusammenhang gebracht werden

»... Autorität über den eigenen Körper geltend zu machen, selbst wenn dieser Körper den missbilligenden Blicken traditionell eingestellter Zuschauer und den lüsternen Blicken wollüstiger Männer ausgesetzt ist«

Choman Hardi wurde 1974 als siebtes und jüngstes Kind des kurdischen Dichters Ahmed Hardi in Sulaimaniyya im irakischen Kurdistan geboren. Als Saddam Hussein 1988 die Kurden mit chemischen Waffen angriff – während der Anfal-Operation[1] –, flüchtete die Familie in das iranische Kurdistan. 1993 ging Choman Hardi nach England, wo sie Philosophie und Psychologie am Queen's College in Oxford und am University College in London studierte. Ihre Doktorarbeit schrieb sie an der University of Kent in Canterbury über die psychische Verfassung von weiblichen kurdischen Flüchtlingen. Seitdem ist sie etliche Male in das irakische Kurdistan gereist, um das Schicksal weiblicher Überlebender der Anfal-Operation zu dokumentieren. Ihr Buch über diese Frauen wurde 2011 in England veröffentlicht und von dem amerikanischen Online-Buchhändler »Yankee Book Peddler«, der seit 1971 wissenschaftliche Bibliotheken beliefert, zu einem seiner wichtigsten Publikationen gewählt. Choman Hardi begann im Alter von 20 Jahren Gedichte zu schreiben und hat bisher drei Bände in kurdischer Sprache und einen Band englische Gedichte veröffentlicht. Ihr Liebesgedicht »Summer Roof« wurde 2014 in England zu einem der 50 besten Liebesgedichte der letzten 50 Jahre gekürt.[2] Choman Hardi kehrt im Sommer 2014, zusammen mit ihrer Familie, in ihre Heimatstadt Sulaimaniyya zurück. Sie wird dort als Dozentin für englische Literatur an der American University lehren.

Ich komme aus einer Gegend der Welt, in der Frauenkörper mit Sex und »Ehre« in Zusammenhang gebracht werden, in der kleinen Mädchen regelmäßig gesagt wird, sie sollen sich ordentlich hinsetzen und ihre Oberschenkel und was dazwischen liegt nicht entblößen. Ich komme aus dem irakischen Kurdistan. Ich wurde angehalten, mich ständig zu kontrollieren und mich konservativ zu kleiden, damit Männer durch meine Existenz nicht erregt werden. Mein Leben bestand jedoch aus

Vertreibungen, ich habe in anderen Regionen der Welt gelebt, in denen Frauenkörper exponiert und als Objekte zur Schau gestellt werden, damit Männer daran Gefallen finden können. Daher ist meine Einstellung gegenüber Kleidung nicht geradlinig, sondern äußerst ambivalent.

Die meisten Menschen glauben, dass wir uns durch unsere Kleidung ausdrücken, dass die Art, wie wir uns kleiden, der Welt unser Selbstbildnis vermittelt. Für mich gilt das nicht unbedingt. Wenn ich mich anziehe, um meine Tochter in den Kindergarten zu bringen oder um Lebensmittel einzukaufen, schnappe ich mir das erste, saubere Teil, das ich finde – vorausgesetzt, es entspricht dem Wetter.

An bestimmten Tagen habe ich das Bedürfnis, mich schön zu machen, und das ist nicht zwingend vom jeweiligen Anlass abhängig. Es hängt stark davon ab, wie ich mich fühle, wie viel Zeit und Energie ich habe. Bei einer Dichterlesung in London fühlte ich mich zum Beispiel inmitten des dezent gekleideten Publikums übertrieben angezogen. Vor allem bei kurdischen Feierlichkeiten, hatte ich das Gefühl, viel zu schlicht gekleidet zu sein. Zuweilen kleide ich mich auf eine gewisse Art und Weise, weil ich gegen eine Regel verstoßen will. In Kurdistan ist es ein gewagtes Unterfangen, ein wenig Dekolleté zu zeigen. Es bedeutet auch, Autorität über den eigenen Körper geltend zu machen, selbst wenn dieser Körper den missbilligenden Blicken traditionell eingestellter Zuschauer und den lüsternen Blicken wollüstiger Männer ausgesetzt ist.

Kleidung kann eine Form von Widerstand und politischer Aktion sein. Dies ist besonders dort relevant, wo Frauen keine andere Möglichkeit des Widerstands haben.
Forscher haben beobachtet, dass der Hijab[3] einerseits getragen wird, um sich gegen Imperialismus und erzwungene Assimilation

zu wehren sowie dagegen, als Sexualobjekte betrachtet zu werden. In Ländern, in denen das Tragen des Hijab Pflicht ist, wehren sich Frauen wiederum, indem sie Make-up, Schmuck, Parfüm verwenden und sexy Kleider tragen. Unkonventionelle Kleidung kann eine der passivsten Formen des Widerstands sein.

Ich war ein Teenager, als der irakische Staat 1988 die Anfal-Operation gegen das kurdische Volk startete. Es kam zu 281 Giftgasangriffen, 2.600 Dörfer wurden zerstört und 100.000 Zivilisten wurden in Massengräbern verscharrt. Meine Familie verließ damals die relativ liberale Stadt Sulaimaniyya im irakischen Kurdistan. Wir wurden zu Flüchtlingen in der kleinen Stadt Saqiz im iranischen Kurdistan. Die folgenden vier Jahre lebten wir unter islamistischer Herrschaft. Am Anfang stimmte es mich traurig, Frauen in Schwarz, Dunkelblau und Braun verhüllt zu sehen. Bald aber erkannte ich, dass der Hijab-Zwang die Frauen nicht daran hinderte, sich unter ihren Manteaus und Tschadors schick zu machen. Sie gingen regelmäßig zum Friseur und zur Kosmetikerin, und sie kleideten sich wunderschön. Viele Jahre später habe ich darüber ein Gedicht geschrieben:

Leben in Saqiz

Die Frauen sahen aus, als ob sie trauerten.
Tücher, Manteaus, Hosen, Schuhe,
selbst die Socken waren schwarz und braun.
Aber wenn sie nach Hause kamen,
schlüpften sie in ihre bunte kurdische Tracht,
zeigten Dekolleté, betonten ihre Rundungen
und legten ihre weiten, durchsichtigen Tücher an.

Was ich vermisse, ist die Ruhe eines Sommerabends –
den geruhsamen Lebensrhythmus, auf dem Gras sitzen,
plaudern, Melone essen, Eiswasser trinken.

Und den Park, in den Menschen flüchteten,
wo die jungen Männer ihre zukünftigen Frauen fanden –
wo Mädchen, eingewickelt wie Geschenke, warteten
und mit einigen Haarsträhnen kokettierten.

Ich fand den Ungehorsam, der unter dem Deckmantel des Gehorsams geschah, verblüffend. Die Frauen in Saqiz wehrten sich dagegen, zu bloßen uniformierten Gestalten zu werden. Es gelang ihnen, schön zu sein, zu necken und zu verführen. Diese Frauen genossen ihre »passive« Macht im patriarchalischen System. Sie haben sich nicht gefügt, sie waren nicht so still und leblos, wie man es von ihnen erwartete. Sie waren lebendig und fanden Vergnügen daran, sich schön zu machen.

Unlängst interviewte ich eine Frau, die in den 80er-Jahren von der Stadt Erbil in die Berge Kurdistans gezogen war, um einen Peshmerga, einen kurdischen Freiheitskämpfer, zu heiraten. Nach über 25 Jahren war sie immer noch aufgeregt, wenn sie an ihren Hochzeitstag dachte. Mit ihrer Mutter, ihrer Schwester und ihrer Tante war sie auf einem von einem Traktor gezogenen Karren gereist; ihre Hochzeitskleidung konnte sie dabei nicht tragen, weil sie sich als Dorfbewohner aus der Region tarnen mussten, um die unzähligen Kontrollpunkte passieren zu können. Sich umziehen und »eine Braut werden« wollte sie an der Übergabestelle. Als sie sich ihrem neuen Wohnsitz näherten, erfuhren sie jedoch, dass gerade ein Angriff irakischer Regierungstruppen in der Gegend stattfand. Der Traktor hielt am Ende der Straße. Der Bräutigam, der sie hier abholen sollte, um sie hoch zu Pferd in sein Dorf zu bringen, war nicht gekommen. Er kämpfte, um den Angriff abzuwehren.
Inmitten der fallenden Bomben stieg sie mit ihren Verwandten vom Karren, und trotz des heftigen Schusswechsels rundum schminkte sie sich, legte sie ihren Schmuck und den roten Schleier an. Sie war fest entschlossen, ihr neues Leben als Braut zu beginnen – so wie es für sie vorgesehen war.

Meine Interviewpartnerin rief sich diesen Tag fröhlich und lachend in Erinnerung. Eine Frau kann schließlich nicht jeden Tag einen Hochzeitsschleier anlegen. Das Anlegen dieses Schleiers, des Schmucks und das Auftragen der Schminke versinnbildlichte Widerstand gegen den Krieg, gegen Gewalt und Schmerz; das Leben, Freude und Festlichkeit dagegen begrüßte sie mit offenen Armen.

Bei meinen Forschungen für meine Doktorarbeit über kurdische Frauen in England, wurde mir klar, dass Kleidung ein Signal für Identitätswechsel und daher ein Brennpunkt für Konflikte zwischen den Generationen ist. Deshalb legen junge Einwanderinnen auch so viel Wert auf ihre Kleidung – durch sie wird der Grad ihrer kulturellen Anpassung deutlich.

Einige der jungen Frauen, die ich interviewte, ließen mich einen kurzen Blick in ihren Kleiderschrank werfen. Ich stellte fest, dass sie zwei grundverschiedene Ausstattungen besaßen. Auf der einen Seite hingen die kurzen Röcke, die engen Tops und die rückenfreien Kleider, auf der anderen Seite die konservativere Kleidung. Eine junge Frau betonte, dass sie auf kurdischen Veranstaltungen keine offenherzige Kleidung trüge, weil »alle glotzen und alle tratschten«. Wenn sie mit anderen Kurden zusammen ist, zieht sie lieber etwas »Gesellschaftsfähigeres« an. Ihre rückenfreien Kleider trägt sie andernorts.

Als Hüter der Tradition werden Töchter strenger überwacht als Söhne. Die Überwachung von Erscheinungsbild und Benehmen einer Frau kann wiederum zu einem Doppelleben führen, das es ihr ermöglicht, mit den Zwängen und Einschränkungen fertig zu werden. Im Bus von London nach Oxford traf ich einige Male ein muslimisches Mädchen, das verhüllt den Bus bestieg. Während der Busfahrt streifte sie die Kopfbedeckung und den Manteau ab. Sie bürstete ihr Haar, schminkte sich und stieg als völlig andere Person aus. Noch heute, nach all den Jahren, mache ich mir Sorgen, wenn ich an sie denke. Was mag ihr passiert sein, falls man ihre Verwandlungskünste entdeckt hat?

Die neue Freiheit, die junge Einwanderinnen erlangen, da sie in liberaleren Milieus leben und ihr eigenes Geld verdienen, kann auch dazu führen, dass sie die elterliche Kontrolle über ihre Kleidung und ihre Sexualität nicht mehr akzeptieren. Ungehorsam und freie Entscheidungen sind jedoch nicht ungefährlich für die Frauen. Frauen müssen äußerst vorsichtig sein, da sie in ernster Gefahr schweben, wenn man ihnen auf die Schliche kommt. Häusliche Gewalt und »Ehrenmorde« sind nur einige Beispiele für die Probleme, die auftreten können.

In diesem Beitrag habe ich die Bedeutung von Kleidung als ein identitätsstiftendes Merkmal für Frauen in islamischen Gemeinschaften, während gewaltsamer Konflikte und im Zusammenhang mit Migration sowie als Form von Widerstand gegen die Unterdrückung der Frau untersucht. Damit soll nicht behauptet werden, dass der Kampf gegen Ungleichheit und Unterdrückung darauf beschränkt ist, Macht durch die Wahl von Kleidung zu unterminieren. Die Beispiele, die hier diskutiert wurden, sind passive Formen des Widerstands, die das repressive System verspotten, ohne es ändern zu können. Einsatz für die feministische Bewegung erfordert Engagement, um die Gesetze, die vorherrschenden Geschlechterstereotypen, Sprache und Sozialisierungsmuster zu verändern. Unter gewissen Umständen jedoch, dort wo die Wahl der Frauen eingeschränkt ist, ist Kleidung ein Mittel, um Macht auszuüben und ein Gefühl für Würde zu bewahren.

YASMINA TAYA

Da ich keinen Schleier trug, empfanden sie mich als »nackt«

»Ich ging weiterhin zum Friseur und zog mich gut an, aber die Leute sahen mich deswegen voller Verachtung an.«

Yasmina Taya wurde 1949 in Algerien geboren. Ihre Kindheit in der damals französischen Kolonie, die Erinnerung an die Gräuel des Unabhängigkeitskriegs und an die Jahre des Terrors haben Yasmina Tayas Denkweise geprägt. Für die Wahrung der Menschenrechte und die Gleichberechtigung der Frau setzte sie sich ihr Leben lang ein. Seit 2006 ist sie Mitglied der *Commission Nationale Consultative pour la Promotion et la Protection des Droits de l'Homme* (Beratende Nationale Kommission für die Förderung und den Schutz der Menschenrechte), die von der algerischen Regierung 2001 ins Leben gerufen wurde.

Als Hommage und im Gedenken an die vielen Frauen, die während des algerischen Unabhängigkeitskriegs in allen Regionen des Landes Seite an Seite mit den Männern kämpften, gründete Yasmina Taya 2013 zusammen mit ihren Freunden Malika Zedjaoui und Benjedidi Mohamed die Website *memoire5*[1] auf der sie Fotos, Briefe, Artikel, Videos sowie Oral-History-Interviews veröffentlichen.

Als Yasmina Taya am 19. August 1949 in der Stadt Annaba im äußersten Nordosten Algeriens nahe der Grenze zu Tunesien geboren wurde, war Algerien noch ein französisches Département. Sie verbrachte ihre frühe Jugend in unruhigen Zeiten – die Spannungen zwischen Algeriern und Franzosen sowie der acht Jahre dauernde Unabhängigkeitskrieg (1954–1962) überschatteten schon früh Yasmina Tayas Leben.

Sie wuchs auf in einem Haus direkt am Meer, gelegen zwischen den weitläufigen, malerischen Stränden Chapuis und St. Cloud. Zu Hause wurde nur Arabisch gesprochen. Der Vater besaß zu jener Zeit ein kleines Boot, in dem er Kies von dem kleinen Hafen Chétaibi nach Annaba transportierte. »Ich bin in einer traditionell geprägten Familie aufgewachsen, bei uns wurden die Religion und ihre Bräuche respektiert. Ich habe die französische Schule und die Koranschule besucht. Mein Vater hat meine Mutter und meine ältere Schwester immer anständig behandelt – die Religion wurde nicht dazu genutzt, Frauen zu schikanieren.« Schon als kleines Mädchen sei sie kokett gewesen und habe hübsche Kleider geliebt, erzählt Yasmina Taya. »Geschminkt haben sich junge Mädchen damals natürlich nicht.«

Da das Bildungssystem nach französischem Vorbild von den Kolonialherren eingerichtet worden war, wurde Yasmina Taya an der Schule nur auf Französisch unterrichtet. Obwohl sie immer Klassenbeste war, wurde sie immer wieder daran erinnert, dass sie »nur« eine Algerierin sei. So herrschte die Lehrerin eine französische Schülerin, die Zweitbeste geworden war, an: »Nur Zweitbeste! Und so eine, so eine wie Yasmina, ist besser als du.«

Als Yasmina Taya zehn Jahre alt war, brach das Unglück über die Familie herein. Ihr Vater, der auf Seiten der Algerier im Unabhängigkeitskrieg kämpfte, wurde von der französischen Armee erschossen. Ihre beiden älteren Brüder und der jüngere, noch nicht einmal 16 Jahre alt, wurden verhaftet. »Sie wurden einen Monat lang grauenhaft gefoltert. Danach waren sie ein Jahr in einem Konzentrationslager inhaftiert. Sie litten an Hunger und Kälte und mussten Zwangsarbeit leisten – Bäume fällen und unter schrecklichen Bedingungen auf den Gütern der Franzosen arbeiten. Nach der Entlassung waren sie gute und überzeugte Kämpfer für die Unabhängigkeit Algeriens.«

Zusammen mit ihrer Mutter, die nur Arabisch sprach, ging Yasmina von einem französischen Armeekommandanten zum anderen, um eine vorzeitige Freilassung ihrer Brüder zu erwirken. Ohne Erfolg. Es waren demütigende Erfahrungen.

Einmal wurden sie und ihre Mutter geschlagen und weggejagt; ein anderes Mal argumentierte die Zehnjährige so gut auf Französisch, dass der Kommandant einen Kollegen holte, auf Yasmina zeigte und von oben herab sagte: »So wie die Französisch spricht, braucht man sich um den Banditen-Nachwuchs keine Sorgen zu machen.« »Die Ungleichheit, die Diskriminierung der Algerier, die als Menschen zweiter Klasse behandelt wurden, die Gefahren, denen Frauen ausgesetzt waren, haben mich schon im Alter von zehn Jahren empört«, erinnert sich Yasmina Taya. »Eine Kindheit habe ich nie gehabt.«

Es waren bewegende Jahre für Algerien. Der Schriftsteller und Literaturnobelpreisträger Albert Camus, der aus der Nähe von Yasmina Tayas Geburtsort Annaba stammt, sagte in seiner letzten öffentlichen Rede am 22. Januar 1956 im *Cercle du Progrès* in Algier: »Wenn ich die Macht hätte, der Einsamkeit und der Angst eines jeden von uns eine Stimme zu verleihen, dann würde ich mich jetzt mit dieser Stimme an Sie wenden. Was mich betrifft, so habe ich dieses Land, in dem ich geboren bin, leidenschaftlich geliebt, denn alles, was ich bin, habe ich aus ihm geschöpft, und ich habe niemals einen der Menschen, die hier leben, welcher Rasse er auch angehören mochte, von meiner Freundschaft ausgeschlossen. Obwohl ich alles Elend, von dem es in diesem Land reichlich gibt, kennengelernt und geteilt habe, ist es für mich das Land des Glücks und der schöpferischen Kraft geblieben. Deshalb kann ich mich nicht damit abfinden, mit ansehen zu müssen, wie es zu einem Land des Unglücks und des Hasses wird.«[2]

Am 18. März 1962 – nach einem Unabhängigkeitskrieg, der mehr als einer Million Algeriern das Leben kostete und einer der blutigsten Befreiungskriege der Kolonialgeschichte war – unterzeichneten Vertreter der französischen Regierung unter Charles de Gaulle und der algerischen Unabhängigkeitsbewegung

FLN (*Front de Libération Nationale*/Nationale Befreiungsfront) im Schweizer Kurort Evian die *Accords d'Evian*. Das Abkommen sah einen sofortigen Waffenstillstand in dem damals noch französischen Département Algerien vor sowie ein Referendum über die staatliche Unabhängigkeit Algeriens. In der Volksabstimmung entschieden sich am 8. April die Festlandsfranzosen und am 1. Juli 1962 die Algerier mit großer Mehrheit für die Unabhängigkeit. Am 5. Juli 1962 war es so weit: Algerien war ein unabhängiges Land.

Nach der Schule begann Yasmina Taya Jura zu studieren. Ihre Mutter unterstützte sie dabei. Schon bald wechselte Yasmina Taya das Fach. Sie schrieb sich für Management und Unternehmensstrategie ein, unterbrach ihr Studium jedoch, als sie heiratete. Ihr Ehemann, ein Industrieller, kam aus der Fischverarbeitungsbranche an der Küste. »Damals durfte man sich erst nach der Hochzeit schminken. Ich habe mir das erste Mal im Leben an meinem Hochzeitstag die Augenbrauen gezupft«, schmunzelt Yasmina Taya. Nach der Hochzeit half sie ihrem Mann in der Fabrik und bekam vier Kinder – zwei Söhne und zwei Töchter. In jenen Jahren kleidete sich Yasmina Taya elegant westlich, schminkte sich und wäre nie auf die Idee gekommen, ein Kopftuch zu tragen. Wirtschaftsfragen sowie Menschenrechte blieben ihr Steckenpferd. Für algerische Frauen jener Zeit tat sie dann etwas sehr Mutiges und Ungewöhnliches: Sie ließ sich scheiden und nahm ihr Studium wieder auf, das sie mit dem *Diplôme d'études supérieures spécialisées* (DESS) in Management und Unternehmensstrategie beendete, einem Abschluss, der nach fünfjährigem praxisbezogenen Hochschulstudium verliehen wird.

Ende der 80er-Jahre brachen in algerischen Städten wie Algier, Oran und Constantine Unruhen aus. Einer der Auslöser war im Jahr 1988 die Erhöhung der staatlich festgelegten Brotpreise.

Das Regime und die Armee gingen gegen die Demonstranten brutal vor – um die 600 Jugendliche wurden getötet. Der damalige Präsident Chedli Bendjedid leitete daraufhin gegen den Widerstand der Militärs, aber mit Unterstützung zahlreicher Intellektueller, vorsichtige Demokratisierungsmaßnahmen ein. Unter anderem sah die von ihm 1989 vorgelegte Verfassung ein Mehrparteiensystem vor und schwächte so die Stellung der FLN (Nationale Befreiungsfront) und die Macht der Armee. Als erste neue Partei ließ sich die *Front islamique du Salut* (FIS), die Islamische Heilsfront, registrieren. Bereits im Dezember 1991 gewann die FIS bei Parlamentswahlen 47 Prozent der Stimmen. Die Militärs griffen sofort ein: Die Wahlergebnisse wurden annulliert. Im Januar 1992 wurde Präsident Bendjedid zum Rücktritt gezwungen; seine Geschäfte übernahm ein vom Militär gebildeter Hoher Staatsrat. Im März 1992 folgte das Verbot der Islamischen Heilsfront. Der blutige Bürgerkrieg in Algerien, der rund 200.000 Menschenleben fordern sollte, hatte begonnen. Beide Seiten – die Terrorgruppierung *Groupe Islamique Armé* (GIA), Mordkommandos der FIS, die algerische Armee sowie Agenten des Geheimdienstes *Département du Renseignement et la Sécurité* (DRS) – begingen in dem Konflikt schwere Menschenrechtsverletzungen.

Für die Frauen Algeriens änderte sich das Leben schlagartig. Yasmina Taya erinnert sich: »Als der islamistische Terror in Algerien begann, überraschte mich das Verhalten der Männer und ebenso das der Frauen. Eine neue Art sich zu kleiden schien um sich zu greifen. Die Männer ließen sich Bärte wachsen, im Stil der Afghanen, die Frauen verbargen ihre Körper unter uneleganten Schleiern. Ich begann mich wie ein Mensch zu fühlen, der sich falsch verhielt. Viele Frauen in meiner Umgebung trugen nun einen Schleier und schminkten sich nicht mehr. Es kam weiterhin zu Anschlägen, und eines Tages erfuhr ich von einem Mord an einem jungen Mädchen, das ohne

Schleier ins Gymnasium gegangen war. Danach erhielten wir jeden Tag schlechte Nachrichten dieser Art.

Ich ging weiterhin zum Friseur und zog mich gut an, aber die Leute sahen mich deswegen voller Verachtung an. Eines Tages beschimpfte mich eine verschleierte Frau auf der Straße, ich solle Gott fürchten, ob ich mich nicht schäme, *nackt* auf der Straße herumzulaufen, dabei war ich ganz normal angezogen, aber da ich keinen Schleier trug, empfand sie mich als ›nackt‹.«

1993 schrieb Yasmina Taya für die unabhängige Zeitschrift *Liberté* und beteiligte sich an Demonstrationen gegen Fundamentalismus und Terrorismus. Ihr Name wurde auf Todeslisten der Islamisten gefunden, sie erhielt Drohungen. »Ich hatte zu jener Zeit keine Angst vor dem Tod. Ich hatte Angst davor, vergewaltigt und gefoltert zu werden und danach die Kehle durchgeschnitten zu bekommen. Außerdem hatte ich Angst um meine Töchter. Bei uns zu Hause schlief zwischen Mitternacht und fünf Uhr morgens keiner. Wir trauten uns nicht. Wir hatten Waffen, um uns zu verteidigen, doch wir hatten immer Angst und haben niemandem mehr vertraut. Es war eine furchtbare Zeit.«

In einem Artikel der Wochenzeitung *Die Zeit* schrieb die deutsch-libanesische Filmemacherin Monika Borgmann 1996: »Seit dem Abbruch der Wahlen 1992 wurden nach Angaben von Frauenorganisationen in Algerien über 700 Frauen gezielt Opfer islamistischer Gewalt, auch Frauen, die sich verschleiert hatten ... Dennoch besiegen heute viele junge Algerierinnen ihre Angst. In den Straßen von Algier treten sie selbstbewusst in engen Jeans, geschminkt und mit offenen Haaren auf, viel weniger Frauen als noch vor zwei Jahren verschleiern sich ... In ihrem Ferienbungalow in Moretti, in dem ein paar Fotos an den Wänden ein bisschen Wärme verbreiten, beschreibt mir Houria

Saihi ihre Überlebensstrategie. ›Als ich auf einem Filmfestival in Frankreich meinen Film zeigte, wurde ich gefragt: Was tun Sie für Ihre persönliche Sicherheit? Ich habe gesagt: Ich bin bewaffnet. Ich griff in meine Tasche, zog meinen Lippenstift heraus, hielt ihn hoch und sagte: Das ist meine Waffe.‹«[3]

Auch Yasmina Taya beschloss, sich gegen den Terror mit weiblichen Mitteln zu wehren: »Einige Frauen und ich beschlossen, Widerstand zu leisten. Wir trugen weiterhin normale Kleidung und benutzten Schminke. Nach und nach begegnete man auch wieder jungen Frauen, die geschminkt und verschleiert waren, zwei oder drei Jahre später schon geschminkten und verschleierten Mädchen in Begleitung von gleichaltrigen Jungen: Die Gesellschaft hatte sich verändert.«

Um die Rechte der Frauen in Algerien, vor allem auf ökonomischem Gebiet, zu stärken, gründete Yasmina Taya bereits 1993 die Vereinigung der algerischen Unternehmerinnen SEVE (*Savoir et vouloir entreprendre* – das Wissen und der Wille zu handeln). Ihr besonderes Augenmerk galt dabei der Integration von Frauen in führende Positionen in der nationalen Wirtschaft sowie Aufbauhilfe, auch finanzieller Art, für angehende Unternehmerinnen. Als Präsidentin der Organisation (1999–2011) reiste sie oft ins Ausland. Da sie immer großen Wert auf eine elegante, gepflegte Erscheinung legte, wurde sie auf Geschäftsreisen öfter gefragt, ob sie sich in Algerien auch westlich kleide, »aber natürlich, antwortete ich und erntete meistens Bewunderung für meinen Mut«, erzählt Yasmina Taya, die zur Ehrenpräsidentin auf Lebenszeit von SEVE ernannt wurde, stolz.

Am 15. April 1999 wurde Abdelaziz Bouteflika, Kandidat der FLN, zum algerischen Staatspräsidenten gewählt. Unter seiner Ägide kam es zu einer Politik der Nationalen Versöhnung.

Islamisten, die freiwillig auf alle Gewalt verzichteten, wurden amnestiert. Die »Charta für Frieden und nationale Versöhnung« wurde im September 2005 durch ein Referendum mit großer Mehrheit von der algerischen Bevölkerung angenommen. Während der Regierungszeit von Abdelaziz Bouteflika, der im April 2014 für eine vierte Amtszeit wiedergewählt wurde, konnte dem mörderischen Blutvergießen in Algerien zumindest Einhalt geboten werden.

Die Lage der Frauen hatte sich, jedenfalls in größeren Städten, verbessert. In einem Interview mit dem Radiosender Deutschlandfunk sagte Yasmina Taya 2009: »Für mich trägt die Politik der Nationalen Versöhnung seit einigen Jahren ihre Früchte. Es gab Zeiten, da konnte ich nicht im Lande reisen, wie ich wollte. Als Vorsitzende unseres Verbandes bin ich keine Unbekannte. Ich konnte nicht auf öffentliche Plätze gehen. Heute dagegen – klopfen wir auf Holz – gibt es nur noch einige vereinzelte Anschläge.«[4]

Algerien ist noch immer ein zerrissenes Land. Die Wunden, die die langen Jahre des Blutvergießens hinterlassen haben, sind noch nicht verheilt. Dem Terror der Islamisten hat sich Yasmina Taya nicht gebeugt, nie trug sie einen Schleier oder ein Kopftuch. Elegante Kleidung, Kosmetika und Accessoires waren immer ein Teil ihres Lebens. Der 65-jährigen Yasmina Taya, die heute in etlichen Menschenrechts- und Wirtschaftsorganisationen ehrenamtlich tätig ist, liegt die Zukunft junger Frauen in Algerien am Herzen. Ihnen soll ihr Schicksal erspart bleiben. »Es gibt nach wie vor Extremisten, aber auch Mädchen, die sich nach der neuesten Mode kleiden. Ich berate Frauen, die in Konfliktzonen leben, und bringe ihnen Schminke und Hygieneartikel mit. Aber besonders wichtig ist es, sie psychologisch zu unterstützen, damit eine Frau ein Mensch bleiben – und dabei ihre Würde bewahren – kann.«

1

2

1
Yasmina Taya (links) bewahrt das Gedenken an die Frauen, die im algerischen Unabhängigkeitskrieg kämpften. In Annaba trifft sie 2013 Houria Toubal sowie Arabelle Bernecker aus Wien.

2
Yasmina Taya in Algier auf einer Konferenz der Beratenden Nationalen Kommission für die Förderung und den Schutz der Menschenrechte, deren Mitglied sie seit 2006 ist, aufgenommen im Januar 2014.

»Eines Tages beschimpfte mich eine verschleierte Frau auf der Straße, ich solle Gott fürchten, ob ich mich nicht schäme, ›nackt‹ auf der Straße herumzulaufen, dabei war ich ganz normal angezogen, aber da ich keinen Schleier trug, empfand sie mich als ›nackt‹.«

KATHY PEISS

Sich selbst schön zu finden, war für schwarze Frauen äußerst wichtig

»Ich schreibe über Kosmetika aus Interesse an der Welt des äußeren Scheins, an der Art, wie Frauen ihr Aussehen gestaltet haben, um ihre Persönlichkeit und ihre soziale Rolle darzustellen.«

Kathy Peiss ist Inhaberin des Roy F. and Jeannette P. Nichols Lehrstuhls für amerikanische Geschichte an der University of Pennsylvania. Sie unterrichtet moderne amerikanische Kulturgeschichte, amerikanische Sexualitätsgeschichte sowie *Women's and Gender Studies*. Kathy Peiss erhielt unter anderem Forschungsstipendien von der *Guggenheim Foundation*, der *Smithsonian Institution* sowie von der *Woodrow Wilson Foundation*. Sie ist außerdem Vorstandsmitglied in der *Society of American Historians*. In ihren Büchern und Forschungsarbeiten untersucht Kathy Peiss unter anderem die Geschichte der amerikanischen Arbeiterinnen und deren Freizeitverhalten im New York des ausgehenden 19. Jahrhunderts; sie schreibt über Popkultur, Kulturpolitik zu Zeiten des Zweiten Weltkriegs sowie über die Schönheitsindustrie in Amerika und anderen Ländern. Dabei interessiert sie besonders, wie die Verbindung von Kommerz und Kultur im Laufe der Zeit den Alltag in den USA geprägt hat. In ihrem Buch »Hope In A Jar – The Making of America's Beauty Culture«, das auf ihren sorgfältigen Recherchen beruht, erzählt Kathy Peiss engagiert und mit Humor die Geschichte der amerikanischen Kosmetik- und Schönheitskultur – von viktorianischen Rezepturen bis hin zu den Massenprodukten der heutigen Konsumgesellschaft.

1933 schrieb die Zeitschrift ›Vogue‹, dass »Lippenstiftauftragen eine der Gesten des 20. Jahrhunderts« geworden sei.

Ich liebe dieses Zitat, es ist wirklich großartig. Ich glaube, man muss diese Geste des Lippenstiftauftragens als einen Akt der Darbietung sehen. Eine Darbietung, die öffentlich ist, die man nicht im eigenen Badezimmer oder am Schminktisch vollzieht.

Natürlich kann man sich das Nase pudern auch als so eine Geste vorstellen, doch wenn eine Frau am Esstisch oder in einem Laden mit einem Handspiegel Lippenstift aufträgt, ist das mehr als eine Handlung: Es ist ein Auftritt. Man möchte sich verschönern, aber gleichzeitig die Aufmerksamkeit auf sich lenken. Ich glaube, von all den Neuerungen in den 20er- und frühen 30er-Jahren wurde das öffentliche Auftragen von Lippenstift, wenn auch nicht für alle Frauen, so doch für die meisten von ihnen akzeptabel.

Im 19. Jahrhundert noch galt das Auftragen von Schminke als unnatürlich und gottlos. Frauen, die dekorative Kosmetika verwendeten, verurteilte man als eitel, verlogen und haltlos. Seit der Wende zum 20. Jahrhundert, im Rahmen der Entwicklung hin zu einer eher säkular geprägten und konsumorientierten Gesellschaft und einhergehend mit der Verbreitung von Fotos, Spielfilmen und Illustrationen, unterlagen auch solche Urteile einem Wandel. Eitelkeit hieß jetzt sich pflegen, und was einst als Täuschung gebrandmarkt war, bedeutete jetzt, sich von seiner schönsten Seite zu zeigen. Begierde war nun wünschenswert, denn Konsum galt als eine gute Sache.

Interessant für die Erklärung dieses Wertewandels ist auch die Große Depression, die Weltwirtschaftskrise, die 1929 begann. Für Frauen und für Männer war es in Bezug auf ihre Rollenverteilung sowohl wirtschaftlich als auch psychologisch eine sehr schwierige Zeit. Trotz aller Widrigkeiten aber hörten sie keineswegs auf, sich um ihr Äußeres zu kümmern. Gerade in Zeiten wirtschaftlicher und sozialer Unruhen, in denen die Gesellschaft unter enormem Druck stand, wollten sie unbedingt festhalten an ihren Idealen.

Der Verkauf von Kosmetikartikeln ging während der Großen Depression dann auch nicht zurück. Die Frauen konnten sich in diesen Jahren zwar nicht unbedingt ein neues Auto oder ein neues Kleid kaufen, aber sie gönnten sich den kleinen Luxus eines neuen Lippenstifts. Sich schminken gab ihnen das Gefühl, wie eine normale Frau auszusehen. Sie erschienen in der Öffentlichkeit zwar nicht als wohlhabend, aber als jemand, der noch nicht aufgegeben hat. Ich glaube ganz allgemein, dass Krisenzeiten das Bedürfnis von Frauen intensivieren, ihr Aussehen zu wahren, sich herzurichten, kleine Luxusgüter zu kaufen, in den Schönheitssalon zu gehen. Es ist eine Art Therapie und von großer Bedeutung. In dieser Hinsicht ist der Lippenstift außergewöhnlich attraktiv. Ich weiß auch nicht genau, warum unsere Kultur den Mund so betont – aber es sind tatsächlich Lippenstifte, die in Zeiten der Not, sozialer Veränderungen und in Krisen von den Frauen besonders geliebt werden. Mit einem leuchtend roten Lippenstift fällt die Trägerin auf, und er ist sicher immer auch ein Zeichen für Erotik und Jugend, ja, für eine gewisse Verwegenheit.

Wie wirkten sich Ende der 20er-Jahre das Alter und der Wohnort – die Stadt oder das Land – auf die Art der Schönheitspflege aus? Und wie wichtig war sie für Frauen aus Einwandererfamilien?

Über die Verwendung von Kosmetika kann man in den 20er- oder sogar in den 30er-Jahren keine allgemeingültige Aussage treffen, es ist kein nationales Muster zu erkennen. Doch ist es möglich zu sagen, dass Frauen in den Städten sowie die Jüngeren eher geneigt waren, eine breit gefächerte Palette von Kosmetikprodukten zu verwenden, ja, sogar Kunstfertigkeit im Umgang mit Kosmetika zu entwickeln. Wir haben nicht allzu viele Statistiken darüber, aber es scheint klar zu sein, dass dies auch bis zu einem gewissen Grad mit einem Gefühl der nationalen amerikanischen Identität verbunden war. Auffallend ist, dass beim Kauf und der Verwendung von Kosmetika die Töchter der Einwanderer zu den Vorreitern zählten. Sich schminken war ein Zeichen für amerikanisches Aussehen und geeignet, die Herkunft aus der Alten Welt zu verwischen. Dies hatte im Wesentlichen mit dem Aufkommen der Filmindustrie zu tun, denn in den Filmen waren Kosmetika überaus präsent. Einwanderer gehörten zu den ersten Gruppen, die ins Kino gingen. Ich glaube, sie haben die geschminkten Stars auch mit dem glamourösen amerikanischen Stil assoziiert.

In Ihrem Buch schreiben Sie, dass schwarze Frauen wie Sarah Spencer Washington, Madame N. A. Franklin, Madam C. J. Walker und Annie Turnbo Malone bereits Ende des 19. Jahrhunderts, Anfang des 20. Jahrhunderts mit zu den erfolgreichsten Unternehmerinnen in der Kosmetikindustrie gehörten. Waren Schönheitsprodukte und Haarpflegemittel für afro-amerikanische Frauen eine Möglichkeit, um ihr Selbstwertgefühl in schweren Zeiten zu stärken? Hatten sie deshalb eine so große Bedeutung für sie?

Für afro-amerikanische Unternehmerinnen war der Aspekt des Selbstwertgefühls unglaublich wichtig. Ich bin mir nicht sicher, ob Frauen wie Elizabeth Arden diesem Punkt eine ebensolche Bedeutung zumaßen, aber für schwarze Frauen kann man ihn gar nicht hoch genug einschätzen. Ihr Aussehen wurde so lange stereotyp als hässlich dargestellt, ja, man verglich es sogar mit dem von Tieren. Dies war ein wesentlicher Ausdruck weißer Vorherrschaft, die die schwarze Frau in jener Ära täglich erfuhr. Afro-amerikanische Frauen wie Madam C. J. Walker widersetzten sich dieser rassistischen Herabsetzung sehr, sehr explizit. Nicht zuletzt, indem sie auf der Würde und der Ehrbarkeit der schwarzen Frau bestanden, die man auch in ihrem Auftreten sehen sollte. Um die Jahrhundertwende war dies ein Teil ihres enormen Erfolgs als Händlerin von Schönheitsprodukten. Kontrolle über den eigenen Körper zu haben, sich selbst so schön zu finden, fühlen, dass man unantastbar ist, war für schwarze Frauen ein äußerst wichtiges Thema.

Der Gebrauch von Kosmetika wurde lange als vulgär und billig angesehen. Warum änderte sich diese Sichtweise Ende der 20er-, Anfang der 30er-Jahre? Plötzlich wurde Schönheitspflege als »Teil der weiblichen Persönlichkeit« anerkannt.

Dafür gibt es mehrere Gründe, entscheidend aber ist der damals entstehende Wunsch vieler Frauen, sich selbst darzustellen, der eigenen Persönlichkeit Ausdruck zu verleihen, um sich so Anderen mitteilen und vorstellen zu können. Wir leben nun mal in einer Welt, in der sich die meisten Menschen untereinander nicht kennen. Man ist sich fremd und möchte diejenigen, mit denen man kommunizieren muss, auf die eine oder andere Art beeindrucken. Und ich denke, dass den Frauen dafür Kosmetika unentbehrlich wurden. Man verkaufte sie ihnen ausdrücklich mit dem Versprechen, dass sie der Erweiterung ihrer Persönlichkeit dienten. Nicht als das billige, vulgäre ›Zeugs‹, das Prostituierte verwenden würden, sondern als Produkte, die jede respektable Frau benutzt. Wir reden von den 20er- und 30er-Jahren, einer Übergangszeit. Das Verwenden von Kosmetika wurde in den Staaten sicher noch nicht allgemein akzeptiert, aber doch von jungen Frauen. Männer und Frauen erlebten, dass ihre moderne Identität geprägt wurde durch eine neue Art des Aussehens dank Kosmetika. In den 20er-Jahren, einer Zeit ungeheurer kultureller Spannungen, warnte man vielerorts noch vor solchen Veränderungen, die Moderne kam in Verruf, die Jugend in die Irre zu führen. Doch solche Warnungen verschwanden langsam in den 30er-Jahren, als die Welt der Kosmetika zur universellen Erfahrung für Frauen wurde.

Waren Kosmetika nicht immer wichtig für die Selbstachtung von Frauen? In Ihrem Buch zitieren Sie eine Bäuerin aus Upstate New York, die sich bereits um 1900 um ihr Aussehen kümmerte und anderen Bäuerinnen riet, nachdem

das Tageswerk erledigt sei, sich zu pflegen und hübsch anzuziehen. Sie sagte darüber: »Das Gefühl, den Kontakt mit der Welt aufrecht zu halten, lohnt sich. Und all die kleinen Dinge zählen.«

In jeder menschlichen Gemeinschaft gibt es etwas, das mit einem Sinn für Ästhetik, mit Schönheit zu tun hat, daran besteht gar kein Zweifel. Vor 1900 wurde viel Druck ausgeübt, der es Frauen sehr schwer machte, ein Interesse an Kosmetika zu zeigen. Frauen, die Kosmetika verwendeten, waren sozialer Ächtung ausgesetzt. Um Kosmetika salonfähig zu machen, musste es einen wirklichen Wandel in der Einstellung gegenüber der Sexualität sowie der öffentlichen Rolle von Frauen geben, eine Einstellung, die das weibliche Selbstwertgefühl und ihre Würde fördern. Interessant an dem Zitat von der Bäuerin ist, dass jemand fernab auf einem Bauernhof den Kontakt mit der Welt sucht, bereit ist, mit Menschen außerhalb der eigenen Welt Verbindung aufzunehmen – dies ist bereits ein Zeichen der Moderne.

Während des Zweiten Weltkrieges wurden Lippenstifte »Victory Red« und »Patriot Red« genannt.

Damals wurde alles Mögliche »*Victory*« und »*Patriot*« genannt. Die Kosmetikunternehmen hatten großes Glück, denn sie bekamen im Grunde einen Freibrief für die Weiterführung ihrer Produktion während des Krieges. Man sah dies als moralische Unterstützung für all die Frauen an, die für die Kriegsindustrie rekrutiert wurden. Um diese Produktion sowie den Verkauf von Lippenstiften zu rechtfertigen, war die Verbindung von »*Victory*« und »*Patriotism*« eine ausgezeichnete Werbeidee. Das *War Production Board* veranstaltete damals eine Umfrage und wollte von Frauen jeder Altersgruppe wissen, auf welche Kosmetika sie am ehesten verzichten könnten, um Metall und

Chemikalien der Rüstungsindustrie zugutekommen zu lassen – »… auf Faltencreme, Nagellack und vieles mehr, wenn es hilft, die Achsenmächte zu schlagen.« Doch als unentbehrlich galt allen: der Lippenstift!

Die amerikanische Modezeitschrift ›Vogue‹ fragte 1941: »Ist es in Zeiten wie diesen patriotisch, sich um sein Aussehen zu kümmern?« Wie lautete die Antwort der Kosmetikindustrie und die der amerikanischen Frauen?

Die Antwort auf diese Frage war JA! Prinzipiell sagten dazu alle ja. Offenkundig wollte die Kosmetikindustrie ihre Produkte verkaufen. Aber ich glaube, dass es für Frauen wirklich wichtig war, gut auszusehen in einer Zeit, in der viele Dinge rationiert wurden und man im alltäglichen Leben immense Schwierigkeiten zu überwinden hatte: Wenn sie zum Beispiel nach schwerer Fabrikarbeit nach Hause kamen und sich dann noch um die Kinder kümmern mussten – es war das erste Mal in der Geschichte Amerikas, dass dies ein Problem für so viele Frauen war. Sich nicht gehen zu lassen, war ihre Art zu zeigen, dass sie an der Heimatfront das Ihre taten, um die Soldaten im Ausland zu unterstützen. Man wollte sein gutes Aussehen bewahren – für den Ehemann oder den Freund, der in Übersee kämpfte; etwa im Stile des *Pin-up-Girls*. Zu jener Zeit gab es den Einberufungsbescheid, also die Wehrpflicht, und es stellte sich die Frage: Was bringt Amerikaner dazu zu kämpfen? Das ging ja nicht automatisch, weil die Regierung dazu aufforderte. Aber es hieß auch, man kämpfe für den *American way of life* – und dazu gehörten schöne Frauen, glamouröse Frauen, Frauen in einem gemütlichen Zuhause, die Rückkehr zur Familie oder die Gründung einer Familie nach dem Krieg.

Der US-Minister für Wirtschaftsstabilisierung ließ die Umkleidekabinen von Rüstungsbetrieben, so zum Beispiel bei Lockheed and Sperry, angeblich

sogar mit Lippenstiften ausstatten und richtete Kosmetiksalons ein – um die Produktivität zu fördern. Woher kommt eine solche Obsession in Zeiten des Krieges?

Sicher gab es diese Obsession während des Zweiten Weltkrieges, anders als im Ersten Weltkrieg und in späteren Kriegen. Im Zweiten Weltkrieg kam es zu einer gewaltigen Mobilisierung der gesamten Bevölkerung und Zusammenarbeit von Unternehmen und amerikanischer Regierung. In den meisten Werbeanzeigen in Zeitschriften las man damals Slogans wie »Kauft Kriegsanleihen«, »Wir sind dabei, bis es vorbei ist« oder »Kämpft weiter«. Die Kooperation der Regierung mit den Unternehmen schloss sicher auch die Schönheitsindustrie mit ein.

Die Frauen? Es ist klar, dass sie Kosmetika verwendeten und weiterhin gut aussehen wollten, besonders wenn sie einen Arbeitsplatz hatten, der vor dem Krieg eine mehr oder minder rein männliche Domäne war – also industrielle Arbeit, Panzer und Schiffe produzieren. Es war einmalig in der amerikanischen Geschichte, dass Frauen gedrängt wurden, Jobs zu übernehmen, die sie vorher in Friedenszeiten nie gehabt hatten. Obwohl sie mit dieser Arbeit männliche Rollen übernahmen, wollten sie gegenüber ihrer Umwelt, aber auch sich selbst gegenüber, weiterhin ihre Weiblichkeit beweisen.

Die Schönheitssalons in den Fabriken von Lockheed und Sperry kann man auch als eine unentbehrliche Einrichtung für die Aufrechterhaltung der Moral der Belegschaft sehen. Die Arbeitszeiten waren lang, die meisten Unternehmen fuhren drei Schichten am Tag. Und wenn eine Frau aufgrund dessen keine Zeit hatte, ihren gewohnten Kosmetiksalon zu besuchen, so konnte sie in den fabrikeigenen gehen – man bediente die vermeintlichen Bedürfnisse der weiblichen Angestellten in der Kriegsindustrie.

Durften Frauen, die in der amerikanischen Armee dienten, sich schminken?

Ja, Frauen dienten in dem *Women's Army Corps*, dies war der Frauenhilfsdienst der amerikanischen Armee, und sie benutzten Kosmetika. Sie waren sehr gepflegt. Zu ihrer Ausbildung gehörten auch erstklassige Kurse in Sachen Körperpflege, also sahen sie sehr gut aus. Natürlich zählten sie nicht zu den kämpfenden Einheiten, sondern zu Hilfstruppen. Aber sie waren sozusagen Symbole eines weiblichen Bekenntnisses zur Kriegsführung.

Das ›Federal War Production Board‹ musste die Herstellung von Konsumgütern einschränken, da Materialien wie bestimmte Metalle und Chemikalien für die Waffenindustrie benötigt wurden. Wie reagierten die Kosmetikunternehmen?

Das Problem mit dem rationierten Metall umgingen die Kosmetikunternehmen, indem sie zum Beispiel Papier und Karton als Hülle für den Lippenstift nutzten. Für Nagellack brauchte man Email, dasselbe Email, das man zum Lackieren von Autos und anderen Fahrzeugen verwendete. Solche Stoffe waren weniger verfügbar, deshalb mussten Ersatzstoffe für einige der Chemikalien im Nagellack gefunden werden. Die meisten Kosmetika konnten jedoch weiterhin hergestellt werden. Für viele Produkte brauchte man Petroleum, dies wurde häufig durch Wachs ersetzt, eine Art von Wachsen, die nicht komplett unter die Einschränkungen des *War Production Board* fielen. Auch fällten die Gremien immer mal wieder Entscheidungen, dass dieses oder jenes Produkt für die Moral an der Heimatfront unentbehrlich sei, weshalb bestimmte Inhaltsstoffe freigegeben wurden. In vielen Fällen konnte die Kosmetikindustrie so die Einschränkungen umgehen. Gewisse Dinge gab es allerdings nicht zu kaufen, da denke ich als Erstes an Nylonstrümpfe. Hier ließ sich die Kosmetikindustrie etwas einfallen: »flüssige Strümpfe« – die Naht malte man auf die Rückseite der Beine auf.

In ihrem Buch »Rauch über Birkenau« schreibt die Holocaust-Überlebende Liana Millu über französische weibliche Häftlinge, die einen Teil ihrer Margarineration aufbewahrten, um sie als Gesichtscreme zu verwenden.

Es ist einfach herzzerreißend, dass diese Frauen, vor die Wahl zwischen einem Lebensmittel und einer »Gesichtscreme« gestellt, sich für Letzteres entschieden. Aber es überrascht mich nicht, es gab viele Umfragen unter amerikanischen Frauen während der Großen Depression – die natürlich keine so extreme Krisensituation war –, in denen danach gefragt wurde, wofür sie ihr Geld ausgeben würden. Das Ergebnis: eher für Kosmetika als für eine bessere Lebensmittelqualität.

Ich würde sagen, dass die Erzählung aus Liana Millus Buch ein beeindruckendes Beispiel dafür ist, wie wichtig es Frauen in Zeiten der Not ist, sich um ihr Aussehen zu kümmern. Es ist ihre Art, auf sich selbst achtzugeben. Es geht um ein Gefühl für das eigene Ich, um Ehrbarkeit, darum, nicht aufzugeben, einfach um das Gespür dafür zu bewahren, wer man wirklich ist. Ich schweife ein wenig ab: Meine Mutter lebt in einer Wohnanlage für Senioren, und dort gibt es einen Schönheitssalon. Ein entzückender kleiner Salon, es kommt eine Kosmetikerin, die den Frauen die Haare macht und sie schminkt, wirklich ein Erlebnis. Meine Mutter ist Mitte achtzig, einige Frauen, die dort leben, sind in ihren Neunzigern, und alle sind sehr darauf bedacht, ihre Erscheinung zu bewahren. Es ist sehr wichtig für sie, obwohl ihr Geist nachlässt und sie Dementia haben, gibt es da etwas ganz tief in ihrem Inneren, an dem sie festhalten.

1

1
Madam C.J. Walker wurde 1867 als Sarah Breedlove auf einer Baumwoll-plantage in Louisiana geboren. Ihre Eltern gehörten zu den ersten befreit Sklaven. Sarah war ihr fünftes Kind u das erste, das in Freiheit geboren wurd

2
Um die Jahrhundertwende war Madan C.J. Walker eine der ersten afro-ame kanischen Frauen, die Kosmetikproduk vor allem Haarpflege, für schwarze Frauen herstellte und vertrieb. Sie reiste durch den Süden und Südosten der Staaten, um ihre Haarmittel an der Tür zu verkaufen und sie in Kirche und Logen zu präsentieren. Madam C.J. Walker war die erste Frau in Amerika, die dank ihres Geschäfts zur Millionärin avancierte.

3

4

junge Frau der Luftabwehr in Eng-
während des Zweiten Weltkriegs.

udd und Max Factor inspizieren
im kalifornischen Hollywood ihre
nstift-Kreationen. Ein Jahr später
eb die Modezeitschrift ›Vogue‹,
»Lippenstiftauftragen eine der
n des zwanzigsten Jahrhunderts«
rden sei.

ELIZA MOUSAEVA

Gut gekleidet hatte ich das Gefühl, ein normales Leben zu führen

*»In einer Situation,
in der um einen
herum Chaos
herrscht, das zu
kontrollieren
unmöglich ist,
kümmert man sich
um sein Äußeres.«*

»Daß aus den ausgebrannten Kulissen von Grosny schon mittags anmutige, frischgewaschene Frauengestalten, kunstvoll frisiert, ein zusammengerolltes dünnes Kopfband anstelle des Kopftuchs, in enganliegenden langen Kleidern, drapiert mit Spitzen, in lackierten Stöckelschuhen aufsteigen, als wären sie unterwegs in die Pariser Oper, führt unsere Vorstellung von Krisengebieten ad absurdum.«

Irene Brežná: »Die Wölfinnen von Sernowodsk – Reportagen aus Tschetschenien«, 1997

Eliza Mousaeva wuchs in der nordkaukasischen Republik Tschetschenien auf. Den ersten Tschetschenienkrieg (1994 bis 1996) überlebte sie bei Verwandten versteckt in einem Bergdorf. Während des zweiten Tschetschenienkrieges (1999 bis 2001, offizielles Ende, Aufhebung des Antiterrorstatus für Tschetschenien erst 2009) arbeitete sie in der Nachbarrepublik Inguschetien in einem Flüchtlingslager. Die 1963 geborene Psychologin und Menschenrechtsaktivistin zog 2004 nach Wien, um bei der Internationalen Helsinki Föderation für Menschenrechte (IHF) als Beraterin tätig zu sein. Anfang 2008 erhielt sie das »Sakharov Forschungsstipendium« des *Davis Center for Russian and Eurasian Studies* an der Harvard University in Cambridge, USA, und studierte dort bis Juli 2008. Eliza Mousaeva promovierte 2014 an der psychologischen Fakultät der Universität Wien im Rahmen des Programms »*Initiativkolleg-Empowerment through Human Rights*«. In ihrer Doktorarbeit widmete sie sich der Frage, welche traumatischen Reaktionen die Straffreiheit von Tätern bei deren Folteropfern sowie bei Menschenrechtsaktivisten im Nordkaukasus auslöst.

Über dem Fernseher hängt ein Bild der berühmten russischen Dichterin und Schriftstellerin Anna Achmatowa. Vor einem Spiegel auf einer kleinen Kommode flackern Kerzen, dazwischen Modeschmuck und Parfümflaschen. Die Psychologin und Menschenrechtsaktivistin Eliza Mousaeva lebt seit 2004 in einem Einzimmerapartment unweit des Schlosses Belvedere im Dritten Wiener Gemeindebezirk.

Eliza Mousaeva wurde 1963 in einem tschetschenischen Bergdorf geboren. Ihr Vater, ein Tschetschene, und ihre Mutter, die aus der benachbarten nordkaukasischen Republik Inguschetien stammte, lernten sich in der Verbannung in Kasachstan kennen. »Ich gehöre der Generation an, deren Eltern von Stalin 1944 deportiert wurden. Einige von uns wurden in Kasachstan geboren, einige in Tschetschenien«, erzählt sie.

Tschetschenen und Inguschen waren seit Anbeginn der kommunistischen Herrschaft erbitterte Gegner des Sowjetregimes. Am 23. Februar 1944 – dem Tag der Sowjetarmee – ließ Stalin wegen angeblicher Kooperation mit dem deutschen Feind über eine halbe Million Tschetschenen und Inguschen in Viehwaggons mit den Aufschriften »Banditen« und »Volksfeinde« nach Kasachstan deportieren. Die Operation war sorgfältig geplant worden – vom NKWD, der Vorläuferorganisation des sowjetischen Geheimdienstes (KGB). In Kasachstan mussten die Deportierten auf Plantagen und in Bergwerken Zwangsarbeit leisten. Erst 1957, 13 Jahre später, beendete Nikita Chruschtschow das Zwangsexil für Tschetschenen und Inguschen in Kasachstan. Bis 1959 kehrten etwa 200.000 Überlebende nach Tschetschenien zurück. So auch Elizas Eltern. »Vier meiner Geschwister wurden in Kasachstan geboren, zwei Brüder und ich dann in Tschetschenien. Eigentlich hätte ich drei weitere Geschwister, doch sie sind noch in Kasachstan verhungert.« Während sie darüber spricht, fällt Elizas Blick auf das Schwarz-Weiß-Foto ihrer Eltern, aufgenommen in der Verbannung im Jahre 1948.

Ihre Kindheit und Jugend verbrachte Eliza Mousaeva in der tschetschenischen Hauptstadt Grosny. Nach dem Gymnasium studierte sie Geografie und arbeitete als Lehrerin. »Wir führten ein normales, friedliches sowjetisches Leben«, erinnert sich Eliza. »Daneben allerdings existierte und existiert noch immer eine kaukasische Subkultur, übrigens auch in Armenien und Georgien. Eine streng patriarchalische Gesellschaft, mit eigenen Regeln und Werten. Kleidung und äußere Erscheinung sind hier von großer Bedeutung. In Grosny gab es wie in anderen sowjetischen Städten Märkte, auf denen Waren aus Moskau und Handelsstädten wie Odessa verkauft wurden: Kleider, Schuhe, Kosmetika. Zum dreifachen Preis. Ich sah dort wunderbare Lederstiefel. Sie kosteten 250 Rubel, mein Monatsgehalt als Lehrerin betrug damals, 1986, nur 220 Rubel. Natürlich habe ich sie gekauft! Aus den Erzählungen meiner Eltern weiß ich, dass sie auch in der kasachischen Verbannung auf ihr Äußeres achteten, sogar dort immer versuchten, gut gekleidet zu sein.« Davon berichtet auch Alexander Solschenizyn in seinem Buch »Der Archipel Gulag«: »Aber es gab eine Nation, die nicht aufgab, die sich nie unterwerfen ließ – und ich spreche nicht nur von einigen Rebellen unter ihnen –, sondern von der ganzen Nation, bis auf den letzten Mann. Dies waren die Tschetschenen ... Sie aßen, sie tranken, und die jungen Leute zogen sich sogar fein an.«[1]

Zu sowjetischen Zeiten hieß es in Russland, dass tschetschenische Frauen zu jeder Tages- und Nachtzeit übertrieben angezogen seien, dass sie tagsüber Diamanten und Pelzmäntel trügen und nur die Universität besuchten, um mit ihrer Kleidung anzugeben, nicht um zu studieren. In der sowjetischen Gesellschaft galten Frauen, die sich allzu elegant kleideten, die Nagellack und Make-up auftrugen, schnell als Symbol einer dekadenten und bürgerlichen Welt. »Doch wir lebten in einer kaukasischen Parallelwelt. In unseren Kreisen erwartete niemand, dass man sich wie eine typisch sowjetische Frau kleidete, falls es überhaupt vorkam, hieß es, die leidet an Depressionen. Eine gepflegte Erscheinung – in jeder Lebenslage – war immer Teil meiner Identität«, sagt Eliza Mousaeva mit Selbstvertrauen in der Stimme.

Es folgten Jahre des Umbruchs. Ende 1991 verkündete Boris Jelzin, der erste demokratisch gewählte Präsident Russlands, die Auflösung der Sowjetunion. Und im November 1991 erklärte der tschetschenische Präsident Dschochar Dudajew, ein ehemaliger General der Sowjetarmee, Tschetschenien für unabhängig. Noch im selben Monat verhängte Boris Jelzin den Ausnahmezustand über Tschetschenien und schickte Truppen, die sich aber angesichts des massiven tschetschenischen Widerstands nach ein paar Tagen zurückzogen.

Während dieser Zeit studierte Eliza Mousaeva Psychologie an der Moskauer Staatlichen Pädagogischen Universität. Angesichts der Situation in ihrer Heimat und einer aufgeheizten Atmosphäre in Russland ahnte sie, dass dies die Ruhe vor dem Sturm war. Ihr war klar, dass der Kreml die Unabhängigkeitsbestrebungen Tschetscheniens und das autoritäre Regime Dudajews nicht lange dulden würde.

Ende 1994 war Eliza Mousaeva zu Besuch bei ihrer Familie in Grosny. Noch glaubte niemand an Krieg. Doch immer öfter wurde geraunt, dass diese oder jene Familie ihre Frauen und Kinder zu den Verwandten in die Berge gebracht habe. Schon bald schickte auch Elizas Vater Frauen und Kinder in die sichere Abgeschiedenheit der Berge; nur Elizas Mutter blieb bei ihm in Grosny. Eliza und die anderen nahmen nur ein paar Habseligkeiten mit, da alle glaubten, sie würden nur ein bis zwei Wochen wegbleiben. Das Leben dort war spartanisch. Wasser musste aus einem Brunnen geschöpft werden, zwölf Personen teilten sich ein Zimmer. »Eines Abends saß ich mit meiner Schwägerin vor der Tür, und wir unterhielten uns über Filme, die während des Zweiten Weltkriegs spielen. Und wir erinnerten uns daran, dass in diesen Filmen alle dachten, der Krieg wäre in zwei Wochen vorbei. Wir sahen uns an und wussten plötzlich, dass auch wir mit dieser Illusion lebten. In dem

Moment begriff ich, dass der Krieg viel länger dauern würde.« Ihre Vorahnung sollte sie nicht täuschen.

Am Silvesterabend 1994 herrschte Aufregung in dem Bergdorf, die Kinder freuten sich auf Verwandte aus der Stadt, die allerlei Geschenke mitbringen sollten. Ihre Freude verflog augenblicklich, als Elizas Mutter mit verwirrten Gesichtszügen in der Tür erschien und vor Aufregung auf Russisch statt auf Tschetschenisch ein gängiges russisches Sprichwort zitierte: »Komme, wie es kommen mag«. Russische Truppen hatten an jenem Abend Grosny aus der Luft angegriffen und befanden sich auf dem Vormarsch in die Stadt. Elizas Eltern und Brüder waren gerade noch entkommen. »Es war eine grauenhafte Zeit. Ich hatte Depressionen und das Gefühl, mein Leben sei auf unbestimmte Zeit vertagt. Ich fühlte mich, als ob jemand mit einer Fernbedienung auf den Stopp-Knopf gedrückt und mein Leben angehalten hätte. In jenen Tagen dachte ich nur an die Zukunft, ich sehnte mich nach einem zivilisierten Leben, einem Leben mit gut gekleideten, geschminkten Frauen. Einem Leben voller Farben.« Noch heute denkt Eliza Mousaeva mit Schmerzen an jene Zeit in den Bergen.

Monate später auf der Rückfahrt nach Moskau, während eines Zwischenstopps in Nazran, der Hauptstadt Inguschetiens, verbrachte Eliza Mousaeva etliche Stunden in Geschäften. »Ich konnte mich nicht satt sehen an den bunten Kleidern, sogar ein T-Shirt mit aufgenähten gelben und roten Pailletten faszinierte mich. Ein Rausch an Farben. Es war für mich endlich die Rückkehr ins zivilisierte Leben.« Während der Monate in den Bergen hatte Eliza Mousaeva ihre Umgebung nur in schwarz-weiß wahrgenommen – die schwarzen Berge mit den schneebedeckten Kuppen wirkten auf sie deprimierend: »Die einzige Farbe dort war das Blau des Himmels. Farben symbolisierten für mich Lebenslust und Unbeschwertheit.«

Am Ende des ersten Tschetschenienkriegs, 1996, glich Grosny einer Geisterstadt. Zerbombte Häuserruinen säumten die Straßen. Nur wenige Menschen hatten in der Stadt überlebt, meist in den Kellern. In der pädagogischen Hochschule, einer ehemaligen Studentenherberge, an der Eliza Mousaeva Psychologie lehrte, bestanden die Fenster nur noch aus ein paar zersplitterten Glasscheiben, es gab kein fließendes Wasser und keine Heizung. Die Straßen und Gehwege waren im Frühling, Herbst und Winter voller Schlamm und Matsch, im Sommer lag eine dicke Schicht Staub darüber.

»Ich bin jeden Tag auf diesen Straßen von der Busstation zur Hochschule gelaufen und habe immer Schuhe mit Absätzen getragen. Gut gekleidet zu sein, gab mir das Gefühl, ein normales Leben zu führen, das war ganz wichtig; das Gefühl, dass ich wieder ich selbst sein kann. Und vor allem: Ich habe mich nicht geändert, ich bin derselbe Mensch, der ich vor dem Krieg war.«

Eliza Mousaeva war nur eine unter den vielen jungen Frauen, die mit perfekter Frisur, Make-up und schick gekleidet nach dem Krieg durch die Trümmer der Stadt liefen, so als wäre nichts gewesen. So zeigten sie, dass sie dem Tod ein Schnippchen geschlagen hatten, dass sie sich von den Kämpfen nicht hatten kleinkriegen lassen. Jede Möglichkeit, hübsche Kleidung, Schuhe und Kosmetika kaufen zu können – die Händler auf den Märkten boten auch inmitten der Ruinen ihre Waren an –, wurde genutzt. Da es kein fließendes Wasser in der Stadt gab, fuhr zweimal in der Woche ein Lkw mit Wassertanks vor, und in Metalleimern schleppte man das Wasser nach Hause. Einige verkauften sogar ihre Metalleimer, um Geld für neue Kleidungsstücke zu haben. Inmitten einer aus den Fugen geratenen Welt war auf das eigene Aussehen zu achten auch ein Schutz vor dem Nachkriegschaos.

Doch der Frieden in der verwüsteten Stadt sollte nur von kurzer Dauer sein. In Moskau gingen im September 1999 in Mietshäusern Bomben hoch. 300 Menschen starben, mehrere Hundert wurden verletzt. Die Schuld daran wurde sofort tschetschenischen Terroristen gegeben. Doch bis heute gibt es kein Bekennerschreiben, wurden keine Tschetschenen als mutmaßliche Täter verhaftet. Menschenrechtsaktivisten, ehemalige Geheimdienstmitarbeiter und Politiker aus dem Westen und auch aus Russland vermuten, dass der Inlandsgeheimdienst der Russischen Föderation (FSB) hinter den Attentaten steckte, denn diese Anschläge waren ein willkommener Vorwand des angeschlagenen Boris Jelzin für einen zweiten Krieg gegen Tschetschenien – und eine günstige Voraussetzung für Putins Wahl zum Präsidenten im Jahr 2000, denn sein daraufhin gnadenloses Vorgehen in Tschetschenien erhöhte sein Ansehen bei den Wählern.

Sie habe viel über den Zweiten Weltkrieg gelesen, erzählt Eliza Mousaeva, und darüber, dass die Menschen sich damals noch gut an den Ersten Weltkrieg hätten erinnern können, da nur ein paar Jahre dazwischen gelegen hatten. Ihr sei es ähnlich gegangen, vor dem ersten Krieg sei man noch ahnungslos gewesen, und als der zweite Krieg begann, waren die Narben des ersten noch nicht verheilt. »Wir wussten, dass dieser Krieg noch schlimmer werden würde. Weder in Russland noch in der Welt gab es Sympathien für die Tschetschenen, wir hatten den Ruf, Banditen oder Terroristen zu sein. Außerdem war es diesmal Putins Krieg und nicht Jelzins, intuitiv war uns klar, dass diesmal auch die Dörfer bombardiert und zerstört werden würden«, fügt sie hinzu. Zusammen mit ihrer Familie flüchtete sie in das benachbarte Inguschetien, in die Hauptstadt Nazran, wo sie bei Verwandten unterkamen. An die 200.000 Flüchtlinge aus Tschetschenien lebten in ehemaligen Fabriken, in ausrangierten Zügen, in ehemaligen Agraranlagen und in Zelten.

Eliza Mousaeva arbeitete in Inguschetien für die internationale Menschenrechtsorganisation Memorial, die Andrei Sacharow 1988 in Moskau gegründet hatte. Sie kümmerte sich um Flüchtlinge und reiste durch das Land, um mit Verwandten der von der russische Armee oder russischen Freischärlereinheiten Entführten, Gefolterten und Ermordeten zu sprechen, ihnen manchmal auch Geld oder Medikamente zu bringen. »Ich war immer gut gekleidet und geschminkt. Das war für mich wichtig. Während des ersten Krieges hatte ich mich nur noch wie ein Schatten meiner selbst wahrgenommen, mich hilflos gefühlt. Während des zweiten Krieges war ich es nicht mehr, ich versuchte anderen zu helfen, ich konnte für die Menschen etwas tun. Jeden Tag habe ich mich hergerichtet, das war auch Teil meiner psychologisch stabilisierenden Routine. Und – ich wollte die Menschen, die ich traf, nicht beschämen, sondern ihnen respektvoll begegnen. Vor allem, sie nicht als Opfer behandeln. Sie haben das sehr geschätzt.« In diesem Zusammenhang erzählte Eliza Mousaeva von einem Verwandten, der wegen eines Wirtschaftsvergehens kurze Zeit im Gefängnis saß. Seine beiden Brüder, von Beruf Bauarbeiter, hatten sich, als sie ihn im Gefängnis besuchten, nicht umgezogen. Nachdem sie gegangen waren, schrieb der Inhaftierte empört an seine Mutter: »Was für eine Art von Solidarität war das denn?« Für Eliza Mousaeva ist diese Geschichte ein Beispiel für nachlässiges Handeln, für Gedankenlosigkeit: »Ich hasse diese Art der Missachtung, die das Gegenüber zum Opfer macht und es somit degradiert. Wenn während meiner Zeit als Flüchtling zu mir jemand schlampig angezogen kam, empfand ich dies als diskriminierend und respektlos.«

In den provisorischen Unterkünften, in denen die Flüchtlinge in Inguschetien lebten, legten die Frauen großen Wert auf Sauberkeit und Ordnung. Trotz der schwierigen Umstände versuchten sie, ein normales Leben zu führen. Gepflegtes Aussehen gehörte dazu, selbst in den widrigsten Umständen hatten sie lackierte Fingernägel. »In einer Situation, in der um einen herum Chaos herrscht, das zu kontrollieren unmöglich ist, kümmert man sich um sein Äußeres. So kann man wenigstens sein Erscheinungsbild kontrollieren und ein wenig Alltag simulieren. Die Frauen ließen sich nicht gehen, egal was passierte. Das wäre unter ihrer Würde gewesen.« Eliza erinnert sich, dass unter den Flüchtlingsfrauen Pakete von Freunden oder Verwandten aus Europa besondere Freude auslösten, wenn sie hochwertige Kosmetika enthielten. Es war für sie auch ein Zeichen des Respekts, dass der Absender ihnen keine billige Ware geschickt hatte.

Als Eliza Mousaeva ihren Freundinnen in Grosny 2004 mitteilte, dass sie nach Wien umziehen werde, wurde sie bemitleidet: »Du Arme, im Westen tragen die Frauen keinen roten Lippenstift!« Wie kamen sie darauf? Die einzigen Frauen aus dem Westen, die Elizas tschetschenische Freundinnen kannten, waren Mitarbeiterinnen von NGOs[2], die im Einsatz immer sehr schlicht gekleidet und ungeschminkt waren. Die Tschetscheninnen verstanden dies als ein Zeichen mangelnden Respekts. Eliza: »Sie empfanden es so nach dem Motto: Wenn Ihr unter Euresgleichen oder bei Euch zu Hause seid, würdet Ihr ja auch nicht so herumlaufen. Wir mögen ja gerade ein Problem haben, aber deswegen sind wir auch zivilisierte, menschliche Wesen.«

In der ersten Zeit in Wien fühlte sich Eliza Mousaeva wie auf einem anderen Planeten: überall gut gekleidete Menschen, die entspannt im Kaffeehaus sitzen, sich freundlich unterhalten und relativ gelassen ihren Geschäften nachgehen. Sie arbeitete bei der Internationalen Helsinki Föderation für Menschenrechte und freute sich, Kolleginnen zu treffen, die geschminkt waren und roten Lippenstift trugen.

Sowohl beruflich als auch privat begegnet Eliza in Wien Flüchtlingen, die aus dem Kaukasus nach Österreich gekommen sind. »Oft fühlen sie sich unwohl, wenn sie gut gekleidet Ämter oder Hilfsorganisationen aufzusuchen. Dort scheint man der Meinung zu sein, sie hätten ihre Kleidung doch nur von dem Geld anderer bezahlt und lässt sie dies spüren; sie werden zu Abhängigen degradiert. Dabei ist es für sie normal, schön angezogen zu sein, es geht um ihre Würde.«

Einmal lud Eliza Mousaeva eine Flüchtlingsfrau in das Sissi-Museum in der Wiener Hofburg ein. Die Frau litt unter Depressionen, doch hier, in dieser luxuriösen Umgebung, sollte sie wenigstens für ein paar Stunden ihre Traurigkeit vergessen. Anschließend ging Eliza mit ihr ins Café Central eine Melange trinken. Erstaunt nahm die Asylbewerberin wahr, dass in ein so elegantes Café jeder gehen kann und einen Kaffee serviert bekommt. »Das Ambiente ist so wichtig, die Gutmenschen meinen immer, dass nur geistige Werte von Bedeutung sind. Aber das stimmt nicht, die Umgebung, die Kleidung sind ebenso wichtig. So bezeugt man dem anderen gegenüber seine Achtung.«

»Du Arme, im Westen tragen die Frauen keinen roten Lippenstift!«

1

1
Die 40-jährige Eliza Mousaeva in Nazran, Inguschetien im Jahr 2003. Sie war vor dem zweiten Tschetschenienkrieg zusammen mit ihrer Familie in die Nachbarrepublik geflüchtet.

2
Von 2000 bis 2004 war Eliza Mousaeva die Direktorin des Büros der Menschenrechtsorganisation »Memorial«, die in Nazran Flüchtlinge aus Tschetschenien unterstützte. Auf dem Foto sitzt Eliza neben ihrer Kollegin und Freundin Liphan Bazaeva im Büro in Nazran.

3
Während des ersten Tschetschenienkriegs (1994–1996) wurde Grosny von russischen Truppen völlig zerstört. Doch die Tschetscheninnen ließen sich nicht unterkriegen: »Schau, wie schön wir sind … Je mehr man uns bombardiert, umso besser kleiden wir uns, auch wenn wir vielleicht nicht immer satt sind.«

ZARA MURTAZALIEVA

Wer hier ankommt, hat das Tor zur Hölle durchschritten

»Von außen betrachtet, mag es wild und verrückt erscheinen, dass Frauen in einem Straflager Eyeliner, Mascara und Lippenstift auftragen, aber gerade dort hatte es eine ganz besondere Bedeutung.«

Die Tschetschenin Zara Murtazalieva geriet 2004 unschuldig in das Räderwerk der Putin'schen Justiz. Sie war damals gerade mal 20 Jahre alt und arbeitete in Moskau. Zara Murtazalieva wurde zu acht Jahren und sechs Monaten Haft in einem der entlegenen Straflager der Region Mordowinien verurteilt. Die Urteilsbegründung lautete: »Vorbereitung eines terroristischen Attentats zu einem unbekannten Zeitpunkt mit unbekannten Komplizen.« Sie musste jeden Tag ihrer Haft absitzen. Heute lebt Zara Murtazalieva in Paris. Im April 2014 wurden in Frankreich ihre Lagermemoiren »Huit ans et demi: une femme dans les camps de Poutine« (»Achteinhalb Jahre: Eine Frau in Putins Lagern«) veröffentlicht.

Zara Murtazalieva ist heute Anfang 30. Fast ein Drittel ihres Lebens verbrachte sie als Gefangene: in der Strafkolonie für Frauen IK-13 Potma, circa 600 Kilometer südwestlich von Moskau. In der zur Russischen Föderation gehörenden Teilrepublik Mordowinien zwischen Moskau und Wolga wurden bereits in den 20er-Jahren zahlreiche Straflager errichtet. Damals, zu Zeiten der Sowjetunion, waren sie ein Teil des Gulag-Archipels. Und noch heute, 23 Jahre nach dem Zerfall der Sowjetunion, gibt es hier geschätzte 17 Strafkolonien, in denen etwa 14.000 bis 15.000 Gefangene inhaftiert sind. Und bis heute besagt ein Sprichwort, das unter den Häftlingen kursiert: »Wer nicht in Mordowinien gesessen hat, hat überhaupt nicht gesessen.« Es heißt, hier herrschen das härteste Regime, die schlimmste Rechtlosigkeit, hier gibt es den längsten Arbeitstag. »Wenn du ankommst, weißt du, dass du das Tor zur Hölle durchschritten hast, zur Hölle auf Erden. Das Lager bricht dich. Jeden Tag wirst du, symbolisch gesprochen, mit Haut und Haaren durch eine Maschine gejagt, die Hackfleisch aus dir macht. Du sitzt wie ein Tier in der Falle und weißt, dass du es nie schaffen wirst da herauszukommen. Sie sagten uns jeden Tag, wir seien Huren und keine menschlichen Wesen«, erzählt Zara.

Als Tochter einer Verkäuferin und eines Tierarztes wuchs Zara im Bezirk Naurskij im nördlichen Tschetschenien zusammen mit drei Geschwistern auf. Es war ein normales und ruhiges, ein behütetes Leben; gern erinnert sich Zara der Stunden mit ihrer Großmutter, mit der sie oft in den Wald Reisig sammeln ging. Die Schule schloss Zara mit Auszeichnungen ab. Anschließend studierte sie in Pyatigorsk, einer größeren Stadt im Nordkaukasus, Englisch und Deutsch. Sie wollte Übersetzerin werden. Als ihr Vater an Krebs starb und ihre Mutter die Familie alleine ernähren musste, zog sie 2003 nach Moskau und begann bei einer Versicherungsgesellschaft zu arbeiten. Nebenbei besuchte sie Abendkurse. »Ich mochte diese Riesenstadt, die so voller Leben war. Ich hatte ja vorher noch nie so eine Stadt gesehen. Aber es war auch für mich als Tschetschenin nicht einfach, sich in Moskau zu bewegen. Zu der Zeit gingen immer wieder Bomben hoch, Attentate wurden verübt, und Menschen kaukasischer Herkunft wurden an jeder Ecke angehalten, man überprüfte ihre Papiere.« Im März 2004 geriet auch Zara Murtazalieva in solch eine Kontrolle. Ihr wurde gesagt, dass wegen eines Terroranschlags die Ausweise aller Tschetschenen kontrolliert würden. Da ihre Papiere in Ordnung waren, folgte sie den Polizisten nichtsahnend auf die Polizeistation. Sie glaubte an eine Routinekontrolle und war überzeugt davon, in wenigen Minuten wieder gehen zu können. Auf der Polizeiwache wurde sie gebeten, ihre Fingerabdrücke abzugeben. Ihre Handtasche und ihren Mantel ließ sie am Stuhl hängen und folgte den Männern arglos in das benachbarte Zimmer. Minuten später wurde sie verhaftet, die Polizisten behaupteten, in ihrer Handtasche Sprengstoff gefunden zu haben – zwei Objekte, jeweils in der Größe eines Seifenstückes, seien dort versteckt gewesen. Vor Gericht tauchten die beiden Objekte nicht mehr auf, obwohl sie von der Anklage als wichtigstes Beweismittel angeführt wurden. Zara Murtazalieva wurde beschuldigt, Expertin für die Herstellung von Sprengstoff zu sein und auf Seiten der islamistischen Rebellen an beiden Tschetschenienkriegen sowie in Aserbaidschan an Kamikaze-Schulungen teilgenommen zu haben. »Ich war zur Zeit meiner Verhaftung 20 Jahre alt, zu Zeiten des ersten Tschetschenienkrieges war ich elf, zu Zeiten des zweiten Krieges 14 Jahre alt. Wie sollte ich in dem Alter als Kämpferin an den Kriegen beteiligt gewesen sein? Sogar der Außenminister von Aserbaidschan hat zu meinen Gunsten ausgesagt. Er versicherte, es gäbe keine Kamikaze-Ausbildungslager in seinem Land, diese Behauptung sei eine reine Provokation, nur vorgebracht, um mich schuldig zu sprechen.«

Auch zwei russische Freundinnen von Zara, die beide zum Islam konvertiert waren, wurden vom russischen FSB, der Nachfolgeorganisation des KGB, damals verhört. Sie wurden geschlagen und gezwungen, ein Geständnis zu unterschreiben, in dem sie Zara des Terrorismus beschuldigten. Der FSB sammelte so noch weitere »Beweise« gegen Zara. In ihrer Verzweiflung wandte sich die Mutter eines der beiden russischen Mädchen an die Menschenrechtsaktivistin Swetlana Gannuschkina. Diese hatte 1990 die Organisation »Zivile Unterstützung« gegründet, die erste Menschenrechtsorganisation, die Flüchtlingen und Vertriebenen in Notsituationen zur Seite stand. Ein paar Jahre später, 1996, baute Swetlana Gannuschkina im Rahmen der internationalen Menschenrechtsorganisation Memorial das »Netzwerk juristischer Beratungsstellen für

Flüchtlinge und Vertriebene« auf – ein landesweiter Verbund, in dem Rechtsanwälte aus ganz Russland zusammengeschlossen sind. Die renommierte Menschenrechtsaktivistin, die 2003 den Menschenrechtspreis der deutschen Sektion von Amnesty International verliehen bekam, begann sich für den Fall zu interessieren, recherchierte und bezahlte schließlich einen Anwalt für Zara Murtazalieva.

Zaras Fall durchlief alle juristischen Instanzen und wurde sogar vor dem Obersten Gerichtshof der Russischen Föderation verhandelt. Als auch dieser das Urteil nicht aufhob, obwohl die beiden Freundinnen vor Gericht ihre Aussage zurückgezogen und angegeben hatten, unter Zwang ausgesagt zu haben, wandte sich Zara Murtazalievas Anwalt an den Europäischen Gerichtshof für Menschenrechte in Straßburg sowie an internationale Menschenrechtsorganisationen wie die Internationale Helsinki Föderation für Menschenrechte (IHF) in Wien. Beide Institutionen traten mit den Justizbehörden in Moskau in Verbindung.

Doch die russische Justiz blieb unerbittlich. Zara Murtazalieva wurde zu acht Jahren und sechs Monaten in einem Arbeitslager in Mordowinien verurteilt. Die Urteilsbegründung: »Vorbereitung eines terroristischen Attentats zu einem unbekannten Zeitpunkt mit unbekannten Komplizen.« Ein abgekartetes Spiel – es ist allgemein bekannt, dass Polizisten, Milizionäre und Geheimdienstmitarbeiter oft belohnt oder befördert werden, wenn sie besonders viele »Terroristen« entlarven.

Auch die russische Menschenrechtsjournalistin Zoya Svetova, die ein Buch über das Schicksal Zaras für einen französischen Verlag geschrieben hat, ist bis heute davon überzeugt, dass der FSB Zara die Anklagepunkte in die Schuhe geschoben hat, um die willkürlichen Aktionen des Geheimdienstes gegen Tschetschenen zu rechtfertigen. Für den Europäischen Gerichtshof für Menschenrechte ist der Fall, auch nachdem Zara Murtazalieva ihre gesamte Strafe abgesessen hat, noch nicht ad acta gelegt. Zara kämpft in Straßburg weiter: Sie will ihre Rehabilitation sowie Kompensation für die verlorenen Jahre im Lager erwirken. Für die fingierte Anklage gab und gibt es keine Beweismittel, dies kritisiert der Europäische Gerichtshof nach wie vor.

Bevor sie in die Strafkolonie IK-13 Potma deportiert wurde, verbrachte Zara noch ein Jahr in Untersuchungshaft in dem Schattenreich Moskauer Gefängnisse – sie wurde dreimal verlegt: von dem Gefängnis Petrovka 38 in das Frauengefängnis Pechatniki und zuletzt in das Lefortowo Gefängnis, dem einstigen Kerker des KGB. Sie wurde geschlagen und gedemütigt, sollte ein Schuldgeständnis unterschreiben. »Diese Gefängnisse sind sehr seltsame Orte, in denen alle Vorstellungen von Gut und Böse ihre Gültigkeit verlieren, alle Werte auf den Kopf gestellt werden. Dort lernst du den Gefängnisjargon zu sprechen, du weinst nie, da es Schwäche signalisieren würde, dort lernst du zu kämpfen. Und du verstehst langsam, dass dein Bild von der Welt nicht mehr existiert.«

Der Arbeitstag im Lager begann lange vor Sonnenaufgang, und erst um 19 Uhr kamen die Frauen abgekämpft und zermürbt aus der Textilfabrik zurück, in der sie unter unmenschlichen Bedingungen Uniformen nähten, 250 Stück am Tag betrug die Norm. Danach mussten sie oft noch Kohle und Holz schleppen. In einer Baracke schliefen an die 170 Frauen, es gab nur fünf Toiletten und kein heißes Wasser. Duschen war nur einmal die Woche erlaubt – für alle eine Viertelstunde. Für die kleinsten Fehler wurden die Frauen drakonisch bestraft. Als Tschetschenin wurde Zara vom Lagerpersonal besonders schikaniert, da viele der Wärter einst in Tschetschenien beim Militär gedient hatten. »Plötzlich war ich nur noch die Nummer, die auf meine graue Häftlingsuniform aufgenäht war. Vor mir standen Mörder, Vergewaltiger, Junkies, Diebe, Prostituierte und sogar Kannibalen. Ich wusste nicht, wie ich die lange Haftzeit je überleben sollte.« In der ersten Zeit in der Strafkolonie verfiel Zara in tiefe Depression. Sie wollte sterben und bat Gott um den Tod.

Dass sie im Lager in Mordowinien nicht in Vergessenheit geraten war, half Zara ihre psychische Verzweiflung zu überwinden. Denn nachdem unabhängige russische Medien wie *Novaya Gazeta* und *Grani.ru* über Zaras Fall berichtet hatten und diese Artikel auch im Ausland erschienen waren, erhielt sie aus ganz Russland, aus Europa, von internationalen Menschenrechtsorganisationen und Journalisten tröstende, aufmunternde und liebevolle Briefe. Sie beschloss zu kämpfen und nie mehr das Bild einer »schwachen, traurigen, gebrochenen« Zara abzugeben.

»Ab diesem Zeitpunkt habe ich jeden Morgen die Augen geöffnet und mir selbst eingeredet, dass ich nicht im Gefängnis, sondern zu Hause bin, aufstehen, mein Bett machen, mich waschen, Make-up auftragen und zur Arbeit gehen muss. Zusammen mit einer Freundin habe ich täglich Yoga-Übungen gemacht, um mein Immunsystem zu stärken. Ich trug regelmäßig Eyeliner und Mascara auf und manchmal sogar eine Gesichtsmaske, die ich mir aus Buttermilch, Sauerrahm und Zitrone, wenn es sie gab, zusammenmischte. Es war keine Routine, es war tägliche Autosuggestion. Es ging mir in erster Linie darum, mich selbst wieder respektieren, wieder mögen zu können. All dies half mir psychologisch sehr, ich führte einen ständigen inneren Dialog und sagte mir, dass ich trotz der grauenhaften Bedingungen eine Frau bleiben muss. Es war mein Protest gegen die graue, harte und brutale Realität.

Von außen betrachtet, mag es wild und verrückt erscheinen, dass Frauen in einem Straflager Eyeliner, Mascara und Lippenstift auftragen, aber gerade dort hatte es eine ganz besondere Bedeutung.«

Im Unterschied zu anderen Lagern waren in der Strafkolonie IK-13 kosmetische Artikel nicht verboten. Das eine oder andere Produkt konnte man im Lager kaufen oder tauschen. Auch kamen ab und zu fliegende Händlerinnen auf das Gelände. Darüber hinaus bat Zara ihre Mutter, ihr bei Besuchen Gesichtswasser, Reinigungsmilch, Cremes für Augen, Gesicht und Hände mitzubringen.

Zeit und Fantasie auf sein Äußeres zu verwenden, schützte zwar nicht vor der Willkür des Wachpersonals, aber es gab einem inneren Halt, so Zara. Vor allem gab es einem das Gefühl, dass man trotz allem die Situation noch ein wenig unter Kontrolle hat, da man als Frau all die Dinge tut, die man zu Hause auch tun würde und so seine Identität bewahrt, fügt sie hinzu. »Ich glaube, dass das Bedürfnis sich um sein Aussehen zu kümmern, in Extremsituationen stärker, viel stärker ist als im normalen Leben. Man versucht die Welt, in der man einst gelebt hat, zu erhalten. Man will beweisen, dass man immer noch stark und die Seele nicht zerbrochen ist. Man will auch beweisen, dass sich im Leben nichts verändert hat, dass dies nur vorübergehende Probleme sind, die man überwinden kann und muss. Dies ist eine Herausforderung.«

Da die Frauen nur einmal in der Woche duschen durften und es kein heißes Wasser gab, erhitzten sie Wasser in einem zehn Liter fassenden Eiseneimer mit einem Tauchsieder. So wuschen sie sich, heimlich, über der Toilette die Haare. »Das ging so Tag für Tag, Jahr für Jahr. Im Sommer war es einfacher, da konnten wir den Eimer ins Freie schleppen und uns schnell die Haare waschen, ohne dass die Miliz uns sehen konnte. Im Sommer habe ich mir nach dem Waschen die Haare mit Brennnesseln und Wasser abgerieben. Das ist ein Rezept meiner Großmutter. Es soll Haarausfall verhindern, den man bei jungen Frauen aufgrund von psychischem und physischem Stress in den Lagern oft beobachten kann.«

Später, nach ihrer Haft in dem mordowinischen Straflager, las Zara Murtazalieva die Gulag-Memoiren von Alexander Solschenizyn und Warlam Schalamow ein zweites Mal. Sie kannte sie aus den 90er-Jahren und war damals überzeugt davon, dass die Hölle, die diese Menschen durchlebt hatten, nun Gott sei Dank nicht mehr existierte. »Ich wusste ja seinerzeit nicht, dass ich eines Tages in derselben Hölle landen und selbst ein Buch über meine Zeit im Lager schreiben würde. Was mich beim erneuten Lesen am meisten schockierte: Über ein halbes Jahrhundert ist vergangen, doch die Situation in den Lagern hat sich kaum verändert. Das Lagersystem ist ein Erbe aus stalinistischer Zeit, es wurde ein wenig ›modernisiert‹, doch noch immer sind viele Unschuldige inhaftiert. Es gibt keine Medizin, wenn du sie dir nicht selber organisieren kannst, stirbst du eben. Menschen werden geschlagen, vergewaltigt, gefoltert, gedemütigt – jeden Tag.« Warlam Schalamow, der 20 Jahre in sowjetischen Straflagern inhaftiert war, schrieb 1962 in einem Brief an Alexander Solschenizyn über den Lager-Archipel: »Denken Sie daran, das Wichtigste: Das Lager ist eine negative Schule vom ersten bis zum letzten Tag für jedermann. Ein Mensch – Chef wie Arrestant – soll das nicht sehen. Aber wenn du es schon gesehen hast, dann musst du die Wahrheit sagen, so schrecklich sie auch sei.«[1] Zara Murtazalievas Lagermemoiren, »Huit ans et demi: une femme dans les camps de Poutine« (»Achteinhalb Jahre: Eine Frau in Putins Lagern«), wurden im April 2014 in Frankreich veröffentlicht.

Am 4. September 2012, an ihrem 29. Geburtstag, wurde Zara Murtazalieva entlassen. Nach 3.101 Tagen Haft ging sie als Erstes zum Friseur, kaufte Kleider und vor allem Schuhe – ihre große Leidenschaft: »Jeden Tag bin ich auf Schuhen mit hohen Absätzen herumgelaufen, Tag für Tag. Das habe ich all die Jahre vermisst. Endlich war ich wieder eine Frau.« Kurz darauf wurde sie von dem französischen Verlag Books éditions, Collection: Les moutons noirs, der ihre Autobiografie veröffentlichte, nach Paris eingeladen. Paris, die Modemetropole, die Stadt mit dem Flair des *je ne sais quoi*, verzauberte Zara. Fasziniert von den kleinen Boutiquen, den eleganten Kaufhäusern und den vielen bunten Märkten kaufte sie in der ersten Zeit wie besessen Kleider, Schuhe und Kosmetika. Einiges davon ist noch immer originalverpackt in Tüten im Schrank versteckt, verrät sie. »Heute freue ich mich darüber, in einer der schönsten Städte der Welt zu leben, lerne Französisch, ich schrieb mein Buch und genieße vor allem die Freiheit.« In Erinnerung an die Frauen, die mit ihr inhaftiert waren, sagt Zara noch: »Und falls sie je Frauen in einem Gefängnis oder in einem Straflager besuchen und ihnen einen Gefallen tun wollen, bringen Sie ihnen etwas Schönes als Geschenk mit Kosmetika oder Dessous, und sie werden glücklich sein.«

»Stellen Sie sich vor, in dem Straflager haben wir morgens vor dem Appell unser Haar auf Lockenwicklern, die wir aus Papier gemacht hatten, eingedreht, um lockige Haare zu haben. Wir mussten dann in die Fabrik marschieren, dort war es laut und dreckig, aber wir hatten schöne Locken und benutzten wunderschöne Haarspangen. Da wir ein Kopftuch tragen mussten, war all' diese Pracht verdeckt. Doch das war nicht wichtig, wichtig war das Gefühl an der Nähmaschine zu sitzen mit gepflegtem Haar, mit aufgetragenem Eyeliner und Lippenstift. Ist das nicht ein Sieg über das Leben hinter dem Stacheldraht?«

СССР
УПРАВЛЕНИЕ СОЛЛАГЕРЯМИ
ОНОГПУ
КЕМПЕРПУНКТ.

2

eits 1923 errichteten die Sowjets
den Solovetzki-Inseln ein Lager für
tische Gefangene. Das Solovetzki-
lingslager diente als Modell für
gesamte sowjetische Lagersystem,
Archipel Gulag. Über dem Tor,
h das die Häftlinge ins Lager
racht wurden, stand geschrieben:
: eiserner Hand die Menschheit
m Glück entgegentreiben.«

:hlussfeier der Abiturklasse im
rk Naurskij in Tschetschenien,
. Die 17-jährige Zara Murtazalieva
hts im Bild in einer Strickjacke),
e anschließend Englisch und
sch studieren. Nur vier Jahre
er wurde sie in Moskau verhaftet
unschuldig zu achteinhalb Jahren
rhaft verurteilt.

NADEZHDA TOLOKONNIKOVA

Im Lager wird dir deine Freiheit ganz und gar genommen

»Man kann sich den Horror, der einen in Mordowinien erwartet, gar nicht vorstellen.«

Nadezhda Tolokonnikova, Performancekünstlerin und Mitglied der russischen Punkband »Pussy Riot«, die im August 2012 wegen der Aufführung des sogenannten »Punk-Gebets« in der Christ-Erlöser-Kathedrale in Moskau zu zwei Jahren Lagerhaft wegen »Rowdytums aus religiösem Hass« verurteilt wurde, musste ihre Strafe in einer der Strafkolonien Mordowiniens antreten. Sie wurde in das Straflager IK-14 eingeliefert. Nicht weit entfernt liegt die Strafkolonie IK-13, in der Zara Murtazalieva ihre Zeit als Gefangene verbrachte. »Nadezhda Tolokonnikova und ich haben also die gleiche Hölle durchlebt«, so Zara, nachdem sie in Paris im Winter 2013 Berichte über die Gefangenschaft von Nadezhda Tolokonnikova gelesen hatte.

»Man kann sich den Horror, der einen in Mordowinien erwartet, gar nicht vorstellen. Auf dem Weg dorthin war ich eigentlich gut gelaunt. Ich dachte mir, an jedem Ort findet man Menschen, die okay sind und kein Ort der Welt kann nur schrecklich sein. Aber es stellte sich heraus, es gibt diesen Ort doch. Das Lager in Mordowinien ist der Ort, an dem dir deine Freiheit ganz und gar genommen wird. Den ganzen Tag – vom Aufstehen bis zum Licht ausschalten am Abend, musst du rennen, du hast keine Sekunde Freiheit. Du wirst um viertel vor sechs geweckt, dann musst du, egal bei welchem Wetter – auch bei Kälte und Schnee –, zum Frühsport. Danach musst du dein Zimmer blitzblank putzen. Wie bei der Armee. Wir haben sogar Batterien mit Bürsten reinigen und den Fußboden mit seifigen Lumpen polieren müssen. Sie beschäftigen dich, damit du keine Sekunde Zeit für dich selbst übrig hast.

Wenn sie dich morgens mit einem Kamm oder einem Täschchen mit Kosmetika erwischen, werden dir auf fieseste Art und Weise vor der ganzen Mannschaft, vor 600 Menschen, die Leviten gelesen. Denn du hast dich nur um dich selbst gekümmert und so gegen eine eiserne Regel verstoßen. Nach dem Frühsport gibt es Frühstück – Verpflegung, die mit der menschlichen Würde unvereinbar ist. Das Essen ist verfault, alt und ranzig. Das ist die Realität für die Gefangenen in Mordowinien.«[1]

Nadezhda Tolokonnikova, BBC-Interview, Dezember 2013

1

1 + 2
Im August 2012 wurde Nadezhda Tolokonnikova, Performancekünstlerin und Mitglied der russischen Punkband »Pussy Riot«, nach der Aufführung des sogenannten »Punk-Gebets« in der Christ-Erlöser-Kathedrale in Moskau zu zwei Jahren Lagerhaft wegen »Rowdytums aus religiösem Hass« verurteilt. Ihre Strafe musste sie in einer der Strafkolonien Mordowiniens antreten. Im Rahmen einer Amnestie für 25.000 Inhaftierte wurde Nadezhda Tolokonnikova am 23. Dezember 2013 freigelassen.

2

3
Auch nach Absitzen ihrer schweren Strafe ist »Pussy Riot« politisch aktiv und scheuen die Konfrontation nicht. Hier gerät Nadezdha in Moskau im Februar 2014 bei einer Demonstration gegen die Verurteilung von Aktivisten einer »Anti-Putin-Demo« wieder in Polizeigewahrsam.

ALICJA MACIEJOWSKA

Aber wenigstens gab es Spiegel in den Badezimmern

»... Das angekündigte Bad ist ausgeblieben, nicht einmal Wasser zum Waschen. Dafür zwei Pakete. ... Es ist ein bisschen wärmer geworden, man muss nicht mehr in Mänteln und Schuhen herumsitzen. Ich habe sogar schon ohne das Kleid geschlafen ...«

»Am nächsten Tag geht die Tür auf, und mit Erstaunen sehe ich Anna eintreten. Sie lächelt freundlich und stellt einen kleinen Karton auf meinen Strohsack.
›Das schicken Ihnen Ihre Freundinnen zu Weihnachten. Ich konnte es nicht früher bringen, denn wir wurden ständig überwacht. Jetzt schlafen die SS-Leute alle nach ihrer durchzechten, ausschweifenden Nacht. Ich habe den Schlüssel besorgen können. Nehmen Sie alles heraus, was im Karton ist, ich hole ihn nachher wieder ab.‹
Wie wunderbar... ein kleiner Tannenzweig, ein französisches Weihnachtslied, vier sternförmige Plätzchen, ein roter, glänzender Apfel, ein winziges Stück Speck, zwei Stück Zucker. Und dann eine Puppe, eine Marquise mit einem rosa Rock, einem Spitzentuch und weißen Locken. Unter dem Rock entdecke ich zwei gestickte Buchstaben, ein J und ein A: Jacqueline d'Alincourt, meine schwesterliche Mitgefangene, schickt mir natürlich dieses Geschenk. Und das Weihnachtslied ›Zwischen Ochs und Esel‹ ist von Anicka und Vlasta. Ihre Freundschaft hat dieses Wunder zustande gebracht, mich in meiner Einsamkeit und meiner Verzweiflung zu erreichen.
Auf dem Boden des Kartons schließlich liegt zusammengefaltet eine Art Stola, beigefarben, aus leichter Wolle, in die ich mich sofort einhülle wie in eine sanfte und warme Zärtlichkeit.«

Geneviève de Gaulle Anthonioz: »Durch die Nacht«, 1999

Die Rundfunkjournalistin Alicja Maciejowska engagierte sich 1980, gleich nach ihrer Gründung, für Solidarność, die erste unabhängige Gewerkschaft im kommunistisch regierten Osteuropa. Als General Wojciech Witold Jaruzelski, der Ministerpräsident Polens, in der Nacht zum 13. Dezember 1981 das Kriegsrecht über das Land verhängte, wurde Alicja Maciejowska von der polnischen Geheimpolizei abgeholt und in das Olszynka Grochowska Gefängnis überstellt. Wie Hunderte weitere Solidarność-Aktivistinnen wurde sie kurz darauf in das Frauen-Internierungsgefängnis Gołdap, nahe der Grenze zur Sowjetunion, deportiert.

Alicja Maciejowska wurde 1929 in Warschau geboren. Ihre Eltern gehörten der sogenannten *Intelligenzija*, dem gebildeten Bürgertum an. »Meine Eltern hatten beide studiert, Mutter arbeitete nicht, Vater war ein bekannter Rechtsanwalt, ausgebildet an der Sorbonne, ein hervorragender Redner; er führte eine große Kanzlei, unterhielt ein Haus mit sehr hohem Lebensstandard und investierte vor allem in Kunst. Beide Eltern sprachen jeweils mehrere Sprachen und bereisten die ganze Welt. Ich hatte einen sieben Jahre älteren Bruder; wir lebten in einer großen, hübsch mit Antiquitäten eingerichteten Acht-Zimmer-Wohnung. Mein sich für niederländische Malerei begeisternder Vater häufte eine riesige Sammlung von Bildern an. Mama sammelte altes, antikes Porzellan. Mein Bruder war Mamas Liebling und ich Papas geliebtes Töchterchen … Die Ferien verbrachten wir in einem luxuriösen Landhaus in dem vornehmen Kurort Jurata – eher selten mit den Eltern, meist wurden sie durch Tanten und Onkel ersetzt. Diese unbeschwerte

Kindheit endete für mich im Alter von neun Jahren, als mein Vater starb. Das war das größte Trauma meiner Kindheit und Jugend.« Alicja Maciejowska wuchs zweisprachig – Polnisch und Französisch – auf, da sie bis zu ihrem neunten Lebensjahr eine französische Schule besuchte, danach ging sie auf das polnische Gymnasium.
Fünf Jahre nach Beginn des Zweiten Weltkriegs, nach der Bombardierung und Besetzung Warschaus durch die deutsche Wehrmacht, brach am 1. August 1944 der Warschauer Aufstand aus. Die polnische Untergrundarmee, die *Armia Krajowa*, die der bürgerlichen Exilregierung in London unterstand, wollte die Hauptstadt aus eigener Kraft befreien. Der Aufstand dauerte 63 Tage und kostete rund 18.000 Kämpfern und über 200.000 Zivilisten das Leben. Vergeblich warteten die Warschauer auf Hilfe von der Roten Armee, die am östlichen Weichselufer tatenlos dem verzweifelten Kampf der Warschauer gegen Wehrmacht und SS-Truppen zusah. Stalin verhinderte sogar, dass Versorgungsflüge der alliierten Luftwaffe den Aufständischen zur Hilfe hätten kommen können. Nach der Kapitulation der polnischen Kämpfer wurde Warschau dem Erdboden gleichgemacht. Überlebende wurden von den Nazis ermordet oder zur Zwangsarbeit nach Deutschland verschleppt.

Die großbürgerliche Welt der Familie Maciejowska war längst untergegangen. Auch Alicja und ihre Mutter beteiligten sich am Widerstand. »Ich war 15, als der Warschauer Aufstand ausbrach. Am ersten Tag verletzte ich mich beim Bau der Barrikaden am Fuß; danach meldete ich mich als Freiwillige zur Arbeit in der Sanitätswache. Dies hielt nicht lange an, denn bereits Mitte August besetzten die Deutschen unser Viertel und verschleppten uns über das Lager in Pruszków weit nach Deutschland hinein, in die Nähe von Stuttgart … Die Wunde am Bein ging wieder auf und infizierte sich. Vom Bahnhof zum Lager in Bietigheim konnte ich nicht mehr aus eigener Kraft laufen – sehr gütige Menschen halfen mir dabei, die paar Kilometer dorthin auf einem Bein zu hüpfen. Bietigheim war ein kleines Übergangslager, von dort wurden Polen zur Arbeit in Deutschland weitergeschickt. Mit meinem kranken Bein eignete ich mich nicht für die Arbeit, daher wurde ich zusammen mit Mama in der Krankenbaracke untergebracht, wo wir beinahe drei Monate blieben ... Verlaust, in Dreck und Gestank lebend hielten wir bis zu dem Moment durch, als ich nicht mehr an Krücken laufen musste und sie uns zur Arbeit schicken konnten ... Ein ›menschlicher‹ Kommandant fragte Mutter, wohin wir gerne fahren würden – solange es eben nicht auf dem Gebiet des Generalgouvernements[1] sei. Mama nannte die einzige Adresse in Polen auf dem Gebiet des Reiches, wo Bekannte von uns lebten. Sie schickten uns in die Gegend von Włocławek (dt. Leslau, im Reichsgau Wartheland, 1939–1945 ins Deutsche Reich eingegliedert), nahe dem Städtchen Lipno. Ende November brachen wir in den Sommerkleidern auf, in denen wir Warschau im August verlassen hatten. Auf die Nachricht hin, wir seien nach dem Aufstand im Lager gelandet, nahmen sich vollkommen fremde Menschen aus Lipno unserer an, statteten uns mit den notwendigen warmen Sachen aus und boten uns eine Unterkunft an. Mama wurde als Verwalterin beschäftigt und ich als Botengängerin. So erlebten wir den Einmarsch der Russen.«

1945 besetzten sowjetische Truppen das Land. Auf Druck Moskaus kam es zur Zwangsvereinigung der kommunistischen und der sozialdemokratischen Partei Polens, und so wurde Bolesław Bierut, ein treuer Vasall des Kreml, 1947 Präsident der Volksrepublik Polen.

Schon bald zogen Alicja und ihre Mutter zu Verwandten nach Częstochowa, rund 200 Kilometer südwestlich von Warschau. Inmitten der düsteren Nachkriegsstimmung begann Alicja

Maciejowska künstlerische Neigungen zu entwickeln. »Mein Traum war es, an einer Theaterhochschule zu studieren, aber dafür musste man zuvor ein anderes Studium absolvieren, am besten an einer Schauspielschule. Gegen eine riesige Konkurrenz antretend bewarb ich mich an zwei Schulen, in Warschau und Łódź. Bei beiden wurde ich angenommen und entschied mich für die Warschauer ... Nach zwei Jahren war man der Ansicht, aus mir werde keine Schauspielerin; ich war zu verschlossen und kontrolliert, doch gestattete man mir, mich vorzeitig für ein Regiestudium zu bewerben. Und wieder kamen die Professoren nach zwei Jahren zu dem Schluss, es fehle mir an den Voraussetzungen als Regisseurin. Auch ich selbst hatte erkannt, dass der Mangel an Selbstsicherheit und Durchsetzungskraft sowie meine Schüchternheit mich für diesen Beruf disqualifizierten. Außerdem hatte ich mich in einen Kommilitonen eines höheren Studienjahrs verliebt, und zwei Regisseure in einer Familie – das war einfach zu viel. Wir heirateten, und ich wurde schwanger. Damals begann mein lebenslanges Abenteuer mit dem Rundfunk.«
Die nächsten Jahrzehnte zog Alicja Maciejowska, zusammen mit ihrer Tochter und ihrem Ehemann, der an verschiedenen Theatern Regie führte, mehrmals innerhalb Polens um – so auch nach Łódź und Stettin. Sie arbeitete als Reporterin beim Rundfunk und widmete sich besonders »Gesellschaftsreportagen mit schwierigen, kritischen Themen«.

Die 60er- und 70er-Jahre in Polen waren eine Zeit der wirtschaftlichen und politischen Stagnation.
»Wie im Modergeruch eines alten Hauses siechte das kommunistische Polen, genannt Volkspolen, dahin. Es war ein Land, dessen Außenpolitik, Armee und Polizei den Entscheidungen der Sowjetunion unterlagen; in dem eine kommunistische Nomenklatur, polizeiliche Bespitzelung, eine aufgezwungene Ideologie, Angst und Heuchelei regierten ... Das kommunistische

System züchtete diese heimliche Wut; ängstlicher Kleinmut, Opportunismus, Apathie und Zynismus waren gang und gäbe«, so der ehemalige Dissident und heutige Chefredakteur der linksliberalen polnischen Tageszeitung *Gazeta Wyborcza*, Adam Michnik.[2]

In jenen Jahren waren die Arbeit beim Radio und das Studium an der Stettiner Universität Nischen für Alicja Maciejowska, in die sie sich zurückziehen konnte. »Den langen Stettiner Aufenthalt, 14 Jahre, erachte ich als die fruchtbarste Zeit meiner journalistischen Tätigkeit ... Neben der Arbeit absolvierte ich ein Universitätsstudium an der historisch-philosophischen Fakultät; dort entdeckte ich meine Leidenschaft für historische Themen und dafür, immer noch lebendige, kontroverse und konfliktbeladene Fragestellungen der Geschichte aufzuspüren oder auch Helden, die gezwungen waren, eine dramatische Wahl zu treffen.«

Bald musste auch Alicja Maciejowska eine dramatische Wahl treffen. Bereits in den 70er-Jahren kam es zu Streiks im ganzen Land. Grund dafür war die miserable wirtschaftliche und soziale Lage im Land; die Läden blieben leer, Lebensmittelkarten wurden verteilt. Als dann am 1. Juli 1980 die Fleischpreise drastisch erhöht wurden, kam es im ganzen Land zu Streiks. Nachdem die Kranführerin Anna Walentynowicz – eine Ikone der Streikbewegung der 70er-Jahre – aus der Lenin-Werft in Danzig entlassen worden war, erfasste eine zweite Streikwelle das Land. Zum ersten Mal trat auch Lech Wałęsa auf, der als Elektriker auf der Lenin-Werft angestellt gewesen war, aber bereits 1976 wegen Beteiligung an einer Protestbewegung entlassen worden war. Das »überbetriebliche Streikkomitee«, das unter Leitung von Lech Wałęsa am 17. August 1980 gegründet worden war, erarbeitete 21 Forderungen – unter anderem verlangten sie das Recht auf die Bildung unabhängiger Gewerkschaften, die Aufhebung der Zensur, die Freilassung politischer Gefangener sowie das Recht auf die Radioübertragung katholischer Messen. Am 31. August 1980 dann eine Sensation: Die Forderungen wurden im Danziger Abkommen zwischen dem Streikkomitee und der polnischen Regierung akzeptiert. Es war die Geburtsstunde der Gewerkschaft Solidarność. Die Regierung von Edward Gierek musste zurücktreten. Innerhalb kürzester Zeit stieg die Mitgliederzahl der Unabhängigen Selbstverwalteten Gewerkschaft Solidarność auf über zehn Millionen an – eine einmalige Volksbewegung im kommunistisch regierten Osteuropa.

Auch Alicja, inzwischen 51 Jahre alt, schloss sich der Bewegung an: »Der Solidarność war ich im Moment ihrer Entstehung in Rundfunk und Fernsehen, damals war dies eine Institution, beigetreten, war jedoch keine Funktionärin der Gewerkschaft. Ich war aktiv im Polnischen Journalistenverband [SDP], der für die Abschaffung der Zensur und für wahre Berichterstattung in den Medien kämpfte. Und mit dieser Tätigkeit habe ich meine Vorgesetzten ganz schön getriezt. Ich wurde in einen vierköpfigen Delegiertenrat gewählt ... Wir hatten viele heftige Auseinandersetzungen mit den obersten Behörden von Rundfunk und TV ... In der Zeit des sogenannten ›Karnevals der Solidarność‹, also der völligen Hilflosigkeit der Zensur, nahm ich einige Reportagen über die ›S.‹ [Solidarność] und die Fragen auf, mit denen jene sich auseinandersetzte.«

»Der Karneval der Solidarność«, die Aufbruchsstimmung, die Unterstützung aus dem westlichen Ausland, die Beteiligung vieler Dissidenten und die Fürsprache von Papst Johannes Paul II. veränderten das Land.

»Denn diese unblutige polnische Revolution der Solidarność' war wirklich schön – sie war ein Karneval der Freiheit, des Patriotismus und der Wahrheit.

Diese Bewegung förderte bei den Menschen das Wertvollste in ihnen zutage: Uneigennützigkeit, Toleranz, Edelmut, Freundlichkeit gegenüber anderen. Diese Bewegung war kreativ; sie gab den Menschen ihre Würde wieder und zehrte nicht vom

Bedürfnis nach Rache. Nie zuvor und nie danach war Polen ein so sympathisches Land«, schrieb Adam Michnik über jene Monate der Euphorie.[3]
Doch der »Karneval der Freiheit« sollte nicht lange andauern. Am 11. Februar 1981 wurde der ehemalige Verteidigungsminister General Wojciech Witold Jaruzelski Ministerpräsident Polens. In der Nacht zum 13. Dezember 1981 verhängte er das Kriegsrecht über das Land – die Freiheit, die 16 Monate vorher erkämpft worden war, endete mit einem Schlag. Die Solidarność-Bewegung war zu einflussreich geworden. Vor allem die Sowjetunion und die DDR drängten auf ein Eingreifen in Polen. Die Streiks wurden blutig beendet, in Kattowitz erschoss die Polizei neun Menschen; Streikführer Lech Wałęsa wurde unter Hausarrest gestellt, Ausgangssperren wurden verhängt, Telefonleitungen gekappt, Schulen und Universitäten geschlossen, die Versammlungsfreiheit wurde aufgehoben. In einer Nacht wurden mehr als 3.000 Menschen verhaftet: Solidarność-Aktivisten, Gewerkschaftsführer, Priester, Intellektuelle, Dissidenten sowie missliebige Parteimitglieder.

Im September 1981 hatten die Journalisten des polnischen Rundfunks sich an ihre Hörer mit folgendem Text gewandt:

»Liebe Hörer!
Sie spüren selbst, dass das Radio-Programm zu einem Stil zurückgekehrt ist, der der Zeit vor August entspricht. Bitte geben Sie hierfür nicht uns die Schuld. Wir haben keinen Einfluss mehr darauf, was beim Polnischen Rundfunk gesendet wird. Hinter unserem Rücken werden in bereits aufgezeichnete Sendungen Kommentare einmontiert, deren Veröffentlichung wir niemals zugestimmt hätten; uns wird das Recht genommen, Standpunkte aller Seiten öffentlich zu machen; wir werden angewiesen, in den Sendungen Erklärungen zu platzieren, die unserer Ansicht nach nicht der

Gesellschaft dienen; richtige Informationen werden entfernt. Diese Praktiken sind eine offene Missachtung eines Beschlusses des Sejm, der die Massenmedien und Journalisten zu einer redlichen Aufklärung der Gesellschaft verpflichtet…
Die Journalisten des Polnischen Rundfunks«

Das Vorlesen des »Offenen Briefes an die Hörer«, so erzählt Alicja Maciejowska, löste einen furchtbaren Aufruhr im extra einberufenen Vorstand von Rundfunk und Fernsehen aus; der sofortige Rausschmiss aller Unterzeichner wurde gefordert. Als damalige Vorsitzende des vierköpfigen Delegiertenrates des Journalistenverbandes wurde Alicja Maciejowska zum Hauptangriffsziel bei dieser Versammlung.

Drei Monate später, in jener für Polen so schicksalhaften Dezembernacht, hörte Alicja Maciejowska Klopfgeräusche an der Tür. »Ich hatte den ganzen Tag lang eine Reportage über den tödlichen Einfluss der Asbestproduktion auf die Gesundheit der Arbeiter und der Menschen, die in der Nähe solch einer Fabrik lebten, montiert. Kurz vor Mitternacht wurde ich müde, und da ich nicht weit vom Radio entfernt wohnte, beschloss ich nach Hause zu fahren, etwas zu Abend zu essen, mich eine Stunde hinzulegen und dann zurückzukehren, um die Montage der Sendung zu beenden. Kaum hatte ich mich hingelegt, hörte ich ein Klopfen an der Tür. Meine Tochter war nicht daheim: Die Lage war insgesamt eher angespannt, und vor den letzten Nachrichten war plötzlich das Radio verstummt, sodass sie mit dem Wagen zum Sitz der Solidarność gefahren war, um zu erfahren, was da los sei. Ich dachte, sie sei bereits zurück und rief laut:
›Warum klopfst du denn? Die Tür ist doch auf!‹
Erneut wurde geklopft, also sprang ich aus dem Bett und schaute in den Flur. Dort standen irgendwelche fremden Männer sowie ein Milizionär. Ich erstarrte vor Schreck.

›Mein Gott! Ist was mit meiner Tochter?! Ein Unfall?!‹
›Nein, wir sind Ihretwegen hier‹, antworteten die ›traurigen Herren‹ (so nannten wir die Beamten des Staatssicherheitsdienstes). Was für eine Erleichterung! Überglücklich, dass nichts passiert war, versuchte ich herauszufinden: ›Wozu? Warum? Um was geht es denn?‹
Sie sagten, ich müsse mit ihnen zum Revier der Bürgermiliz fahren, dort werde sich alles aufklären. Sie zeigten mir irgend einen Zettel, einen Internierungsbefehl, da ich für irgendetwas eine Bedrohung darstellte, ich glaube für die Sicherheit des Staates oder so. Ich fühlte mich schrecklich wichtig. Die Situation war so absurd, dass sie beinahe komisch war!
›Ich kann mit Ihnen nirgendwohin fahren, vielleicht klären wir dieses Missverständnis am Montag, aber jetzt muss ich zurück zum Radio, um eine sehr wichtige Sendung fertigzustellen.‹
›Nein, Sie fahren mit uns zum Präsidium, aber ziehen Sie sich was Warmes an, denn dort ist es kalt.‹
Ich nahm diesen Ratschlag nicht sonderlich ernst, weil der warme Pullover farblich nicht zu dem Kleid passte, das ich in der Eile angezogen hatte, und im Pelzmantel durch die Dienststelle der Miliz zu stolzieren kam mir irgendwie blöd vor; daher griff ich zu einem Übergangsmantel.«

In der Dienststelle der Miliz traf Alicja Maciejowska eine Menge Bekannte, darunter berühmte Oppositionelle und Künstler, wie die Schauspielerin Halina Mikołajska. Alle waren ebenso plötzlich verhaftet worden, trugen noch Abendkleider oder Schlafanzüge. Nach langem zermürbendem Warten bat man Alicja in ein Zimmer und teilte ihr mit, dass das Kriegsrecht verhängt worden sei; sie müsse unterschreiben, dass »sie folgsam sein würde«. Sie verweigerte die Unterschrift. Die Verhafteten wurden in einen Wagen der Miliz verfrachtet und durch das nächtliche Warschau gefahren. Das Ziel wurde ihnen nicht mitgeteilt. »Unterwegs wurde es unangenehm, bedrohlich sogar, insbesondere, als wir an dem von der Miliz belagerten Sitz der Solidarność vorbeifuhren oder auf den menschenleeren Straßen und einsamen Brücken Panzer und gepanzerte Fahrzeuge passierten. Wir hielten bei einer Baracke, in die wir geführt wurden. Später stellte sich heraus, dass dies Olszynka Grochowska war, ein Frauengefängnis.«

»Erst hier verstand ich die gutgemeinten Ratschläge der ›traurigen Herren‹ – in der leeren, seit langem unbeheizten Baracke war es bei 20 Grad unter null tatsächlich höllisch kalt. Es gab etliche Etagenpritschen, und da wir nur zu fünft waren, deckten wir uns, in Schuhen, Mützen und Mänteln daliegend, mit den Matratzen aus den oberen Lagern zu.« Der Schmutz, die Kälte und die Unmöglichkeit sich zu waschen – und wenn überhaupt nur in Gegenwart der anderen Internierten – setzten der schüchternen Alicja besonders zu.
»Als quälendstes, scheinbar unüberwindliches Problem erwies sich die nicht von der Zelle abgetrennte Toilette sowie die Tatsache, dass es kein Wasser gab. Später wurde uns einmal am Tag ein Eimer Schnee gebracht, den wir statt mit Wasser nachzuspülen, die Toilette hinunterschütteten. Doch es war so kalt in der Zelle, dass er in den ersten Tagen nicht schmolz. Das stille Örtchen verhängten wir mit einem Laken und baten uns gegenseitig um Entschuldigung, wenn eine von uns dorthin musste. Wir kamen irgendwie zurecht, indem wir unsere Aufmerksamkeit auf etwas anderes richteten, uns umdrehten oder die Geräusche übertönten.«
Um ein wenig Normalität vorzutäuschen, verwendete Alicja Puder, Lippenstift und Wimperntusche, die sie in ihrem Kosmetiktäschchen dabei hatte. Die meisten Frauen hatten bei ihrer Verhaftung hastig eine Handtasche mitgenommen, in der noch die Kosmetika vom Vortag waren. In der Zelle in dem Olszynka Grochowska Gefängnis teilten die Frauen sie untereinander – »je nach Bedarf und Geschmack«.

Alicja, die nur in Kleid und Übergangsmantel abgeführt worden war, war auf Sendungen von Verwandten, dem Roten Kreuz und der katholischen Kirche angewiesen, um sich endlich umziehen zu können. In ihrem Tagebuch notierte sie am 19. Dezember 1981: »... Das angekündigte Bad ist ausgeblieben, nicht einmal Wasser zum Waschen. Dafür zwei Pakete. Aus Krysias Paket bekam ich einen zweiten Pullover, sodass ich endlich meinen werde waschen können. Es ist ein bisschen wärmer geworden, man muss nicht mehr in Mänteln und Schuhen herumsitzen. Ich habe sogar schon ohne das Kleid geschlafen ...«, und kurz vor Weihnachten macht sie sich sogar Sorgen um ihre Figur: »23. Dez. 1981 ... Wieder die Damen vom PRK [Polnischen Roten Kreuz]. Von den Familien wissen sie nichts, haben jedoch Geschenke dabei: Seifen, Zahnpasta, Shampoo, Waschmittel, Windeln, Pullover, Hosen, Mäntel, Schuhe, Röcke usw. Ich habe mir nichts weiter ausgesucht, nur etwas zu enge Hosen. Vielleicht nehme ich ab! Am Abend mein erstes Paket! Ein paar Sachen, Nüsse, Schokolade, Zitronen, Schinken, Kuchen. So nehme ich sicher nicht ab ...«

Vor Arztbesuchen, die in einem anderen Warschauer Gefängnis stattfanden, oder Messen, die im Gefängnis gefeiert wurden, schminkte sich Alicja die Augen, um sich ein wenig »schick« zu machen und nicht als typische Gefangene vor dem Arzt zu erscheinen ... »und auch mit Rücksicht auf solch eine Feierlichkeit wie die Messe heute ...«

Den Silvesterabend des Jahres 1981 verbrachte Alicja Maciejowska zusammen mit ihren Zellengenossinnen damit, General Jaruzelski zu verwünschen – in Stöckelschuhen!

»31. Dezember 1981 ... Wasserschaden, also weder Waschen noch Wasserkochen ... Am Nachmittag Wechsel von Bettwäsche und Handtüchern. Licht bis 22 Uhr. Eine Stunde wildes Tanzen. In den Betten Gesänge, dann Geschichten von unerfüllter Liebe bis Mitternacht. Toast mit Ananas, Rosinen, Schokolade und Orangen. Hexensabbat um das Porträt des

Generals [Wojciech Jaruzelski] ... in Stöckelschuhen. Am Ende Verbrennung des Fotos und ab ins Klo damit.«
Mitte Januar 1982 wurde Alicja Maciejowska zusammen mit anderen Internierten in einen Kastenwagen gepfercht – Ziel der Reise unbekannt. Auch die Gefängniswärter, die die Frauen begleiteten, gaben keine Auskunft. Manche von ihnen machten nur düstere Anspielungen, dass die Frauen in die Sowjetunion deportiert werden sollten. Nach langer Fahrt Richtung Nordosten sahen die Frauen Schilder auf denen geschrieben stand: »Grenzgebiet«, »Staatsgrenze – 600 Meter«. Lähmende Angst breitete sich unter den Frauen aus. Doch kurz vor der Grenze zur Sowjetunion, zu der Enklave Kaliningrad, im nordöstlichsten Winkel Polens, inmitten der Masuren, hielt der Wagen an dem See Gołdap vor dem Erholungsheim für die Angestellten der Gewerkschaft für Zeitungs- und Verlagswesen, für Radio und Fernsehen.

Das Erholungsheim Gołdap war umfunktioniert worden zu einem der rund 56 Internierungsgefängnisse, die in Polen zur Zeit des Kriegsrechts eingerichtet wurden. In Gołdap (poln. Orodek Odosobnienia) wurden zwischen dem 6. Januar 1982 und dem 24. Juli 1982 ausschließlich Frauen interniert; etwa 400 bis 500 waren es in diesen sieben Monaten, darunter Ingenieurinnen, Schauspielerinnen, Journalistinnen, Bäuerinnen, Lehrerinnen, Arbeiterinnen, Technikerinnen. In dem »goldenen Käfig« Gołdap waren die Klinken an den Zimmertüren die meiste Zeit abgeschraubt, die Fenster und Türen zu den Balkons verriegelt, das Wachpersonal wie die Bediensteten des Erholungsheims gehörten überwiegend zum Geheimdienst. »In den Gefängnissen trugen die Aufseherinnen Uniformen, und das Leben in einer Zelle kreiste um immer dieselben bekannten Gesichter. In Gołdap hingegen bewegte man sich frei im ganzen Haus; die meisten der Leidensgenossinnen aus anderen Städten kannten sich nicht, und die Wächterinnen und

Beamtinnen des Sicherheitsdienstes gingen in Zivil zwischen uns umher und belauschten die Gespräche.
Die Frauen durften das Gebäude nicht verlassen. »Ringsum bewachten uns junge bewaffnete Soldaten – überzeugt davon, hier seien gefährliche Verbrecher eingetroffen.« Die Internierung in einem »luxuriösen Erholungsheim« löste bei Alicja Bestürzung aus: »In Gołdap war paradoxerweise die Ankunft selbst traumatisch, ein Schock, der durch den plötzlichen Sprung aus grauenhaften Bedingungen, mit denen man allerdings bereits ›vertraut‹ war, zu dem Luxus hervorgerufen wurde, der uns verdächtig schien. Wir hielten dies für eine List, eine ganz offensichtliche Täuschung. Die würden sich bloß vor der Welt damit rühmen, wie sie ihre Internierten behandelten … Wenn wir schon eingesperrt sein sollen, dann bitte schön in einem echten Gefängnis!« Aber wenigstens gab es Spiegel in den Badezimmern – »um Himmels Willen, wir sehen grauenhaft aus!«

Das sogenannte Experiment Gołdap grenzte an psychische Folter. Eine Mitgefangene von Alicja Maciejowska, Maria Dmochowska, beschrieb es so: »Sich in einem Erholungsheim aufzuhalten, in dem Gefängnisregeln galten, war grotesk. Es war kein bisschen besser als Olszynka. Beides waren Gefängnisse. Vor der Tür glitzerte der silberne Schnee, Tannenbäume, Vögel auf dem Fensterbrett, der Himmel über den Wäldern – eine wunderschöne Landschaft, die man nur durchs Fenster betrachten durfte. Dieses verursachte Nostalgie, die kaum auszuhalten war … Daher wandten wir uns an Mitgefangene, wenn sie zu lange am Fenster, der Freiheit zugewandt, standen oder saßen, und lenkten sie mit einer Frage ab: ›Wie man beim Stricken eines Pullovers Maschen fallen lasse, ob sie Zigaretten habe?‹ Alles, um sie, die so tief in Gedanken versunken war, vom Fenster wegzubewegen.«[4]

Trotz der Abgeschiedenheit träumte Alicja von einem eleganten Kleid und ließ sich nach Gołdap von ihrer Tochter ein Päckchen schicken: »Ich hatte meine Tochter darum gebeten, mir mein elegantes, dunkelrotes Lieblingskleid zu schicken. Ich weiß nicht mehr genau, ob ich es erhielt und Gelegenheit hatte, es anzuziehen, aber eine Mütze aus den Spenden, die wir im Gefängnis bekamen, trage ich bis heute. Ich mag sie sehr; sie ist fast zu einer Art Maskottchen für mich geworden.« Ein Stückchen Normalität in den Alltag als Internierte herüberzuretten, blieb für Alicja Maciejowska immer wichtig. Meist konnte sie dies nur auf den seltenen »Ausflügen«, die sie außerhalb der Mauern des Erholungsheims machen durfte. »Ich erinnere mich, dass ich mich einmal vor einer Fahrt zum Arzt sorgfältig gekleidet und geschminkt hatte, um normal auszusehen und kein Mitleid zu erregen.«

Um sich die Zeit zu vertreiben, um ihrem Bedürfnis nach weiblicher Kreativität nachzukommen, und um ihre Ansichten kundzutun, bastelten die Frauen in Gołdap »patriotischen Schmuck«. Aus Münzen, Holzteilchen und Wolle entstanden unter anderem Anhänger und Broschen mit religiösen Motiven oder polnischen Symbolen wie dem weißen gekrönten Adler.

Alicja Maciejowska bekam offene Tuberkulose und wurde nach fast drei Wochen bereits aus Gołdap entlassen. Vor dem Verlassen des Internierungsgefängnisses musste sie sich der üblichen Leibesvisitation unterziehen. »Viele empfanden diese Leibesvisitation als beschämend, mit dem Ausziehen, Untersuchen, usw. ... Die wurde vorgenommen, wenn eine zum Arzt oder in die Stadt ging bzw. entlassen wurde. Doch das ist eine Frage der psychischen Einstellung – ich teile hier die Ansicht einer der politischen Gefangenen aus stalinistischer Zeit. Eine gebildete, äußerst kultivierte Person – eine echte Dame, die die demütigendsten Leibesvisitationen mit großer Ruhe ertrug und behauptete, sie seien durchaus beschämend – allerdings für diejenige, die die Untersuchung durchführte!«

1983 hob General Jaruzelski das Kriegsrecht wieder auf, doch bereits im Oktober 1982 war die Gewerkschaft Solidarność endgültig verboten worden. Wie Abertausende von polnischen Frauen arbeitete Alicja Maciejowska jetzt mit der Untergrundpresse zusammen. Die wichtigste Untergrundzeitschrift, der *Tygodnik Mazowsze* (regionale Wochenzeitung) war im Februar 1982 von Frauen gegründet worden und bis 1989 gehörten der Redaktion nur Frauen an. In den besten Zeiten hatte die illegale Zeitung eine wöchentliche Auflage von 40.000 bis 80.000. »Die aus Erwerbsgründen aufgenommene Arbeit als Verwaltungsangestellte langweilte mich unendlich und musste mit meinen konspirativen Tätigkeiten vereinbart werden, wie etwa der Zusammenarbeit mit der Untergrundpresse, dem gemeinsamen Redigieren des illegalen *Rundfunk-und Fernsehberichtes* (bis zum Schluss gelang es uns, vorzutäuschen, der Bericht entstehe außerhalb unserer Firma), dem Vertrieb von Büchern, Flugblättern und Zeitungen…«
In eleganten Kleidern, in Schuhen mit Absätzen, geschminkt und mit lackierten Fingernägeln verteilten die »Frauen mit den dunklen Augenringen« – so genannt, weil sie immer übermüdet waren – die schweren Druckerzeugnisse. Nicht nur fielen sie weniger auf als junge Männer mit Rucksäcken oder Taschen; Frauen, wie Alicja, taten es auch, um während der Arbeit im Untergrund ein wenig Weiblichkeit zu wahren.
Nach 1989 konnte Alicja Maciejowska wieder offiziell als Journalistin beim Rundfunk tätig sein.

1

1
Die Rundfunkjournalistin Alicja Maciejowska engagierte sich bereits 1980 für Solidarność, die erste unabhängige Gewerkschaft im kommunistischen Polen. Nachdem im Dezember 1981 das Kriegsrecht über das Land verhängt wurde, überstellte man Alicj Maciejowska in das Olszynka Grochowsk Gefängnis. Kurz darauf wurde sie in d Frauen-Internierungsgefängnis Gołda deportiert. Erst 1989 durfte sie wiede als Journalistin arbeiten.

2
Über zehn Millionen Polen traten im August 1980 der unabhängigen Gewer schaft Solidarność bei – eine einmali Volksbewegung im kommunistisch regierten Osteuropa. Doch bereits in der Nacht zum 13. Dezember 1981 verhängte General Jaruzelski, Minist präsident Polens, das Kriegsrecht üb das Land. Im Mai 1982 protestierten, wie hier in Warschau, über eine halb Million Menschen gegen das Regime

»Aber wenigstens gab es Spiegel in den Badezimmern ... um Himmels Willen, wir sehen grauenhaft aus!«

EDDA SCHÖNHERZ

So betrieb die Stasi die Zersetzung der Seele

»So erniedrigten sie uns, wir hatten ja keine Chance, gepflegt zu erscheinen. Wir wussten ja gar nicht, wie wir aussahen.«

Edda Schönherz wuchs in Berlin auf, geboren wurde sie 1944 in Bad Landeck in Schlesien. Von 1969 bis 1974 war sie eine der beliebtesten und bekanntesten Moderatorinnen des zweiten Fernsehprogramms der DDR. Nach der Rückkehr von einem Ausflug nach Ungarn wurde Edda Schönherz im September 1974 verhaftet. Die Anklage lautete: »Es besteht der ausreichende Verdacht der Verdunklungs- sowie der Fluchtgefahr. Sie stehen im dringenden Tatverdacht des illegalen Verlassens der DDR. Bis zur vollständigen Klärung stehen Sie unter der Aufsicht der Vollzugsbehörde.« Edda Schönherz war daraufhin drei Jahre in der DDR inhaftiert – in der Untersuchungshaftanstalt des Ministeriums für Staatssicherheit (Stasi) in Berlin-Hohenschönhausen und im Frauengefängnis Hoheneck im Erzgebirge. Ende 1979 wurden sie, ihre beiden Kinder und ihr Lebensgefährte von der Bundesrepublik freigekauft. Sie zogen nach München, wo Edda Schönherz beim Bayerischen Rundfunk wieder als Moderatorin arbeiten konnte. Heute führt Edda Schönherz als Zeitzeugenreferentin für politische Bildung Besuchergruppen durch die Gedenkstätte Hohenschönhausen.

»Am 9. September 1974, morgens um kurz nach sieben, standen zwölf Mann und eine Frau von der Staatssicherheit, der DDR-Geheimpolizei, vor meinem Bett – ›Kommen Sie mit zur Klärung eines Sachverhalts‹, befahlen sie mir«, erinnert sich Edda Schönherz an jenen verhängnisvollen Tag vor 40 Jahren in Berlin-Mahlsdorf. »Meine Tochter hatte gerade das Haus verlassen, da sind sie rein gestürmt, das hatten sie abgepasst.

Sie wussten genau, wann sie das Haus verlässt. Und als ich runterging, war mein Sohn in der Küche, der rannte dann zu mir und sagte ›Mama, Mama‹ und klammerte sich an mir fest. Ich habe ihm dann gesagt ›Mama, kommt gleich wieder‹. Das war dann drei Jahre lang dieses ›Gleich-Wiederkommen‹.« Ihre beiden Kinder René und Annette waren damals elf und zwölf Jahre alt.

Die Stasi ließ sie noch duschen, auch wenn die Geheimpolizistin wie ein Schatten an ihrer Seite blieb.
»*Nach dem Duschen überlege ich, welche Garderobe am zweckmäßigsten ist. Den Umständen entsprechend? Dann kann ich wohl gleich den Kulturbeutel packen und eine gestreifte Kleidung anziehen. Ich habe keine gestreifte Kleidung … Wie aber sich in Ruhe anziehen, wenn ständig die Leute vom Geheimdienst um einen herumwuseln?*«, schreibt Edda Schönherz in ihrem Buch »Die Solistin. Roman einer Frau, die von Deutschland nach Deutschland wollte.«[1] Die Geheimpolizei brachte Edda Schönherz zum Verhör in die Magdalenenstraße, dem Sitz des Ministeriums für Staatssicherheit in Ost-Berlin – im Volksmund auch »die Firma« oder »Horch und Guck« genannt. Hier residierte der berüchtigte Erich Mielke, der von 1957 bis November 1989 Minister für Staatssicherheit der DDR war.

Als sie verhaftet wurde, war Edda Schönherz 30 Jahre alt und eine der bekanntesten und beliebtesten Fernsehmoderatorinnen der DDR. Eine sozialistische Traumkarriere, die in den Verliesen der Stasi-Gefängnisse endete. Wie konnte es dazu kommen?

Nach dem Ende des Zweiten Weltkriegs war Deutschland in vier Besatzungszonen – die britische, amerikanische, französische und sowjetische – aufgeteilt worden. Berlin, das in der sowjetischen Besatzungszone lag und als Hauptstadt einen Sonderstatus inne hatte, wurde im Juni 1945 entsprechend in vier Sektoren geteilt. Edda Schönherz und ihre Familie lebten im Osten Berlins, im sowjetischen Sektor. Mit ihrem Vater, einem Zahnarzt, konnte sie jedoch damals noch öfter Spaziergänge in West-Berlin machen, begleitete ihn gerne zum Materialkauf in das West-Berliner Dentaldepot. »Bei uns in Berlin war es ja noch nicht so schlimm, die Grenzen waren noch nicht so dicht, sodass man immer nach West-Berlin fahren konnte und sich dort Klamotten oder Platten – von Bill Haley, Elvis, Little Richard, Fats Domino – holen oder ins Kino gehen oder mal den Ku'damm entlangschlendern konnte.«

1958, als sie 14 Jahre alt war, starb ihr Vater. Von ihm hatte sie schon früh Skepsis gegenüber dem SED-Regime gelernt. »Vom Elternhaus wurde ich sehr konservativ erzogen, es wurde nicht viel über Politik geredet. Heute weiß ich warum, das hätte, wenn es nach außen gedrungen wäre, Gefahr bedeutet. Man hatte ja im Grunde genommen zwei Gesichter – ein privates und ein öffentliches, wobei man nicht immer wusste, ob in der privaten Umgebung nicht auch jemand saß, der die Gespräche ›der Firma‹ gemeldet hätte«, erinnert sich Edda Schönherz.
In der Nacht vom 12. auf den 13. August 1961 hatte Walter Ulbricht, der DDR- Staatsratsvorsitzende, mit Einverständnis des Kremls den Befehl zur Abriegelung der Sektorengrenze in Berlin gegeben. Mit dem Bau der Mauer, von der DDR-Führung auch »Antifaschistischer Schutzwall« genannt, war das letzte Schlupfloch versperrt worden, durch das die Menschen der SED-Diktatur noch hätten entkommen können.

Mit 15 Jahren, zwei Jahre vor dem Bau der Mauer, hatte Edda ihre große Liebe Peter kennengelernt, ihre Tochter Annette wurde kurz vor Eddas 18. Geburtstag geboren. Das Leben in einer jener DDR-Nischen schien zu funktionieren. Doch das Glück sollte nicht lange währen. Peter wurde zum Wehrdienst in der NVA (Nationale Volksarmee) einberufen. Zur Geburt seines Sohnes René, 1963, bekam er einige Tage frei – »*Es ist das letzte Mal, dass ich ihn gesund und munter sehe*«. Kurz nach seiner Rückkehr starb der 23-jährige Peter an Blutkrebs. Er bekam ein Staatsbegräbnis. Erst viele, viele Jahre später, nach dem Untergang des SED-Regimes, erfuhr Edda Schönherz aus den Unterlagen des NVA-Archivs, dass er einen Gefahrentransporter der NVA hatte fahren müssen und dabei verstrahlt worden war.

Mit gerade einmal 20 Jahren musste sie sich jetzt alleine durchschlagen. Edda Schönherz arbeitete als Textilkauffrau. Außerdem stieß sie auf die Artistengruppe »Die Luftkometen«, deren Leiter Hans-Joachim Schönherz ihr zweiter Mann wurde. Begeistert von den Artisten, trainierte sie, bis sie am Hochseil auftreten und oben auf dem Trapez stehen konnte. Eine glitzernde, farbige Welt in der tristen, spießigen DDR. Neben ihren artistischen Auftritten übernahm sie auch die Moderation des Programms der »Luftkometen«. So wurde Edda Schönherz 1966 vom DFF (Deutscher Fernsehfunk, ab 1972 Fernsehen der DDR) entdeckt.

Es folgten drei Jahre Ausbildung an der Fernsehakademie in Berlin-Adlershof – Sprech- und Schauspielunterricht, Rhetorik, Grundkenntnisse in Journalistik sowie politische Bildung. Unter die Rubrik Gesellschaftspolitik fiel das Erscheinungsbild. Schließlich saß der sogenannte Klassenfeind auch vor dem Fernseher.

»Ansagerinnen und Moderatorinnen der ARD und ZDF kontra uns vom DFF. Das heißt auch, dass wir in Sachen Mode nicht hinter dem Westen zurückbleiben dürfen. In Sachen

Garderobe werden wir ›typgemäß‹ eingekleidet. Kostümbildnerinnen entwerfen und schneidern die passende Garderobe für uns. Ferner sind ständig um uns Maskenbildner und Stylisten, die unser Erscheinungsbild verfeinern.«

Am 4. Oktober 1969 ging das DDR-Farbfernsehprogramm zum ersten Mal auf Sendung. Und zum ersten Mal saß auch Edda Schönherz im Studio vor der Kamera. Jede Zeile hatte sie vorher auswendig lernen müssen, jedes Wort war von den Kontrolleuren der Partei abgesegnet worden. Bald avancierte sie zu einer der beliebtesten Moderatorinnen des zweiten Fernsehprogramms der DDR. Doch bei allen Privilegien, die sie genoss, blieben ihr immer Zweifel am System.

»Es mag eine Weile gut gehen, weil man diesen Traumberuf hat, dann kommt der Ruhm, aber man lernt natürlich auch die Leute kennen, die diese Politik zu verantworten haben. Man denkt, was hier abläuft, das darf ja alles nicht wahr sein. Und dann muss man sich sehr zurückhalten, mit den Kollegen darf man sich nicht über irgendwelche Dinge unterhalten, denn sonst bekommt man schnell großen Ärger.

Damals beim Fernsehen mussten wir immer eine Woche vorher die Texte abgeben, die wir geschrieben hatten, die wurden dann zensiert. Und sie durften nicht mehr geändert werden, dieser Text war in Stein gemeißelt. Wenn jemand von der Sendeleitung damals zu mir sagte: ›Frau Schönherz Ihre Texte sind wunderbar, ich finde das außerordentlich, was Sie schreiben, aber Sie erwähnen zu wenig den Sozialismus, den goldenen Sozialismus‹, dann konnte ich mich nicht zurückhalten. Wenn jemand vom goldenen Sozialismus redete, kam bei mir sofort die Reaktion: ›Wissen Sie, wenn wir im goldenen Sozialismus leben, muss ich ihn nicht noch erwähnen.‹ Mit dieser Äußerung war, glaube ich, das erste Dossier von der Stasi angelegt. Nach einer gewissen Zeit unterstützt man ja die Diktatur, wenn man den Kopf senkt und schweigt. Ich weiß, ich kann nicht von jedem verlangen, dass er ein Held ist, aber ich kann verlangen, dass er kein Verräter ist.«

Die Aufforderung, in die SED einzutreten, lehnte Edda Schönherz mit dem Argument ab, sie sei noch nicht reif dafür – »das einzige Argument, das akzeptiert wurde«. Auch die Moderation politischer Sendungen verweigerte sie. Stattdessen ging sie zur Unterhaltungssendung »Das Ereignis«.

»Das waren Sendungen aus der Oper unter den Linden, aus der Komischen Oper, aus dem Metropoltheater, über den Sängerwettstreit auf der Wartburg, das waren Ballettabende, Konzerte mit David Oistrach und Yehudi Menuhin – einfach nur schöne künstlerische Abende. Aber dann merkte man, dass auch aus diesen Redaktionen Leute verschwanden. Und dann hörte man manchmal, dass sie das erreicht hatten, was sie wollten. Sie waren in Hamburg oder irgendwo anders im Westen. Es wurden dann Leute auf diesen Stellen eingesetzt, die keine Ahnung hatten, die nicht mal eine Note lesen konnten, aber ein Parteiabzeichen hatten. Und das ging gar nicht, nach einer Weile geriet man so aneinander. Ich konnte mir auch diese Phrasen nicht mehr anhören – ›Wir werden den Kapitalismus einholen, ohne zu überholen, denn der steht sowieso am Abgrund‹. Das waren alles so Sachen, die an mir nagten.«

Der Wunsch, die DDR zu verlassen, wurde immer stärker.

Ausgerechnet ihr Faible für ausgefallene Tücher war ausschlaggebend. Auf einer Reise ans Schwarze Meer, nach Sotschi, sah Edda Schönherz im Schaufenster eines Ladens ein typisch russisches Tuch mit rotem Rosenmuster auf schwarzem Grund.

»Das muss ich haben!« Doch der Verkäufer machte keine Anstalten, es aus dem Fenster zu holen, stattdessen fragte er: »Dollar oder West-Mark?« Edda Schönherz tobte.

»Ich denke, das darf ja wohl nicht wahr sein! Wir bekommen im engsten Freundesland für unsere Währung keine Ware! All mein aufgestauter Unmut über dieses System aus Selbsthass und Lügen bricht aus mir heraus … Jetzt musst du deinen Entschluss fassen. Jetzt beginnt dir, die Zeit davon zu laufen.«

Nach diesem Ausbruch konnte Edda Schönherz das Tuch in DDR-Mark bezahlen.

Im August 1974, nur fünf Jahre nach Beginn ihrer Karriere beim DDR-Fernsehen, flogen Edda Schönherz, ihr damaliger Lebensgefährte und ihre beiden Kinder nach Budapest. Sie suchten das Konsulat der Bundesrepublik Deutschland, die Botschaft der Bundesrepublik Deutschland sowie die Botschaft der Vereinigten Staaten auf, um Möglichkeiten für die Umsiedelung in die Bundesrepublik Deutschland auszuloten. In allen drei Vertretungen wurde ihnen auf diplomatische Art und Weise klar gemacht, dass man ihnen bei diesem »politischem Vorhaben« nicht helfen könne.

Die Botschaften wurden natürlich von der Stasi observiert. Endgültig zum Verhängnis wurde Edda Schönherz ein touristischer Ausflug, den sie zusammen mit einem westdeutschen Textilvertreter, den sie in Budapest getroffen hatte, nach Szeged, einer ungarischen Stadt nahe der damaligen jugoslawischen Grenze, unternahm. Die »Reisegruppe« wurde zwei Tage von ungarischen Einheiten festgehalten. Die Anklage: Anschläge auf die Grenze, Sabotage der ungarischen Grenze, Zusammenarbeit mit einem westlichen Geheimdienst.

»*Als wir wieder in unserem Haus in Berlin-Mahlsdorf eintreffen, ist bereits vis-à-vis eine ›konspirative Wohnung‹ eingerichtet. Wir werden von jetzt an rund um die Uhr bewacht … Außer Haus bin ich ständig von Männern mit Einkaufsnetzen umgeben, die Windjacken, Rundstrickhosen oder fürchterliche Schlips- und Hemdkombinationen tragen.*« Nach dem Fall der Mauer wird sie in ihrer Stasi-Akte lesen, dass die Stasi ihr den Tarnnamen »Solistin« gegeben hatte.

Eine Woche nach ihrer Rückkehr aus Budapest, an jenem verhängnisvollen 9. September 1974, standen dann zwölf Männer und eine Frau von der Stasi an ihrem Bett und verhafteten sie und ihren Lebensgefährten. Die Kinder durften bei den Eltern ihres Freundes bleiben.

Nach der Verlesung der Anklageschrift wurde Edda Schönherz abgeführt und in einen Bus Marke Barkas 1000 gezwängt. Um den Gefangenentransport zu tarnen, stand auf den Außenwänden geschrieben: »Esst mehr Fisch! Fisch und Gemüse aus Rostock!« »In dem Bus kommen sie in eine kleine Zelle von gerade mal 40 x 60 cm, da ist weder Licht noch Fenster. Sie kriegen kaum noch Luft« – die Handschellen wurden Edda Schönherz auch nicht abgenommen. »So wurden Sie nach *Nirgendwo* gebracht. Hohenschönhausen – diesen Ort gab es nicht, der war auf keiner Landkarte und auf keinem Stadtplan verzeichnet.« Die Untersuchungshaftanstalt Hohenschönhausen befand sich zu DDR-Zeiten in einem militärischen Sperrbezirk, der von der Außenwelt hermetisch abgeriegelt und daher auf keinem Ost-Berliner Stadtplan eingezeichnet war.

In einem fensterlosen Raum musste sich Edda Schönherz vor einem Uniformierten nackt ausziehen. »Das ist furchtbar. Das ist demütigend. Wenn sie sich da vor einem Mann entkleiden müssen, das ist menschenverachtend. Das Prozedere dient ja der Demütigung, der Erniedrigung des Menschen. Er soll eingeschüchtert werden, er soll seinen Verstand verlieren, und das habe ich einfach ausgeschlossen. Um die Situation zu retten, wird das Unterbewusstsein automatisch eingeschaltet. Ich hatte damals meine Periode und musste alles auf den Tisch packen, sogar die Binde, man nimmt das alles auseinander. Sie müssen sich bücken, grätschen und man fasst Ihnen mit den Fingern in sämtliche Körperöffnungen, um in dem Moment nicht psychisch zu scheitern, schaltet sich das Unterbewusstsein ein. Und in dem Moment war meine Periode weg. So lange, wie meine Haft bestand. Zwei Tage nachdem ich aus der Haft entlassen wurde, nach drei Jahren, setzte meine Periode wieder ein«, erinnert sich Edda Schönherz gefasst an jene traumatischen Tage.

Da sie noch nicht verurteilt war, bestand Edda Schönherz darauf, weiterhin ihre Privatkleidung tragen zu dürfen. Privatsachen wurden in der Haftanstalt nicht gereinigt; und so willigte sie nach zwei Wochen ein, die Kleidung zu wechseln. In der Kleiderkammer legte man ihr Sachen vor, die etliche Nummern zu groß waren. »*Wir machen hier keinen Schönheitswettbewerb. Und Sie üben hier auch nicht den Beruf einer Fernsehmoderatorin aus – Ich betrachte die braunkarierten Kamelhaarhausschuhe und komme mir vor wie eine Vogelscheuche.*«

In den Zellen in Hohenschönhausen gab es keine Spiegel, nicht einmal eine Spiegelscherbe stand den Frauen zur Verfügung. Als Edda Schönherz zum ersten Mal in anstaltseigener Kleidung zum Verhör erschien, sagte der Vernehmer zu ihr: »Na, Sie haben auch schon mal besser ausgesehen, nicht wahr? Nun, wie eine Fernsehansagerin sehen Sie ja nun gerade nicht mehr aus.« – »In dem Moment war es mir egal, wie ich aussehe, denn einen schönen Menschen entstellt nichts. Ich habe mich nicht gehen lassen, das habe ich nicht gemacht. Und diese Sachen, die einem am Körper hingen, die habe ich gar nicht wahrgenommen. Er natürlich, der Vernehmer, das ist ganz klar, der stand in gepflegter Kleidung vor mir. Das ist ja schon eine Demütigung, ›Du guck' mal, wie Du aussiehst‹, das braucht der eigentlich gar nicht mehr auszusprechen, Gestik und Blick sagen im Grunde genommen alles.

Wenn der Vernehmer so eine herabwürdigende Bemerkung wegen Ihres Äußeren macht, dann müssen Sie das verkraften können, die meisten haben es nicht verkraftet. Sie sind gebrochen worden. Es war ja eine Form der psychischen Folter. Beim Verhör sagten sie später auch zu uns: ›Ihre Haare sind aber lang und zottelig geworden, ihre Nägel sind sehr gewachsen.‹ So erniedrigten sie uns, wir hatten ja keine Chance, gepflegt zu erscheinen. Wir wussten ja gar nicht, wie wir aussahen. So betrieb die Stasi die Zersetzung der Seele.«

Die unmenschlich-strenge Hausordnung bestimmte den Alltag der Untersuchungshäftlinge. Edda Schönherz durfte sich nur zwischen 22 und 6 Uhr auf die Pritsche legen; außerhalb dieser Zeiten brauchte man eine »Liegeerlaubnis«. »Wir sind hier nicht im Sanatorium«. Die restliche Zeit des Tages durfte sie nur auf dem Hocker sitzen, ohne sich an die Wand anzulehnen. Rund um die Uhr blickte alle drei bis fünf Minuten ein sogenannter Läufer[2] durch den Spion an der Tür. Die Gesichtscreme, die eine Zellengenossin in einem Päckchen von ihrer Familie geschickt bekommen hatte und mit Edda Schönherz teilte, galt als purer Luxus, denn in der Untersuchungshaft gab es allerhöchstens Kernseife – »*Schon der Duft einer Westseife ist Labsal in diesen grauen Mauern*«.

Einen Tag vor Weihnachten, am 23. Dezember 1974, fand im Stadtbezirksgericht Berlin Lichtenberg der Prozess gegen Edda

Schönherz statt. Ohne die Möglichkeit sich zu verteidigen, wurde sie zu drei Jahren ohne Bewährung verurteilt.

Am Bahnhof von Karl-Marx-Stadt (heute Chemnitz) wurde Edda Schönherz von Uniformierten mit scharfen Hunden und Maschinenpistolen erwartet. Endstation dieser Odyssee: das größte und berüchtigtste Frauenzuchthaus Hoheneck in Stollberg im Erzgebirge, das heute als Synonym für die unmenschlichen Haftbedingungen in der DDR gilt.

»Dann kommen Sie erst einmal in die Kleiderkammer, und da werden sie entkleidet, entlaust und man guckt Ihnen in alle Körperöffnungen. Und dann bekommen sie Ihre Sachen – alte abgetragene Armeeklamotten, schwarz eingefärbt, zwei alte Armeedecken, Kernseife – gerade so das Notdürftigste. Wir sahen aus wie die Dohlen aus dem Gefängnis, wie die Vogelscheuchen von Hoheneck. Diese Kopftücher, die wir tragen mussten, diese dunkel-blau-schwarzen Kopftücher, diese schweren Mäntel, diese Armeemäntel und dann diese komischen Strümpfe – und diese viel zu großen Hosen. Wir haben darüber auch gelacht, seinen Humor bewahren, hilft in so einer Situation«, entsinnt sich Edda Schönherz, die heute auch Führungen in der ehemaligen Frauenhaftanstalt Hoheneck übernimmt.

»Menschen in lächerlichem Aufzug. Das ist sehr wohl als psychologischer Effekt gemeint. Dein Selbstwertgefühl hat sich gefälligst auf das Mindestmaß zu reduzieren. Nun sehen alle gleich skurril aus, ob sie Ärztinnen, Lehrerinnen, Künstlerinnen oder Kriminelle sind.«

Edda Schönherz wurde dem Arbeitskommando »Elmo« zugeteilt, in dem weibliche Häftlinge Elektromotoren bandagieren und Kupferdrähte per Hand auf Spulen wickeln mussten.

»Man hatte ja eine Arbeitsnorm in diesem Drei-Schicht-System: Also 100 Prozent sind noch zu wenig, am besten 130 Prozent, was für mich unerklärlich ist. 100 Prozent sind für mich 100 Prozent. Ich wollte mir eine Zahnpasta oder eine Creme oder irgendwas fürs Gesicht, eventuell noch einen Quark, kaufen. Und für meine Kinder, dass das Geld an meine Kinder gezahlt wird, das war mir wichtig, aber ansonsten hatte ich nicht viele Ansprüche. Im Gefängnisladen konnte man natürlich nur eine DDR-Creme kaufen. Sie haben ja sonst nichts, womit wollen sie sich pflegen? Mit Kernseife? Wir haben, wenn welche da war, Butter als Gesichtscreme verwendet; fürs Gesicht, alles, was Fett enthielt. Die Haut trocknet ja völlig aus unter diesen Gegebenheiten.«

Im Zuchthaus Hoheneck, einer alten Burg, gab es keine Heizung und kein warmes Wasser. Edda Schönherz erzählt, dass die Frauen sich mit Kaffee, mit Mucke-Fuck, also mit Kaffeeersatz, und Kernseife die Haare gewaschen haben. »Es war uns egal, wie sich die Haare danach angefühlt haben. Hauptsache wir konnten uns mit einer warmen Flüssigkeit die Haare waschen. ... Waschen Sie sich mal die Haare mit eiskaltem Wasser ... Nur die Frauen, denen warmes Wasser vom Gynäkologen verordnet war, die bekamen einmal in der Woche eine Kanne heißes Wasser. Und da hatte ich mir so eine Kanne mal ergaunert, ich habe gesagt, ich soll für jemanden eine Kanne heißes Wasser mitbringen. Doch auf dem Weg in mein Kommando, in die Zelle, begegnete ich ›Bettenschreck‹, so nannten wir sie, das war so eine Wachtel (Spitzname für Wärterinnen), strohblond, auch vom Geist her, und die erwischte mich. Was ich da drin hätte? Ich sage Kaffee, sie zwingt mich den Deckel hochzuklappen und sieht, dass es Wasser ist. Da musste ich mit ihr zur Toilette und vor ihr das heiße Wasser wegschütten. Das sind so Kleinigkeiten, an denen man sieht, wie man da mit uns umgegangen ist.«

Ihre Ausreise und die ihrer Kinder samt der Aberkennung der DDR-Staatsbürgerschaft hatte Edda Schönherz längst beantragt, doch nichts geschah. Sie ahnte, dass sie die gesamte Haftstrafe würde absitzen müssen. Die Schikanen durch die Wachteln werden unterdessen immer brutaler. »*Nach einer langen Kräfte verzehrenden Arbeitsschicht werden wir nachts aus unserer Zelle getrommelt und müssen die Turmtreppe rauf und runter rennen, bis die ersten vor Erschöpfung zusammenbrechen. Andere Frauen erzählen, dass sie auf dem Freihof bei eisiger Kälte stehen mussten, bis sie zusammenbrachen.*«

Da es in Hoheneck keine Kosmetika gab – auch im Gefängnisladen konnte man sie nicht kaufen –, wurden die Frauen erfinderisch. »Wir haben uns mit Schuhcreme und Streichholz-Schwärze Wimperntusche gemacht. Das geht wunderbar, sie verschmiert auch nicht. Mit abgebrannten Streichhölzern haben wir uns die Augenbrauen nachgezogen. Es war wichtig, um die Selbstachtung zu wahren, um sich selbst zu beweisen, dass man sich nicht gehen lässt, dass man auf sich achtet. Es war so eine Art Balsam für die Seele.« Indem sie sich nicht gehen ließ, sich nicht kleinkriegen ließ, bewahrte sich Edda Schönherz ihre weibliche Würde – und ihren weiblichen Stolz, denn »stolze Frauen haben eben auch einen Kopf«. Die Hoffnung auf eine bessere Zukunft ließ sie jeden Tag überstehen: »Es ist die Stärke, es ist die Energie und der Blick zum Horizont, der Silberstreif, den man erreichen will ohne sich umzudrehen, der einen aufrecht hält. Man geht durch diesen Tunnel und schaut auch nicht zurück. Man sieht nur die Zukunft, denn die Vergangenheit kann ich nicht ändern, aber die Gegenwart und die Zukunft schon, und das ist viel wichtiger.«

Edda Schönherz musste die drei Jahre bis auf den letzten Tag absitzen. Am 8. September 1977 hieß es für sie »Sachen packen«. Edda Schönherz musste weitere zwei Jahre um ihre Ausreise kämpfen. Kurz vor ihrer Entlassung aus Hoheneck war ihr ein Arbeitsplatz in einer Großbäckerei zugewiesen worden. Sie lehnte dankend ab, für diesen Staat wolle sie nicht mehr tätig sein. Sofort drohte ihr der Staat, sie wegen »asozialen Verhaltens« weitere zwei bis fünf Jahre in eine sogenannte »Arbeitserziehung«, also wieder in ein Gefängnis oder Arbeitslager zu internieren. Um Arbeit zu finden, suchten sie und ihr Lebensgefährte die evangelische Kirche auf. Der Bischof ließ sich dreimal verleugnen. Gespräche mit ehemaligen politischen Gefangenen waren ihm anscheinend zu heikel. Bei der katholischen Kirche in Berlin hatten sie mehr Glück. Sie wurden als Fotografen bei der Caritas angestellt.

Am 12. Dezember 1979 durften Edda Schönherz, ihr Lebensgefährte und ihre beiden Kinder ausreisen. Bereits fünf Monate später arbeitete Edda Schönherz wieder als Moderatorin – beim Bayerischen Fernsehen (BR) in München. Ihre Zuschauer saßen nicht nur vor den westdeutschen Bildschirmen, auch in der DDR konnte man Edda Schönherz wieder im Fernsehen sehen. Erich Mielke soll getobt haben. Bis Ende 1987 wurde Edda Schönherz von einem Produktionsleiter, der im Dienste der Stasi stand, beim BR observiert.

1

2

1
1972, Edda Schönherz moderiert eine Gala in Berlin. Zwei Jahre später wur sie von der Stasi verhaftet.

2
Bei einem Auftritt der Artistengruppe ›Die Luftkometen‹, Ende der 60er Jahre Edda Schönherz als Conférencier.

3
Am Morgen des 13. August 1961 wacht die Berliner in einer geteilten Stadt auf: Der Bau des »antifaschistischen Schutzwalls«, wie das DDR-Regime di Mauer nannte, hatte begonnen. Die A sperrung lief entlang der sowjetisch Sektorengrenze quer durch Berlin. Sämtliche Zufahrtswege zwischen West- und Ost-Berlin waren endgülti abgeriegelt.

4
Die Burg Hoheneck im Erzgebirge wa zwischen 1951 und 1989 das größte Frauenzuchthaus der DDR – mit eine erbarmungslosen Knastregime. In de 70er-Jahren waren hier an die 1.600 Frauen inhaftiert. Vierzig Prozent de Häftlinge waren politische Gefangen

3

LIBUŠE BRODOVÁ

Ich habe mir zwei schicke Overalls zum Putzen genäht

»Es zählte nämlich zu den ungeschriebenen Gesetzen, dass ›aufgeklärte‹, dem volksdemokratischen System ergebene Frauen einfache, unauffällige, möglichst graue Kleidung trugen, die im Einklang mit den kommunistischen Sitten standen.«

»Im Zusammenhang mit dem erwünschten puritanischen Äußeren sollte ich noch anmerken, dass auch Männer von einem ähnlichen Erwartungsdruck nicht verschont blieben. Wer beispielsweise mit einem Hut statt mit einer Arbeitermütze zur Arbeit gegangen wäre, hätte damit höchstwahrscheinlich politischen Selbstmord begangen.«

Toman Brod: »gut dass man nicht weiss was kommt – Meine Geschichte«, 2013

»Eine Arbeiterin oder Angehörige einer landwirtschaftlichen Genossenschaft entsprach dem Idealbild einer tschechoslowakisch-kommunistischen Frau. Vielleicht eine hervorragende Melkerin, die, ganz nach sowjetischem Vorbild, die gültige Arbeitsnorm bei Weitem überschritten hatte. Diese Frauen wurden immer in Monteuranzügen und Gummistiefeln abgebildet, ein Kopftuch tragend, ungeschminkt – sozusagen die Heldin auf dem Traktor.«

Libuše Brodová

Libuše Brodová wurde 1932 in Südmähren, nahe der österreichischen Grenze, als Tochter eines Gendarmen geboren. In der kommunistisch regierten Tschechoslowakei studierte sie Geschichte. Nach dem Scheitern des Prager Frühling 1968 wurde Libuše Brodová aus dem Enzyklopädischen Institut der Akademie der Wissenschaften entlassen und aus der Kommunistischen Partei geworfen. Die nächsten 15 Jahre musste sie als Putzfrau arbeiten.

Libuše Brodová und ihr Ehemann Toman Brod leben heute im sechsten Prager Gemeindebezirk, in einer gemütlich eingerichteten Altbauwohnung voller Bücher, antikem Porzellan und Grünpflanzen. Libušes *Boudoir* ist ganz in Weiß und Blau gehalten, an den Wänden hängen Modestiche aus dem 19. Jahrhundert, auf den Bücherregalen stehen gerahmte Familienfotos. Das Leben der Brods und ihrer Verwandten spiegelt die Wirren und Gräuel des 20. Jahrhunderts in Zentraleuropa wider: den Zweiten Weltkrieg, den Terror der Nationalsozialisten sowie die Verfolgungen eines menschenverachtenden Sozialismus stalinistischer Prägung. Doch Libuše Brodová leistete auf ihre Art Widerstand: »Trotz der schweren Zeiten habe ich nie resigniert, oder gar meine Weiblichkeit vernachlässigt. Ganz im Gegenteil«, sagt Libuše Brodová – in ihrer weiten Marlene-Hose und der perfekt sitzenden Frisur eine noch heute auffallend elegante Frau.

Da der Vater ständig versetzt wurde, zogen Libuše und ihre Geschwister in ihren Kindertagen mit den Eltern in kurzen Abständen »wie Zigeuner« von einem Dorf zum nächsten. Es waren wirtschaftlich karge Zeiten, doch sah man den Töchtern des Gendarmen dies niemals an. »Meine Mutter war eine Zauberin, sie hat aus alten Kleidungsstücken und Stoffen für ihre Töchter immer etwas Schönes kreiert. Sie konnte aus nichts etwas machen.« So ergatterte die Mutter während des Krieges einmal graugrünen Stoff, aus dem eigentlich die Uniformen der Gendarmen geschneidert wurden. Für ihre beiden Töchter nähte sie daraus glockige Mäntel und besetzte die Ärmel und den dazu passenden Hut mit Pelz, den sie noch aus den 20er-Jahren hatte. Libuše Brodová glaubt sich daran zu erinnern, dass es Schafspelz war. »Meine Schwester und ich liefen so gekleidet durch ein Städtchen in Mähren, es war während des Krieges. Da gingen zwei deutsche Soldaten an uns vorbei und sagten: ›Schau mal, Kosaken‹«, erinnert sich Libuše lachend. »Den Sinn für Mode und Ästhetik sowie die Fähigkeit, sich in jeder Situation zu helfen und sich nicht gehen zu lassen, habe ich von meiner Mutter geerbt.«

1948 übernahmen die Kommunisten in der Tschechoslowakei die Macht. Libuše Brodová wurde Mitglied des Tschechoslowakisch Kommunistischen Jugendverbandes. »In dem Verband hatten wir ein blaues Herrenhemd mit zwei Brusttaschen zu tragen, auf der linken Seite war das Zeichen des Verbandes aufgenäht. Ich stand dazu, denn ich war von der Richtigkeit der kommunistischen Politik überzeugt – und nähte mir dennoch hübsche Kleider – trotz böser Blicke, die ich bei einigen Genossen deshalb erntete. Irgendwie konnte ich selbst in jenen Jahren Textilien auftreiben.« 1951 wurde sie als erfolgreiches Mitglied des Jugendverbandes für das Studium an der Hochschule für Wirtschafts- und politische Wissenschaften, der Parteihochschule, in Prag ausgewählt. In dem Glauben an ein besseres politisches System und in der Hoffnung, dass nach dem verbrecherischen Regime der Nationalsozialisten der Kommunismus eine gerechtere Welt schaffen würde, trat sie noch im selben Jahr in die Tschechoslowakische Kommunistische Partei ein. Auf der Hochschule begegnete sie 1952 ihrem zukünftigen Mann, Toman Brod, einem Überlebenden der Konzentrationslager Theresienstadt, Auschwitz und Groß-Rosen. Zusammen mit seinem jüngeren Bruder und seiner Mutter war er 1942, im Alter von 13 Jahren, deportiert worden. Aus der Familie Brod überlebten außer Toman nur eine Tante und ihre zwei Kinder. Wie Libuše glaubte auch Toman Brod an eine neue, bessere Welt im Kommunismus, an eine »helle Zukunft«, und war schon 1948 der kommunistischen Partei beigetreten.

1953, nach dem Tod Josef Stalins und des kommunistischen Staatspräsidenten der Tschechoslowakei, Klement Gottwald, wurde die Hochschule für Wirtschaft und politische Wissenschaften reorganisiert, und Libuše und Toman wechselten an die philosophisch-historische Fakultät der Prager Karls-Universität, um Geschichte zu studieren.

Am 30. April 1954 heirateten Libuše und Toman Brod im Rathaus am Altstädter Ring. Im Herbst desselben Jahres wurde ihre Tochter geboren. 2014 feiern die Brods den 60. Hochzeitstag.

Für die Hochzeit schneiderte sich Libuše ein klassisches Kostüm – sie hatte in der Wohnung von Toman den Smoking seines Vaters gefunden und aus diesem »Stoff von wunderbarer Qualität« entstand das Kostüm. Auch eine hellgraue Bluse und einen Hut in derselben Farbe mit kurzem Schleier nähte sie sich. »Doch die größte Investition waren die handgenähten hellgrauen Schuhe, denn damals galt noch die Regel, dass alle Accessoires dieselbe Farbe haben müssen«, erzählt Libuše.

Auch im Alltag legte Libuše Brodová sehr viel Wert auf ihre äußere Erscheinung und fiel deshalb auf. Sehr zum Ärger ihrer Vorgesetzten an ihrem neuen Arbeitsplatz, dem Staatsarchiv, das unter der Ägide des Ministeriums des Inneren, also der Geheimpolizei, stand. In seinem Buch »gut, dass man nicht weiß, was kommt«, erinnert sich Toman Brod an jene Zeit: »Weiteren Verdruss erregte Libuše mit ihrer Vorliebe für modische Kleidung und eine ansprechende Erscheinung. Es zählte nämlich zu den ungeschriebenen Gesetzen, dass ›aufgeklärte‹, dem volksdemokratischen System ergebene Frauen einfache, unauffällige, möglichst graue Kleidung trugen, die im Einklang mit den kommunistischen Sitten standen. Auch wurde darauf geachtet, dass sie – Gott bewahre! – keine kosmetischen Produkte verwendeten, das hätte geradezu eine öffentliche Empörung hervorgerufen.« Libuše Brodová trug trotzdem Lippenstift und lackierte sich die Fingernägel. Ende der 50er-Jahre – sie sollte für einen kommunistischen Funktionär Archivalien zusammenstellen – kam ihr Vorgesetzter zu ihr und befahl ihr, für die Präsentation Handschuhe anzuziehen: »Was wird passieren, wenn er Deine lackierten Nägel sieht?« Bald kam sie in den Ruf, eine »verwerfliche, bourgeoise« Person zu sein. »Es war mein persönlicher Protest, ich wollte mich ein wenig absetzen. Man hat es geduldet, aber man hat mich gewarnt: ›Wenn etwas gegen Sie vorliegt, dann kommt Ihre bürgerliche Erscheinung auch zur Sprache.‹«

Libuše Brodová wurde versetzt. 1959 wechselt sie in das Enzyklopädische Institut der Akademie der Wissenschaften am Prager Wenzelsplatz. Unweit ihres Büros befand sich das Haus der Mode. »Es gab ja kaum Textilien, aber ab und zu hörten wir, dass im Haus der Mode neue Stoffe angekommen waren, zum Beispiel Seide aus China. Dann sind wir losgerannt. Meine Schwägerin, die in Westdeutschland lebte, schickte mir immer das Magazin *Burda Moden* – also diese Frau Burda sollte einen Orden bekommen, was hat sie nicht alles für die Frauen im Osten getan –, und da ich gut nähen konnte, hatte ich immer schöne Kleider.« Westliche Waren, auch Kleidung, gab es in Prag damals nur in den Tuzex-Läden, in denen man mit Valuta, also westlicher Währung, zahlen musste. Ein Ausflug in ein Tuzex-Laden glich dem Besuch in einer Ausstellung.

»So haben wir uns unsere jungen Jahre unter diesem schrecklichen Regime versüßt. Man könnte sagen, es war auch ein wenig Vogel-Strauß-Politik, wir wollten einfach leben«, erinnert sie sich, umgeben von Fotografien aus jener Zeit.

Anfang der 60er-Jahre lockerte sich das politische Klima in der Tschechoslowakei ein wenig, auch die Brods wandten sich, von dem System schon lange desillusioniert, dem Reformkommunismus zu. An dem Idealbild der sozialistischen Frau hatte sich dennoch nichts geändert. Modisches Auftreten war zwar nicht verboten, aber auch nicht erwünscht. Immerhin waren in den Zeiten des Tauwetters Reisen ins westliche Ausland ab und zu möglich. Eine der ersten Reisen führte Libuše Brodová in die Schweiz zu ihrer Schwester. Sie schmuggelte ein paar Rosenthal-Mocca-Tassen über die Grenze, um sie für Schweizer Franken zu verkaufen. »Ich liebte immer schon Accessoires, und damals waren farbige Schuhe große Mode. Von dem Geld der verkauften Mocca-Tassen konnte ich mir vier Paar Pumps kaufen. Schuhe waren immer eine Leidenschaft von mir. Wahrscheinlich habe ich in meinem Leben an die 400 Paar Schuhe besessen.« Noch heute bewahrt Libuše Brodová einige der Schuhkartons in ihrem Schrank auf. Die seltenen Reisen, meist nach Wien, waren auch Ausflüge in eine bunte Welt. Man könne sich nicht mehr vorstellen, wie grau und düster die Tschechoslowakei zu Zeiten des Kommunismus war, erinnern sich die Brods. Außerdem war der Alltag beschwerlich, für jedes Stück Stoff, für jeden Gegenstand, der das Leben ein klein wenig schöner machen sollte, musste man ewig anstehen oder Beziehungen haben. »Wir standen unter Schock, nachdem wir die Auslagen in westlichen Parfümeriegeschäften sahen. Diese Farben! Ein Stück Fa-Seife aus einem ganz normalen Drogeriemarkt war schon ein beliebtes Mitbringsel. Sie waren in so schönen Schachteln verpackt. Das waren Geschenke!«

Im Januar 1968 wurde Alexander Dubček zum ersten Sekretär der Kommunistischen Partei der Tschechoslowakei gewählt. Unter seiner Ägide wurden Reformprozesse eingeleitet – die Gesellschaft sollte liberalisiert, die Zensur abgeschafft und Versammlungsfreiheit garantiert werden – der Traum vom Sozialismus mit menschlichem Antlitz. Der Prager Frühling war angebrochen. Doch blieb es nur bei einem kurzen Zwischenspiel der Freiheit. Am 21. August 1968 marschierten Truppen der Warschauer-Pakt-Staaten in die Tschechoslowakei ein und beendeten den Prager Frühling mit Gewalt. Es begann die bleierne Zeit der »Normalisierung«, der Re-Stalinisierung der tschechoslowakischen Gesellschaft. Sie dauerte 20 lange Jahre. Die einstigen Reformer waren Repressalien wie Berufsverbot und Verfolgung ausgesetzt. Toman Brod wurde Anfang 1970 aus der Kommunistischen Partei geworfen und verlor seinen Posten in der Akademie der Wissenschaften. Als Gesetzloser fand er Beschäftigung bei den Wasserwerken und zog in einem Bauwagen durch Böhmen, um die Ergiebigkeit von Quellen und Brunnen zu messen.

Kurz darauf entließ man auch Libuše Brodová aus dem Enzyklopädischen Institut der Akademie der Wissenschaften und warf sie aus der Kommunistischen Partei. Nun brauchte sie eine Arbeit, wie so viele Intellektuelle, die inzwischen als Fensterputzer, Heizer, Fahrer oder Müllmänner ihren Lebensunterhalt verdienen mussten. Sie suchte lange, denn wegen ihrer politischen Zeugnisse bekam sie an die 50 Absagen. Schließlich wurde sie als Putzfrau engagiert. Sie putzte jahrelang in verschiedenen Betrieben und Büros, bis sie, dank Beziehungen, die Stelle einer Putzfrau im Theaterinstitut in der Celetná (Zeltnergasse) bekam. Dort blieb sie bis zu ihrer Pensionierung im Jahr 1987. »Ich war ja noch eine ziemlich attraktive Frau, also habe ich mir zwei schicke Overalls zum Putzen genäht. Ich war so tief gefallen, trotzdem wollte ich mich noch schön fühlen. … Man muss sich im Leben helfen, man kann nicht nur herumsitzen und jammern. Wenn man dies tut, verliert man seine Selbstachtung.« In dem Saal des Theaterinstituts übte an zwei Tagen in der Woche das bekannte Smetana-Quartett. Ein Trost für Libuše, denn die Musiker behandelten sie als Dame und spielten für sie zu ihrem 50. Geburtstag extra eine Polka von Smetana.

Libuše Brodová, die immer ein Faible für Accessoires hatte – sie besaß im Laufe ihres Lebens nicht nur über 400 Paar Schuhe, sondern auch über 150 Hüte – ging tagsüber in Kostüm, Hut, Handschuhen und Pumps aus dem Haus und abends im selbstgeschneiderten Overall zum Putzen in das Theaterinstitut. »Sie war tagsüber eine Dame und abends eine Putzfrau«, schreibt Toman Brod. In jener Zeit sah Libuše einmal Fotos von Marilyn Monroe mit einer weißen Fuchspelzstola. Einer solchen Stola galt jetzt ihre ganze Sehnsucht. Sie gab ein kleines Zeitungsinserat auf, denn in Zeiten der »Normalisierung« konnte man ein solches Symbol bürgerlicher Dekadenz nirgends kaufen. Es meldet sich ein alter Kürschner, der zwei Fuchspelzstolen – mit Kopf und Pfoten, noch dazu in weiß – aus Polen geschmuggelt hatte. »Sie können sich nicht vorstellen, wie ich mich bei unserem nächsten Besuch im Rudolphinum, in der Prager Konzerthalle, gefühlt habe. Ich war eine Putzfrau, aber ich trug eine weiße Fuchspelzstola.« – Libušes Stimme gerät ins Stocken, fast kommen ihr die Tränen.

Libuše Brodová, die sich als Modedame in allen Lebenslagen bezeichnet, war immer auch eine gute Beobachterin was weibliche Belange und Begehrlichkeiten anging. Während eines Aufenthalts in Moskau in den 50er-Jahren bemerkte sie, wie vor dem legendären sowjetischen Einkaufstempel, dem Kaufhaus GUM, Hunderte Frauen sich vor den bewachten Türen drängten und darauf warteten, dass sie endlich aufgingen. »Die meisten Frauen wussten wohl gar nicht, was es zu kaufen gab, aber sie rannten los.« An diesem Tag waren Büstenhalter im Angebot – weiße, rosafarbene, große und kleine. An jede der Frauen wurde ein BH verkauft, ohne Rücksicht auf die Größe. Vor dem Kaufhaus dann, auf dem Roten Platz – es war Winter –, fingen einander wildfremde Frauen an, sich gegenseitig den Mantel beiseite zu schieben und den BH über dem Pullover anzuprobieren, um die richtigen Größen zu tauschen. »Es war eine fast surrealistische Szene. Und wir kamen uns vor wie Besuch aus dem Westen.« Auf ihren Reisen nach Deutschland oder Österreich fielen Libuše Brodová wiederum die Damen im Pensionsalter auf, die elegante hellbeige Kostüme und teure orthopädische Schuhe trugen. »Währenddessen liefen bei uns zu Hause die Pensionistinnen in alten schäbigen Kleidern und Schuhen herum. Da lagen Welten dazwischen, es war ein Schock. Wir waren doch damals, nach dem Zweiten Weltkrieg, auf der Siegerseite. Und nun hatten die Besiegten die schönen Dinge, und nicht wir. Das war schwer zu verstehen. Dabei träumten wir doch auch nur von ein wenig Ästhetik, von Luxus, von Farben, wir wollten auch schöne Kleidung und Accessoires kaufen können. Das war unsere Sehnsucht.«

»Ich war ja noch eine ziemlich attraktive Frau, also habe ich mir zwei schicke Overalls zum Putzen genäht. Ich war so tief gefallen, trotzdem wollte ich mich noch schön fühlen.«

1

1
Anfang der 1960er-Jahre arbeitete Libuše Brodová als Modell für Frisuren: »Einmal platinblond, einmal dixie-blond…«. In der Prager Trambahn sitzt sie unter einem Werbeplakat mit ihrem Konterfei.

2
Die Historikerin Libuše Brodová wur
nach dem Einmarsch von Truppen de
Warschauer-Pakt-Staaten im August
1968 gefeuert und musste als Putzfr
arbeiten. »Ich war immer eine Mod
dame« – und so nähte sie sich zwei
Overalls, um auch beim Putzen schi
auszusehen.

2

3

ušes ganze Sehnsucht galt einer
ißen Fuchspelzstola, die es in Zeiten
r Re-Stalinisierung nirgends in Prag
kaufen gab. Doch sie fand einen
en Kürschner, der zwei Stolen aus
en geschmuggelt hatte und ihr diese
kaufte. »Ich war eine Putzfrau, aber
trug eine weiße Fuchspelzstola.«

s Kaufhaus GUM, 1893 am Moskauer
en Platz erbaut, wurde Anfang der
0er-Jahre von Stalin als Oase des
nsums geschlossen. Erst nach seinem
1953 durfte es wieder öffnen.
tan bildeten sich jeden Morgen vor
bewachten Türen lange Warte-
langen.

4

5
In der Nacht vom 20. auf den 21. August 1968 rückten Truppen der Warschauer-Pakt-Staaten in die Tschechoslowakei ein. Der Traum vom »Sozialismus mit menschlichem Antlitz« – die Reformpolitik des Alexander Dubček, der Prager Frühling – wurde mit Gewalt beendet. Tausende demonstrierten in Prag gegen die Besatzer. Sie wurden mit Panzern auseinandergetrieben. Erst im Juni 1991 verließ der letzte Zug mit sowjetischen Soldaten die Tschechoslowakei.

LILO ALMOG

In Kriegszeiten greifen Frauen auf alte Sicherheiten zurück

»Mode bedeutet für Frauen in Krisenzeiten Selbstversicherung und Identitätsstärkung. Eine Art von Panzer.«

Lilo Almog wurde 1951 in Wien geboren. An der Akademie der bildenden Künste studierte sie Kostüm- und Bühnenbildnerei. Auf Studienreisen in Europa, den USA und Israel vertiefte sie ihre Kenntnisse in Malerei, Geschichte, Kunstgeschichte und Philosophie. 1983 eröffnete sie ihr eigenes Atelier für Design und Mode in der Wiener Innenstadt. Lilo Almog nahm an internationalen Wettbewerben und Modemessen in Wien, Mailand, Florenz, Düsseldorf und Paris teil und wurde mit dem Theodor-Körner-Preis für Malerei, dem Meisterschulpreis für Bühnenbildnerei sowie dem Stuttgarter Design-Zentrumspreis für Modedesign ausgezeichnet. Außerdem arbeitet sie im Ausstattungsbereich für Theater, Oper, Film und Fernsehen in Wien, München und Hamburg und gestaltete Werbeaufträge und Events für »Eskimo-Iglo«, »The Body Shop« und »Julius Meinl«. Lilo Almog malt Wand- und Tafelbilder in der Tradition des *Trompe-l'oeil* – »... der heiteren Kunst der Illusion und des Träumens«.

Über ihre Arbeit sagt Lilo Almog: »›Nachhaltigkeit‹ ist mein Thema, sowohl im sorgfältigen Umgang mit dem Stofflichen als auch in der Wertschätzung der Formensprache der verschiedenen Kulturen und Epochen.«

Welchen Stellenwert hat Mode für Frauen in Krisenzeiten?

Mode bedeutet für Frauen in Krisenzeiten Selbstversicherung und Identitätsstärkung. Eine Art von Panzer, auch als Schutz im Kollektiv. Die Mode bedeutet: *So* bin ich richtig gekleidet, geborgen unter den Vielen, die es auch so machen. Vielleicht sogar eine Art Äquivalent zur Uniform – aber natürlich mit Betonung der individuellen Spielart. Also gerade auch Stärkung des ganz eigenen ›Ich‹ – aber aufgehoben in der Masse.

Veränderte sich Mode zu Beginn der 30er-Jahre?

Nach dem Zusammenbruch der alten Sicherheiten – und auch dem Wegfall von vielen Beschränkungen – waren die 20er-Jahre der allgemeine Aufbruch zu Neuem, zu Experimentellem. Damit war das neue Frauenbild des Androgynen, der knabenhaften Frau, möglich. Es entstand der Typ der *Garçonne*, der knabenhaften Frau oder Kindfrau – mit Kulleraugen, Pagenkopf und taillenlosen Kleidern.
Die wirtschaftliche und gesellschaftliche Verunsicherung brachte ab den 30er-Jahren den martialisch-sexualisierten Rückgriff auf die ›alte Sicherheit‹ der Genderstereotypen. In der Mode kehrte man zurück zur Betonung der Weiblichkeit: zur ›Sanduhrform‹ mit der starken Kurve Busen-Taille-Hüfte, zu hohen Absätzen, knieumspielenden Rocklängen, längeren Haaren in aufwendiger Lockenpracht. Allerdings wurden auch die Schultern betont und im Gesamthabitus keine defensive, sondern eine offensive Weiblichkeit präsentiert. Ein Beispiel dafür ist die Uminterpretation des Männeranzugs zum Damenkostüm. Man stellte sich eben auch als die ›starke Frau‹, das ›Weib‹ – man denke an Blockabsätze und Plateausohlen – und nicht als das ›Weibchen‹ dar. Dazu trugen Frauen die Frisur mit der aufmüpfigen Stirntolle, dem aufgestellten Kamm.

In totalitären Regimes, bei den Nationalsozialisten, den italienischen Faschisten und den sowjetischen Kommunisten, galt das ›reine Mädchen‹, die mütterliche Frau als Ideal – die Rückbindung an eine Ethno-Romantik. Im sportlich-paramilitärischen Körperkult mancher Kampfverbände – wie beispielsweise der SA, der Kampfabteilung der NSDAP unter Ernst Röhm – dominierte die Kryptosexualität, die auch für verdeckte Homoerotik stand.

Wie änderte sich die Mode zu Kriegszeiten?

In Kriegszeiten greifen Frauen auf alte Sicherheiten zurück, dazu gehört eine klar definierte Geschlechterdifferenz. ›Genderspiele‹ sind ein extremes Luxusphänomen. Das Ausreizen der Toleranzgrenzen gegenüber individuellem und phantasievollem Auftreten, gegenüber Andersartigkeit und Ausgefallenem können sich nur saturierte Gesellschaften mit niedrigem Aggressionspotenzial leisten.

Wenn man sich Fotos und Illustrationen aus den 30er- und 40er-Jahren ansieht, dann fällt auf, wie elegant die Frauen gekleidet waren …

»*Grunge*«[1], oder das Phänomen des *anything goe*s, des »Alles ist erlaubt«, das seit den 60er-Jahren in der Mode existiert, muss man sich leisten können. Mode ist immer Status und Statusmimikry. Wenn die Aristokraten nicht im Freien arbeiten, muss man blass sein; wenn die Oberschicht Sport betreibt, muss man gebräunt sein … Wenn es mühsam ist, elegant zu sein, werden alle Ressourcen zusammengekratzt, um elegant zu erscheinen. Außerdem gehört sowohl zum Selbstbild, zum Selbstwertgefühl, als auch zum beabsichtigten Fremdbild – dem Bild, das andere von uns haben – das Vortäuschen eines unbegrenzten Vermögens an Zeit, Arbeitskraft und Gütern. In den 40er-Jahren war Status zu zeigen immer wichtiger, als sich praktisch zu kleiden, daher auch die hohen Absätze. Wenn ökonomische Stärke keine Selbstverständlichkeit ist, sondern gegenüber einer Gesellschaft, die ins Wanken, einer Welt, die aus den Fugen geraten ist, gezeigt und verteidigt werden muss, ist das Signalisieren von ›Ich kann Schritt halten‹ eine Frage der Selbstachtung.

Woher bezogen Frauen während des Krieges Stoffe, Knöpfe ...?

Es gab ja doch den individuellen und kollektiven Fundus – »was halt noch da ist«. Zunehmend auch ›Tarnen und Täuschen‹, die berühmte Strumpffarbe samt Stift, um eine Naht aufs Bein zu malen.

Dazu kam der Fluss von Gütern aus den eroberten Gebieten in die diversen Heimatländer. In Deutschland, Österreich und später in Osteuropa haben sich Frauen voller Freude in französische Seidennachthemden als Abendkleider gehüllt. Mein Großonkel war in Frankreich beim Heeresbeschaffungsdienst und hat nicht nur Kaffee und Zucker an die Familie zu Hause geschickt, sondern zum Beispiel auch sehr schönes cognacfarbenes Kalbsleder, aus dem ließ meine Mutter Maßstiefel anfertigen.

Nach dem Krieg gab es, in Frankreich im Rahmen der Kollaborationsdebatte, nicht nur gegen die Unterhaltungsindustrie, sondern auch gegen die Luxusgüter erzeugende Industrie den Vorwurf, sich den Okkupanten angedient zu haben. Dem wurde entgegengehalten, dass damit nicht nur Arbeitsplätze, sondern auch Ausbildungs- und Produktionstraditionen am Leben erhalten wurden.

Waren Accessoires wichtig?

Accessoires und damit die rasche Veränderbarkeit von Kleidung waren bis in unsere jüngste Wegwerfgesellschaft immer wichtig. All die Schleifen, Bänder und Spitzen, die Teilung in Rock und Mieder, das geht alles schon immer in diese Richtung. Eine Randbemerkung: Meine Mutter und Großmutter haben ›Mustermix‹ immer verabscheut, weil es sie an die ›Restlverwertungswirtschaft‹ der Notzeiten erinnert hat.

Signalisierte Mode zu Kriegszeiten auch Hoffnung auf Überleben, Würde, Trotz, war es Vortäuschen von Normalität?

Das gilt ganz bestimmt für alle individuellen und kollektiven Bedrohungssituationen. Schon wenn unsereine zu Gericht geht, schaut sie, dass sie nicht wie ein Opfer daherkommt.

Gab es Vorbilder? Schauspielerinnen, Sportlerinnen … Mir fallen spontan die Ehefrau von George VI., die spätere Queen Mother und Marlene Dietrich ein.

Ich würde für Deutschland und Österreich eher die Schauspielerin Christine Söderbaum und die Filmregisseurin Leni Riefenstahl nennen, die ihrerseits sicher nach Hollywood geschielt haben. Ich nehme an, dass in den westlichen Demokratien die Vorbilder direkt aus den Medien, auch aus dem Filmbusiness und eben im Falle von England aus dem Königshaus kamen. In den Diktaturen waren es immer auch die ›Damen der Herren an der Macht‹, die als Vorbild dienten – zum Beispiel Eva Braun, die Geliebte Adolf Hitlers, Clara Petacci, die Gefährtin des italienischen Diktators Benito Mussolini oder die Schauspielerin Emmy Göring, Ehegattin von Hermann Göring.

Modenschau 1939 in Deutschland: Die Nazis bevorzugten weibliche Kleider und Kostüme mit einer starken Kurve um Busen-Taille-Hüfte, knieumspielenden Rocklängen und vor allem betonten Schultern. Es galt sich als »starke Frau« zu präsentieren, auf keinen Fall als »Weibchen«.

DAS SOWJETISCHE MODEMAGAZIN MODELI SEZONA

In der Sowjetunion erschien auch während des Krieges noch bis zum Sommer 1943 das sowjetische Frauenmagazin *Modeli Sezona* (Modelle der Saison).

Vor Beginn des Krieges im Juni 1941 konnte man die in der Zeitschrift abgebildete Mode in den Geschäften kaufen, als nach 1941 alle Fabriken für die Rüstungsindustrie arbeiteten, schneiderten sich die Frauen ihre Kleider nach den Modellen selber. Vor dem Krieg hatte *Modeli Sezona* eine Auflage von ca. 100.000 Exemplaren, danach sank sie auf ca. 50.000 Exemplare. Doch die Verbreitung der Zeitschrift war viel höher, da die Frauen sie untereinander tauschten oder sie bei der Schneiderin durchblätterten. Da Stoffe, Bordüren, Krägen, Spitzen, Knöpfe und andere Materialien in diesen Jahren Mangelware waren, nähten die Frauen manchmal auch ihre alten Kleidungsstücke nach den Vorbildern in *Modeli Sezona* einfach um.

Рис. 1 **Платье из шерсти. Юбка прямая, спереди заложена встречными складками. Воротник, карманы и нижняя сторона клапанов отделаны светлым креп-жоржетом.** Рис. 2. **Пальто из трикотажа. Кокетка и карманы отделаны буфами, прошитыми на машине.** Рис. 3. **Платье типа пальто. Вставка цветная. Карманы косые, прорезные, отделаны двойными клапанами (украинка).** Рис. 4. **Костюм из шерсти. Юбка расклешена. Воротник жилетки (из креп-жоржета), полы и карманы жакета отделаны вышивкой.** Рис. 5. **Костюм из шерсти. Юбка прямая. Жакет прямого покроя, отделан имитацией меха.**

ELLEN PRESSER

Ein Stück Seife war mindestens so wichtig wie Nahrungsmittel

»Was Mutter half zu überleben – Würde ist wichtig wie Luft zum Atmen.«

»Meine rechte Nachbarin, Alexandra Roschkowa, war eine Frau um die 35 mit einem anmutigen Gesicht. Sie hatte bereits drei Jahre Lager hinter sich (verurteilt war sie zu fünf Jahren) und befand sich hier, weil ihre Angelegenheit erneut aufgerollt werden sollte. Und zwar wegen ihres Mannes, eines Trotzkisten, den man mit dem Mord an Kirow in Verbindung brachte. Jeden Morgen wusch und trocknete Alexandra Roschkowa sorgfältig einen kleinen weißen Kragen, den sie dann an die Bluse nähte, immer in der Erwartung, zum Verhör gerufen zu werden. Sie erzählte mir von dem Lager, in dem sie ganz gut zurechtgekommen war, weil sie dort als Ärztin gearbeitet hatte. In diesem Gespräch erwähnte sie auch ihren Sohn, der genauso alt war wie meiner. Er lebt jetzt bei einer Freundin. ›Was denn? Ihr Sohn ist allein zurückgeblieben? Und sie haben ihn schon drei Jahre lang nicht gesehen?‹ Und diese Frau kümmerte sich um ihren Kragen und erkundigte sich bei mir danach, was gerade auf der Moskauer Bühne gespielt wurde!«

Nina Kamm (Hg.): »Weggesperrt«, 2009

Ellen Presser wurde 1954 in München als Tochter polnisch-jüdischer DPs[1] geboren und wuchs in einem traditionellen, jüdischen Elternhaus auf. Sie studierte Biologie sowie Psychologie und arbeitete am Staatsinstitut für Frühpädagogik. Seit 1983 ist sie Leiterin des Kulturzentrums der Israelitischen Kultusgemeinde München und Oberbayern. Darüber hinaus arbeitet sie als freie Journalistin; sie war Mitherausgeberin des Buches »Junge Juden in Deutschland« (1991) sowie »Nur wenn ich lache. Neue jüdische Prosa« (2002).

Die junge Frau sah jeden Tag aus wie aus dem Ei gepellt. Meine Mutter – die damals Mitte zwanzig, eine auf sich allein gestellte Holocaust-Überlebende war – sinnierte, wie die andere es unter den Gegebenheiten des DP-Lagers schaffte, jeden Tag eine andere Bluse unter ihrem Pullover zu tragen. Meine Mutter Fela war 1946 mit einem Pappkoffer in der einen und ihrem jüngsten Bruder Tomek an der anderen Hand im nordhessischen Eschwege gelandet. Beide hatten buchstäblich nur ihre Kleider am Leib – und ihren Überlebenswillen. Fela hatte die deutsche Okkupation in Polen mit falschen Papieren, getarnt als polnisches Dienstmädchen, überstanden; Tomek überlebte von seinem siebten Lebensjahr an für fast drei Jahre bis Kriegsende versteckt in einer Scheune seines polnischen Heimatortes Kraśnik.

Jeden Abend wusch seine Schwester sein einziges Hemd, Socken und Unterwäsche, sodass er am nächsten Morgen frisch gekleidet zum Schulunterricht losziehen konnte. Für Fela war ein Stück Seife mindestens so wichtig wie Nahrungsmittel.

Sich jeden Tag, wenn's sein musste auch mit Eiswasser, zu waschen, gehörte für sie unabdingbar zum Erhalt ihrer Gesundheit. Nicht nur im körperlichen Sinne; vielmehr ging es ihr dabei um ihr seelisches Wohlbefinden, ihre Würde, die sie sich unter allen Umständen bewahren musste.

Wollte ich mir als Kind nicht die Haare waschen und beim dritten Spülgang aus dem alten Boiler nur mehr mit kaltem Wasser den Kopf begießen lassen, erzählte sie davon, wie glücklich sie als Jugendliche gewesen war, wenn sie statt Kernseife ein Eckchen parfümierte Seife auftrieb, und wie gut sie sich fühlte, wenn sie sich rein und duftend wusste. Letzter Protest meinerseits ging dann endgültig in ihrer Geschichte unter, wie sich mein Onkel Tomek als Kind in dem unterirdischen Versteck im Stall ohne Wasser und Toilette gefühlt hatte, wo er nur nachts für einen Gang in die Büsche hinausschleichen durfte. Meine Mutter vervollständigte diese Geschichte stets mit ihrer felsenfest vorgetragenen Behauptung, sie selbst hätte in einem KZ keine drei Tage überlebt. Die Vorstellung, ihrer Kleider, ihrer Haare beraubt zu werden, und des privaten Moments, sich – und zwar möglichst mit Seife – waschen zu können, wie es das Schicksal jüdischer Frauen und Mädchen in der Verfolgungszeit gewesen war, löste bei ihr noch im Nachhinein Panik und Ekel aus. Sie war bereit, auf vieles zu verzichten, aber niemals darauf, sich zu waschen und ihre Kleidung und Haare in Ordnung zu halten.
Während des Kriegs hatte ihr diese Einstellung geholfen, ihre Rolle als gesunde, arbeitsfähige junge Polin körperlich und mental durchzuhalten. Und in den Nachkriegsjahren ging der Kampf weiter, auch im Lager für *Displaced Persons*, wenngleich auf andere Weise. Nachdem meine Mutter begriffen hatte, dass von ihrer Großfamilie gerade einmal fünf Menschen am Leben geblieben waren und nach der deutschen Schreckensherrschaft sich nun der polnische Antisemitismus in

Pogromstimmung Luft machte, war sie nach Westen geflohen. Das DP-Lager Eschwege, wohin es sie verschlug, bestand seit 1946 und war der amerikanischen Militärverwaltung unterstellt. Am Anfang gab es in diesem ehemaligen Fliegerhorst kaum etwas Alltagstaugliches; wer weiterkommen wollte, musste es selbst »organisieren«. Meine Mutter tauschte ihren Koffer gegen Seife. Später kamen als weitere Schätze ein alter Topf und ein gusseisernes Bügeleisen hinzu. Damit konnte sie Wäsche einweichen und trocken bügeln. Mit zwei selbst genähten Schals und einem Einstecktüchlein variierte sie ihr Oberteil und sah vermutlich so ordentlich aus wie jene Frau, die sie um ihre umfangreiche Garderobe beneidete, bis ihr aufging, dass diese täglich ihr Aussehen nur mit mehreren abgetrennten Krägen veränderte.

Eines Tages bekam meine Mutter mit, dass ein interessanter Job zu vergeben war, nämlich regelmäßig für Nachschub in der Kleiderkammer zu sorgen. Inzwischen war die Zahl der jüdischen Flüchtlinge in diesem von der UNRRA (*United Nations Relief and Rehabilitation Administration*) betriebenen Lager beträchtlich gestiegen. Die Kleidung sollte regelmäßig aus der rund 50 Kilometer entfernten Stadt Kassel beschafft werden. Mit Warenkunde und Schneiderei kannte sich meine Mutter bestens aus. Denn ihre Mutter, nach der ich benannt bin, hatte in der Vorkriegszeit mit Stoffen gehandelt und nach der Okkupation dank ihrer Nähkünste bis zu ihrer Ermordung Wehrmachtsuniformen auf Vordermann gebracht. Was Fela fehlte, waren die geforderten Englischkenntnisse. Also beschaffte sie sich ein Wörterbuch und paukte ein Wochenende lang alle darin enthaltenen Begriffe, die irgendetwas mit Kleidung und deren Bearbeitung zu tun hatten, von Anzug (*suit*) bis Zwirn (*thread*) und von Manschette (*collar* – gleichzeitig Kragen) bis Reißverschluss (*zipper*), wie meine Mutter mich noch 40 Jahre später zu belehren wusste. Natürlich bestand sie seinerzeit die Prüfung und durfte von da an mit einem feschen Soldaten im Jeep nach Kassel fahren. Was dabei noch für sie heraussprang: ein dunkelblaues Kleid mit dezentem Sternchen-Muster, in dem sie sich im DP-Camp, wo sie bis März 1949 lebte, besonders schick angezogen fühlte.

Übrigens: Wenn es meiner Mutter in späteren Jahren nicht gut ging – und dafür gab es regelmäßig Anlass: finanzielle Sorgen, ein verträumter Ehemann, Aufbegehren gegen ihre mütterliche Strenge und vor allem Anfälle von Melancholie (weil sie nie damit klarkam, überlebt zu haben, während ihre beiden Schwestern, die in ihrer Erinnerung stets schöner, klüger und liebenswerter als sie waren, und zwei ihrer vier Brüder umgekommen waren) –, dann half ihr ein Friseurbesuch. »Der setzt mir einen neuen Kopf auf, wenigstens vorübergehend«, meinte sie, »und gibt mir Würde. Die brauch ich wie Luft zum Atmen.«

»Für Fela war ein Stück Seife mindestens so wichtig wie Nahrungsmittel.«

2

1
Fela und Tomek in Eschwege, 29.03.1947

2
Improvisation war großgeschrieben: Fela variierte ihr Outfit mit Schals und selbst gebastelten Einstecktüchlein.

LISA KUTZINSKI

Es kam niemandem in den Sinn, Frau zu bleiben

»Wenn sie jederzeit dem Tod in die Augen schauen, haben sie nicht viel für Schönheit und Würde übrig.«

Lisa Zeckendorf, geboren 1925 in Brno als Tochter von Leo Zeckendorf, einem Gymnasialprofessor für klassische Sprachen, und seiner Frau Emma (geb. Sonnenschein), einer ausgebildeten Musikerin, wurde mit 16 Jahren von den Nationalsozialisten aus Prag in das Lager Theresienstadt deportiert und am 23. Oktober 1944 von dort nach Auschwitz. In Auschwitz zur Zwangsarbeit selektiert, kam sie mit einem Transport nach Oederan, in ein Außenlager des Konzentrationslagers Flossenbürg in Nordbayern. Zusammen mit einigen anderen weiblichen Gefangenen fragte Lisa Zeckendorf im Dezember 1944 die deutschen SS-Wärterinnen, ob sie zu Silvester einen Kabarettabend mit Tanzdarbietungen, Songs und Sketchen veranstalten dürften. Die Antwort fiel positiv aus: »Ja, aber nur wenn die Stücke auf Deutsch aufgeführt werden, und wir werden selbstverständlich im Publikum sitzen.« Lisa Zeckendorf-Kutzinski erinnert sich, dass an die 350 Häftlinge, weibliche Angehörige einer SS-Einheit sowie 12–15 Aufseherinnen die Aufführung als Zuschauer »besuchten«.

Heute lebt Lisa Zeckendorf-Kutzinski in Israel und arbeitet als Psychoanalytikerin.

Fast siebzig Jahre nach ihrer Befreiung aus dem Konzentrationslager Oederan erinnerte sich Lisa Kutzinski noch einmal an die Bedeutung von Schönheit und Würde im Angesicht des Todes:

Liebe Henrietta,

meine Familie hat die Lager nicht überlebt. Ich wurde mit meinen Eltern und meiner Großmutter Anfang Februar 1942 nach Theresienstadt deportiert. Ein Bruder von mir war schon seit November 1941 freiwillig mit einer Gruppe Jugendlicher als Mitglied eines Aufbaukommandos in Theresienstadt. Ich habe nichts schriftlich aufzeichnen können, da wir ja weder Papier noch Bleistifte hatten. Humor half die Situation auszuhalten. Da wir wie Scheusale aussahen, war die ironische Idee über Schönheit zu sprechen naheliegend. Die Zuschauer setzten sich aus der ganzen Lagerbesetzung zusammen – alles junge Frauen, die anderen waren schon bei der Ankunft in Auschwitz vergast worden. Die gesamte SS Mannschaft kam als Zuschauer auch noch dazu, da sie sich in dem Lager tödlich langweilten. Im Lager waren ja nur Frauen, kein Laufsteg. Ich habe an nichts gedacht, außer ob wir bis zum Kriegsende überleben werden. Ich habe mich in dem Sketch über die Nazis lustig gemacht, denn die ›Diät‹, die sie uns verabreichten, bedeutete für uns ja nur Hunger. Nein, weibliche Würde war im Lager kein Begriff, wenn sie jederzeit dem Tod in die Augen schauen, haben sie nicht viel für Schönheit und Würde übrig. Würde, noch dazu weibliche, gab es nicht, die Würde bestand nur im Überleben, dies ist gut genug in dieser Situation. Der Zusammenhalt mit den Freundinnen und Teil eines kollektiven Schicksals zu sein, half ein wenig. Es kam niemanden in den Sinn, Frau zu bleiben, man hatte, wie schon gesagt, andere Sorgen.

Mit herzlichen Grüßen, Lisa Kutzinski

Originaltext aus dem KZ

Liebe Gäste des Ferienlagers Oederan:

zum neuen Jahr wollen wir euch mit dem Thema Mode, Haartracht und Figur im neuen Jahr erfreuen. Ihr müsst nur allen Neuerungen offen sein, denn wir bringen den absolut neuesten Schrei auf diesen Gebieten. Also Mode:

Die wichtigste Änderung räumt auf mit der Teilung in Sommer- und Wintermode. Von nun an trägt man nur mehr Sommermode, um leicht und beschwingt durchs Leben zu gleiten. Auch mit der lästigen Unterwäsche brauchen wir uns nicht mehr zu quälen – man trägt das Kleidchen am bloßen Körper, kein Büstenhalter, kein Unterhöschen, alles ist angenehm und kühl, besonders wie jetzt im Winter. Also weg mit den maßgeschneiderten Kostümen, den dicken englischen Stoffen, den zweireihigen Blazern. Guckt euch mal an, ihr seht ja aus wie eure Großmütter. Die neue Mode ist jung mit Öffnungen an strategischen Stellen. Unser Modell Edith wird Ihnen jetzt eines dieser todschicken Kleider vorführen.

Edith schreitet mit schwingenden Hüften, sich drehend und wendend über die Bühne. Sie trägt ein völlig verschlissenes Kleid mit vielen Löchern. Gelächter und Applaus.

Jetzt zur neuen Haartracht – da ist eine Revolution im Gange. Kopfform und Schädel sind gefragt, keine Lockenwickler mehr, keine Dauerwelle, keine Brennschere – alles ist luftig und sexy – also runter mit den Haaren, ein glattrasierter weiblicher Schädel ist eines der anziehendsten Merkmale der neuen Frau. Bitte habt Mut, es sieht ungemein jung und provozierend aus.

Anna schreitet über die Bühne, sich lächelnd über den glattrasierten Schädel streichend. Alle drei Mitglieder des Kabaretts tun das gleiche.

Und jetzt zur Figur – Mädchen, nehmt es mir nicht übel, die neue Linie ist überschlank, man trägt Knochen zur Schau, nicht Fettpölsterchen an den richtigen Stellen, ihr alle seid viel zu fett, also runter mit dem lästigen Fett, schlank und knochig ist sexy. Deshalb haben bedeutende Wissenschaftler eine neue Diät entwickelt – wir wollen sie euch verraten: Morgens schwarzer Ersatzkaffee, natürlich verzichtet bitte auf Milch und Zucker, dazu ein Stück trockenen Brotes, auf keinen Fall mehr. Mittags eine dünne Suppe mit Rüben, die eigentlich für das Vieh gebraucht werden, aber viel zum Abnehmen beitragen. Abends wiederum schwarzen Kaffee, diesmal mit zwei Stück trockenen Brotes. Die Gewichtsabnahme ist garantiert, bei längerem Einhalten dieser Diät ist der Erfolg sogar todsicher. Das erlaubte Höchstgewicht ist 36 Kilo, wer es auf 33 Kilo schafft, ist eine Königin.

Lisa schreitet mit einem durchlöcherten Kleid, sich den Schädel streichend, ein Knochengerüst, über die Bühne. Sie glaubt wohl eine Königin zu sein.

Und nun wünschen wir allen ein gesundes glückliches neues Jahr.

Deutsche Bearbeitung: Ulrike Eckert[1]

Nina Jirsíková, eine Freundin Milenas, in der Freiheit Tänzerin und Choreographin im Prager Kabarett *»Osvobozene Divaldo«* (»Befreites Theater«), entdeckte ihr karikaturistisches Talent. So entstand das »Ravensbrücker Modejournal«, eine Reihe urkomischer Zeichnungen. Beginnend mit der Jammergestalt, dem kahlgeschorenen »Zugang« im gestreiften langen Kleidersack, riesige Holzpantinen an den Füßen, und dann Bild nach Bild mit Modevorschlägen für den »anspruchsvollen« Häftling. Verkürze – selbstverständlich heimlich, da streng verboten –, das Sackkleid; raffe es fester um die Taille, wobei ein paar Sicherheitsnadeln, irgendwo geklaut, gute Dienste leisten; modelliere mit einem kleinen schneiderischen Trick den Busen heraus, und schon bist du modegerecht, und dein weibliches Selbstbewusstsein wird sich heben. Die nächsten Zeichnungen zeigten dann die höchste Steigerung von Ravensbrücker Eleganz, die später, das war im Jahre 1943 – die gesegneten Paketempfänger unter den Häftlingen erreichten. Zum Abschluss stellte die Künstlerin nebeneinander dar: den heruntergekommenen, zerlumpten, paketlosen »proletarischen« Häftling und die aufgeputzte, hochnäsige Vertreterin der besitzenden Schicht, den »aristokratischen« Häftling.

Margarete Buber-Neumann: »Milena Kafkas Freundin«, 1977

Rund 50.000 Häftlinge erlebten die Befreiung des Konzentrationslagers Bergen-Belsen durch die britische Armee am 15. April 1945. Vom Ende 1945 bis zum Sommer 1950 wurde auf dem Gelände ein jüdisches DP-Lager (›Displaced Persons Camp‹) eingerichtet, das zeitweise bis zu 12.000 Menschen beherbergte. Für manche Frauen kam nach den jahrelangen Qualen etwas Normalität zurück.

ALICIA BOYLE

Schmuck für eine bessere Zukunft

»Ihr Selbstwertgefühl blühte auf, wenn sie mit Schmuck ihre Kleidung herausputzen konnten, es vermittelte ihnen Würde und Lebensmut. So auch im Zweiten Weltkrieg.«

Alicia Boyle kommt ursprünglich aus der Modebranche. Als Model stand sie in Paris und New York vor der Kamera. Zehn Jahre lang, von 1985 bis 1995, entwarf sie ihre eigene Kollektion »Alicia Hamar« für die amerikanischen Luxuskaufhäuser »Saks Fifth Avenue« und »Neiman Marcus«.
»Als ich, 1992, mein erstes böhmisches Vintage-Schmuckstück kaufte, galt es noch als Ramsch.« Mit jenem Stück begann Alicia Boyles Liebe zu Schmuckdesign des 20. Jahrhunderts. Seit 16 Jahren verkauft sie inzwischen antiken Schmuck. Ihr Laden, »boylerpf«, wurde als einer der 100 besten Läden für antiken Schmuck sowie Modeschmuck des 20. Jahrhunderts im Internet ausgezeichnet.

Aus welchen Materialien wurde Schmuck während des Zweiten Weltkriegs hergestellt?

Die Metalle, die während des Krieges in erster Linie verwendet wurden, waren Gelbgold und Sterlingsilber. Halbedelsteine konnte man sich noch leisten ebenso wie Perlen, Perlmutt, Holz, verschiedene Kunststoffe, Draht – einfach alles, was verfügbar war.

Welche Materialien wurden rationiert, weil sie für die Waffenindustrie gebraucht wurden?

Unedle Metalle wurden in Kriegszeiten für die Herstellung von Waffen einbehalten. Wertvolle Metalle wie Platin ersetzte man in der Schmuckherstellung durch Palladium, einen »Doppelgänger«. Gold konnte man kaufen, allerdings war nur ein knapper Vorrat vorhanden. Strikt limitiert war versilberte Ware, Sterlingsilber jedoch stand während des Krieges der Schmuckherstellung zur Verfügung. Importiertes Silber wie auch Rhodium durften nur in streng begrenzten Mengen an die

Schmuckindustrie abgegeben werden. Materialien wie Edelstahl, Stahl, Kupfer und Iridium blieben allesamt der Kriegsindustrie vorbehalten.

Wie benutzten Frauen in jener Zeit Schmuck, um ihre Kleidung ein wenig aufzupeppen?

Kleiderclips wurden in dieser Ära sehr beliebt, man kaufte sie einzeln oder paarweise. An einem lockeren Halsausschnitt befestigten Frauen zum Beispiel auf jeder Seite jeweils einen Clip, und schon war der Ausschnitt eckig und das Kleid wie neu. Manchmal rafften sie auch das Material in der Mitte eines eckigeren Ausschnittes, befestigten einen Clip und schon hatte das Kleid einen herzförmigen Ausschnitt. Kleiderclips wurden auch an Halsketten und Armbändern befestigt, um diese jeweils umzugestalten. Da Stoffe für die Herstellung von Kleidern rationiert waren, mussten Frauen meist eher nüchterne, gerade geschnittene männliche Entwürfe tragen. Kleiderclips und anderer Schmuck verliehen einer solchen Kleidung in schweren Zeiten einen Hauch von Weiblichkeit.

Es gibt aus jener Zeit Schmuckstücke aus allerlei sehr unterschiedlichen Materialien wie Holz, Samen, sogar aus Muscheln.

Natürliche Materialien waren eine erschwingliche Alternative zu wertvollen Edelsteinen und Metallen. Geschnitzte Holzperlen sowie Muscheln, die man am Strand sammelte, wurden zu Schmuckstücken verarbeitet. Die Frauen entdeckten ihre Kreativität, nahmen das, was sie zur Hand hatten: Pailletten und winzige Perlen wurden von alten Abendkleidern abgetrennt und in eine Brosche oder in einen Besatz für ein Kleid umgemodelt, Blumen aus alten Teppichen oder Filzresten ausgeschnitten und als Brosche am Revers getragen. Und Handtaschen und Geldbörsen wurden, um Geld zu sparen, aus alten

Kleidern oder Gardinen hergestellt. Zu jener Zeit schickten viele Männer Geschenke nach Hause, die sie gemacht hatten, während sie im Schützengraben lagen. Diese »Sweetheart«-Stücke bezeichnete man als *trench art* (Schützengraben-Kunst), sie bestanden aus Münzen aus dem Land, in dem die Männer gerade kämpften, aus Patronenhülsen oder aus selbst geschnitzten Holzstückchen. Es gab sogar welche aus natürlichen Materialien, die die Soldaten irgendwie ergattern konnten, darunter auch Samen von nahegelegenen Bäumen. Diese ketteten oder knüpften sie zusammen und bastelten daraus Halsketten oder Armbänder. Diese Liebesbeweise wurden mit großem Stolz getragen.

Wie sah es mit frühen Kunststoffen aus?

Aus Zelluloid, Bakelit und Galalith (Kunsthorn, Casein-Kunststoff) entstand »Plastikschmuck«, den sich die Frauen, obwohl sie sparen mussten, leisten konnten. An Zelluloid-Ketten hingen oft geschnitzte hölzerne Perlen, die man wie Fransen um die Mitte drapierte, so entstanden auffallende Halsketten. Zelluloid-Schmuckstücke wogen kaum etwas und konnten daher gut mit Emaille und Steinen dekoriert werden. In diesen tristen Zeiten liebten die Frauen strahlende Farben. Schmuckhersteller profitierten davon und kreierten skurrile und wunderliche Stücke in allen Farben und Formen. Zelluloid war leicht entflammbar und wurde daher bald durch stabilere Kunststoffe ersetzt, einer der Gründe, warum Schmuckstücke aus Zelluloid heute Sammlerstücke sind. Auffallende, manchmal klotzige Armreifen und Halsketten waren in jenen Jahren der letzte Schrei.

Das Motto des Tages hieß »sich begnügen«, und so wurden Schmuckstücke aus Kunststoff äußerst populär. Ihre Herstellung war nicht nur preiswert, es gab sie auch in prächtigen

Farben und in verschiedenen Stilen. Auch boten Versandhäuser Kleider zusammen mit dem passenden Schmuck für einen Bruchteil des Preises eines einzelnen Stückes an.

Warum kauften Frauen in Zeiten des Krieges überhaupt Schmuck?

Angesichts des tristen Alltags in Kriegszeiten und eines eingeschränkten Modeangebots fanden die Frauen im Schmuck eine Möglichkeit, ihre Weiblichkeit auszudrücken und ihrer Garderobe einen Hauch von Chic zu verleihen.

Seit Menschengedenken haben sich Frauen mit Juwelen geschmückt, oft genug verzichteten sie auf notwendigere Anschaffungen, nur um ein Schmuckstück kaufen zu können. Ihr Selbstwertgefühl blühte auf, wenn sie mit Schmuck ihre Kleidung herausputzen konnten, es vermittelte ihnen Würde und Lebensmut. So auch im Zweiten Weltkrieg. Schmuck zählte sogar zu jenen Gegenständen, deren Verkauf in Kriegszeiten in die Höhe schnellte.

Frauen trugen jetzt gerne Schmuckstücke mit romantischeren Motiven – Schleifen, Blumen oder Schnörkel. Der Trend ging hin zu bunten Schmuckstücken, Gold und farbigen Edelsteinen; die farblosen Steine der Vergangenheit waren nicht länger *en vogue*. Farbige Schmuckstücke unterstrichen die Hoffnung auf eine bessere Zukunft, da sie in starkem Kontrast zu jenem maskulinen und strengen Schmuck, zum Beispiel aus der *Art-déco*-Ära, standen.

Wie erklären Sie sich, dass Schmuckstücke aus Materialien wie Bakelit, Galalith oder Zelluloid ihre Anziehungskraft nicht verloren und heute noch beliebt sind?

Schmuckstücke aus Kunststoff oder natürlichen Stoffen waren erschwinglich, und Designer wie Miriam Haskell in den Vereinigten Staaten machten diese Art von Schmuck bereits in den 20er- und 30er-Jahren begehrenswert und modisch. Man konnte durch diese großen, gewagten Stücke schlichter Kleidung zur Eleganz verhelfen. Aus denselben Gründen finden Frauen diese Stücke heute noch attraktiv. Sie sind einmalig und bezahlbar: zwei wichtige Komponenten für den erfolgreichen Verkauf von Modeschmuck. Einst war in schweren Zeiten Schmuck immer noch der wichtigste Besitz, da er als tragbarer Reichtum galt. Im Zweiten Weltkrieg aber hieß es: »Iss es auf, trag es auf, komm damit aus oder verzichte darauf«. Das bedeutete, dass Frauen in jener Zeit preiswertere Stücke kauften – nicht mehr die Diamanten oder Edelsteine vergangener Zeiten. Modeschmuck war das Geschäft des Tages!

Konnte man während des Zweiten Weltkrieges in Amerika und in Europa ähnlichen Schmuck kaufen oder gab es Unterschiede im Design, in der Herstellung?

In Europa unterlag die Schmuckherstellung starken Beschränkungen, vor allem in Frankreich während der deutschen Besatzung. Wollte die Kundin sich einen neuen Ring oder einen Armreif machen lassen, musste sie dem Juwelier Gold und Edelsteine zur Verfügung stellen. Dieser war dann verpflichtet, einen gewissen Prozentsatz des Wertes dieser Preziose für die Rüstungsproduktion an den Staat abzuführen.

Da Frankreich von der Versorgung mit Materialien, die man zur Herstellung von Broschen benötigte, weitgehend abgeschnitten war, verkauften viele Schmuckdesigner ihre Vorkriegsentwürfe. Cartier war bekannt für seine aufwendig gefertigten figürlichen Stücke, zum Beispiel für den berühmten »Panther«, den Louis Cartier bereits 1914 in Zusammenarbeit mit Jeanne Toussaint entworfen hatte.

Während des Zweiten Weltkriegs kamen einige neue Motive dazu. Die Broschen »Vogel in einem Käfig« und »Befreiter Vogel« symbolisierten die Besetzung sowie die Befreiung von Paris. So konnten Schmuckstücke sogar eine klare politische Aussage haben. Die Designerin Jeanne Toussaint, die die beiden Broschen gestaltet hatte, handelte sich deshalb viel Ärger ein. Da die Brosche mit dem Motiv »Vogel in einem Käfig« 1942 im besetzten Paris bei Cartier im Schaufenster lag, wurde Jeanne Toussaint sogar von den Deutschen zum Verhör vorgeladen.

Der Import von Produkten aus Europa nach Amerika war eingeschränkt, daher entwickelten amerikanische Schmuckhersteller einen eigenen Stil. *Bijouterie* (Modeschmuck) vom Kontinent, vornehmlich aus Frankreich, wandelte sich in Amerika in zumeist industriell gefertigte Stücke mit »Kriegs-Motiven«, zum Beispiel in »Victory«-Broschen.

Machine Age Jewelry (Maschinenzeitalter-Schmuck) avancierte in den 30er- und 40er-Jahren in den USA zur neuesten Mode. Dieser Stil wurde von den unzähligen mechanischen Teilen einer modernen Industrie inspiriert. Zahnräder, Nockenscheiben, Radachsen, Spiralen oder Sprungfedern dienten den Designern als Anregung. In Deutschland entwarf Jakob Bengel aus Idar-Oberstein Modeschmuck im Stil des *Art déco* nach Vorbildern der *Machine Age Jewelry*. Jakob Bengel, der seine Laufbahn als Schlossermeister begann, war fasziniert von französischem Avantgarde-Schmuck. Aus Mangel an Materialien verwendete er Kunststoffe, vor allem Galalith, um seinen geometrischen Entwürfen aus Chrom zusätzlich Farbe zu verleihen.

»Farbige Schmuckstücke unterstrichen die Hoffnung auf eine bessere Zukunft.«

1

ramellfarbener Bakelit-Armreif aus
n 30er-Jahren mit Verzierungen im
le der ›Machine Age Jewelry‹.

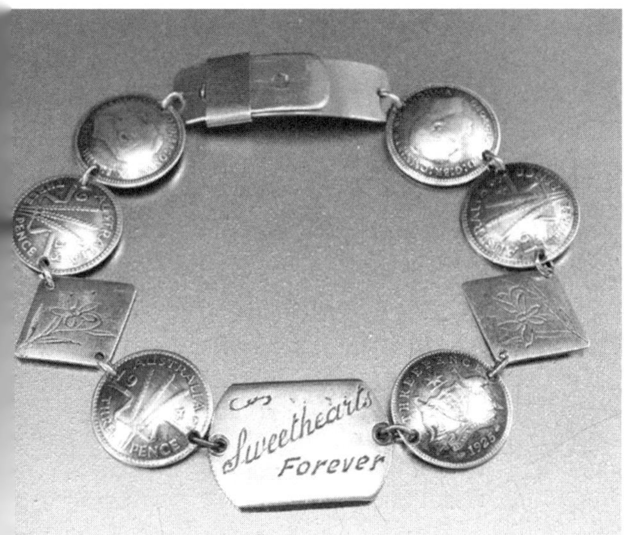

2

Soldaten, die in Übersee kämpften, fertigten für ihre Ehefrauen und Freundinnen sogenannte »Sweetheart«-Stücke an, die man als ›trench art‹ (Schützengraben-Kunst) bezeichnet. Aus Münzen aus dem Land, in dem sie gerade kämpften, aus Patronenhülsen oder aus natürlichen Materialien, wie Holz und Samen, machten sie Schmuckstücke, die von den Frauen zu Hause mit großem Stolz getragen wurden.

PAMELA S. NADELL

Die Schönheit erhalten, selbst in Zeiten extremer Erniedrigung

»Weibliche Würde in Zeiten großer Not zu wahren, heißt, seine Menschlichkeit zu erhalten.«

Pamela S. Nadell ist Expertin für amerikanisch-jüdische Geschichte sowie für *Women's and Gender History*. Unter anderem schrieb sie das Buch »Women Who Would Be Rabbis – A History of Women's Ordination 1889–1985«, in dem sie die Geschichte der ersten Rabbinerinnen in Amerika erzählt. 2013 veröffentlichte sie »Making Women's Histories: Beyond National Perspectives«, eine Studie über die intellektuelle und politische Entstehung der Geschichte von Frauen jenseits aller nationalen Perspektiven. Für die *Library of Congress* in Washington, D.C., und für das *National Museum of American Jewish History* in Philadelphia arbeitet Pamela S. Nadell als Ausstellungsberaterin. Pamela S. Nadell ist Inhaberin des Lehrstuhls für Geschichte sowie Direktorin des *Jewish Studies Program* an der American University in Washington, D.C., USA. Im Dezember 2013 wurde Pamela S. Nadell zur Vize-Präsidentin des Berufsverbands *Association for Jewish Studies* gewählt.

Frauen aus allen Kulturen und Religionen versuchen in Zeiten großer Not, sich um ihr Aussehen zu kümmern – wie erklären Sie dieses Phänomen?

Das weibliche Verlangen, sich um das eigene Aussehen zu kümmern, ist in der weit verbreiteten Vorstellung von der Bedeutung weiblicher Schönheit verankert. Ein Konzept, das es in allen Kulturen und zu jeder Zeit gibt.
Westliche Schönheitsideale mögen auf denen der griechischen Antike basieren, in der Symmetrie und Proportion als ästhetisch ansprechend gelten, doch Tierforscher entdeckten, dass auch weibliche Pfauenhennen, Zebrafinken und sogar Skorpionfliegen sich von männlichen Sexualpartnern mit symmetrischen Markierungen angezogen fühlen. Die Wissenschaft weist auch darauf hin, dass alle menschlichen Kulturen physische

Merkmale für Jugend und Gesundheit bei Frauen verherrlichen. Verhaltensforscher beobachteten sogar bei Säuglingen eine Vorliebe für attraktive weibliche Gesichter. Die Babys könnten also lange bevor sie das Kleinkindalter erreichen, bereits kulturelle Einflüsse aufgenommen haben.[1]

Unzählige Beispiele aus verschiedenen Kulturen illustrieren den spezifischen Wert von Schönheit und erzählen davon, was Frauen alles unternahmen, um ihre Schönheit zur Geltung zu bringen. Zum Beispiel nannte der römische Geschichtsschreiber Cassius Dio Kleopatra »eine Frau von überragender Schönheit« und berichtete, dass sie, als sie sich auf das Treffen mit Cäsar vorbereitete, »sich schmückte und schön machte, um vor ihm in der majestätischsten und zugleich Mitleid erregendsten Gestalt zu erscheinen«.[2]

Die Vorbereitungen der biblischen Esther auf das Treffen mit König Ahasveros dauerten »… nach dem Gesetz für die Frauen zwölf Monate lang – denn dann waren die Tage der Salbung vollendet als da wären sechs Monate mit dem Öl der Myrrhe und sechs Monate mit süßen Düften und mit anderen Salben der Frauen«.[3]

Von frühester Kindheit an lehren Märchen Kindern, dass schöne Menschen verzaubert sind, ihnen Glück vorbestimmt ist und sie begünstigt sind. Die Heldinnen Cinderella, Dornröschen und Schneewittchen sind alle schön.

In Anbetracht dieser zeitlosen, kulturübergreifenden Betonung weiblicher Schönheit behauptet sich das unbedingte, weibliche Verlangen nach Erhaltung der Schönheit selbst in Situationen extremer Erniedrigung. Auf die eigene Erscheinung zu achten, ermöglicht den Frauen in solchen Situationen, ihr Selbstbewusstsein und ihre Menschlichkeit zu wahren.

Würden Sie sagen, dass es zwischen den Frauen eine gewisse »geistige Verbundenheit« gibt?

Ich sehe diese »geistige Verbundenheit« in einer aus der Intuition geborenen Erkenntnis über den Wert der eigenen Attraktivität. Im Extremfall mag das Leben retten. Ich habe zum Beispiel gelesen, dass weibliche Gefangene in den Nazi-Konzentrationslagern sich vor einer Selektion, bei der entschieden wurde, wer noch arbeiten konnte und wer sterben würde, in die Wangen kniffen. Wir mögen rosige Wangen als idealisierte Zeichen weiblicher Schönheit sehen, doch für diese Frauen waren sie ein Zeichen von Gesundheit, das ihr Leben retten konnte.

Die Extremsituationen, die diese Frauen erlebten, waren (mit Hilfe von weiblichen Tätern und Mitläufern) von Männern verursacht worden. Ist sich um sein Aussehen kümmern, eine rein weibliche Reaktion auf von Männern verschuldete Katastrophen?

Ich stimme zu, dass Männer diese Katastrophen verursachten, obwohl sie dies auch mit Hilfe von Frauen getan haben, wie wir aus Wendy Lowers Buch »Hitlers Helferinnen: Deutsche Frauen im Holocaust« erfahren. Aber ich glaube nicht, dass die Tatsache, dass Frauen sich pflegen, eine besonders geschlechtsspezifische Antwort auf durch Männer entstandene Extremsituationen ist.

Es gibt einen bewegenden Moment in Primo Levis »Ist das ein Mensch? – Erinnerungen an Auschwitz« (im italienischen Original »Se questo è un uomo«) als der ehemalige Sergeant der österreichisch-ungarischen Armee, Steinlauf, Primo Levi tadelt, weil er seinen »Instinkt für Reinlichkeit« verloren habe. Sergeant Steinlauf erinnert Levi, den Sklaven, daran, dass, auch wenn das Lager eine große Maschinerie sei, die sie zu

Bestien reduzieren soll, sie doch keine Bestien werden dürften. Vielmehr behielten die Sklaven, »jeder Rechte beraubt«, eine Stärke, »die Stärke unsere Zustimmung zu verweigern.« Und daher müssten sie weiterhin ihre Gesichter ohne Seife in schmutzigem Wasser waschen, sich mit ihren Jacken abtrocknen und ihre Schuhe polieren, »um der Würde und des Anstands willens ... um am Leben zu bleiben, um nicht mit dem Sterben zu beginnen.«[4]

Frauen reagieren ähnlich, aber da Mittel um Schönheit zu betonen aus der Zeit der Tel-Amarna-Büste der Königin Nofretete mit ihren Kajal-umrandeten Augen stammen – wenn nicht aus noch früheren Zeiten –, fanden Frauen Möglichkeiten, sich um ihre Erscheinung zu kümmern, die weit über das Waschen und das Polieren ihrer Schuhe hinausgingen. Sich um sein Äußeres zu kümmern, ist in solchen Umständen – für Männer wie für Frauen – auch ein Aufbegehren gegen die Unterdrücker, ja, man könnte fast sagen - ein politischer Akt.

Geschichten von Frauen, die in Extremsituationen auf ihr Aussehen achten, provozieren immer noch heftige Reaktionen – nach dem Motto: »Gibt es denn in solchen Zeiten nichts Wichtigeres?«

Diese Reaktion suggeriert Zweifel oder Ahnungslosigkeit über jeglichen biologischen Trieb, der hinter dem Bedürfnis steckt, sich um seine Erscheinung zu kümmern. Der Psychologe David Buss erklärt: »Schönheit mag im Auge des Betrachters liegen, aber jene Augen und die Seelen hinter den Augen sind von Millionen von Jahren menschlicher Evolution geprägt.«[5] Die Frage »Gibt es denn in solchen Zeiten nichts Wichtigeres?« beweist Unwissenheit über Evolutionsbiologie und reduziert fälschlicherweise das Bedürfnis, sich um sein Aussehen zu kümmern – im Extremfall – auf weibliche Eitelkeit und Launen. Und letztendlich ignoriert die Frage, was Sozialpsychologen immer wieder bewiesen haben, nämlich dass schöne Menschen positiver beurteilt werden. Eine Frau, die sich in einer Extremsituation um ihr Aussehen kümmert, ist nicht eitel; sie hat vielmehr diese Realität verinnerlicht. Sie hofft, dass ihr Bestreben attraktiv auszusehen, zu der Art von Belohnung führt, die in der jeweiligen Situation möglich ist – zum Beispiel anstatt in der zugefrorenen Tundra im Freien arbeiten zu müssen, einen Job im Innenraum des Gulag zu ergattern.

Wie würden Sie Weiblichkeit in Zeiten großer Not definieren?

Weiblichkeit wie Männlichkeit sind soziale Konstrukte. Wallendes, blondes Haar, ein Porzellanteint, gerötete Lippen und leuchtende Augen waren im viktorianischen England die äußerlichen Zeichen einer idealisiert-weiblichen jungen Frau – an anderen Orten und zu anderen Zeiten auch. Aber im Gulag oder in einem Arbeitslager wäre der Kopf der Frau kahl geschoren worden, ihre Gesichtshaut wäre trocken und rissig, ihre Lippen wären voller Blasen, ihre Augen stumpf von der Kälte und dem Hunger. Indem sie sich weiterhin um ihre Erscheinung kümmern, bewahren Frauen im Extremfall ihren Sinn für Menschlichkeit und verfechten ihre Weiblichkeit. Weibliche Würde in Zeiten großer Not zu wahren, heißt, seine Menschlichkeit zu erhalten.

Dem Klischee zufolge machen sich Frauen nur für Männer schön.

Aufgrund der wissenschaftlichen, biologischen und psychologischen Studien, die ich über Schönheit gelesen habe, glaube ich, dass Frauen biologisch kodiert sind, sich um ihr Aussehen zu kümmern – egal ob Männer anwesend sind oder nicht.

»Eine Frau, die sich in einer Extremsituation um ihr Aussehen kümmert, ist nicht eitel; sie hat vielmehr diese Realität verinnerlicht und hofft, dass ihr Bestreben attraktiv auszusehen, zu jener Art von Belohnung führt, die in der jeweiligen Extremsituation möglich ist.«

RAHIL SCHOR-TSCHUDNOWSKAJA

Unser Wunsch war es, sich waschen zu können

»Meistens habe ich meinen Kopf in die Nähe eines kleinen Ofens gehalten und die Haare gekämmt, bis sie trocken waren. Aber es konnte jederzeit der Befehl kommen weiterzuziehen.«

»Wovon wir geträumt haben? Erstens natürlich, dass wir siegen, und zweitens, dass wir am Leben bleiben. Die eine sagte: ›Wenn der Krieg vorbei ist, dann kriege ich einen Haufen Kinder‹, die Nächste: ›Ich will studieren‹, eine andere: ›Ich werde dauernd beim Friseur sitzen. Mich schön anziehen, auf mein Äußeres achten.‹ Oder: ›Ich werde Vögel züchten. Dem Gesang der Vögel lauschen. Ich bin ganz taub vom ewigen Geschützlärm.‹«

Swetlana Alexijewitsch: »Der Krieg hat kein weibliches Gesicht«, 2013

Am Ende des Ersten Weltkriegs, am 15. April 1919, wurde Rahil Schor-Tschudnowskaja als Tochter eines Kaminbauers nahe der Stadt Witebsk, dem Geburtsort des Malers Marc Chagall, geboren. Damals war Witebsk noch ein Gouvernement innerhalb des Russischen Reiches. 1922, nach der Gründung der Sowjetunion, fiel Witebsk an die Weißrussische Sozialistische Sowjetrepublik, das heutige Weißrussland. Mit Anfang zwanzig diente Rahil während des Zweiten Weltkriegs im Sanitätsdienst der sowjetischen Armee und wurde an der Leningrader Front eingesetzt. Zusammen mit ihrem zweiten Ehemann, einem Ölingenieur, zog sie 1995 von Krasnodar nach Deutschland um – »… in der südrussischen Stadt konnten wir nicht bleiben, der Antisemitismus wurde von Tag zu Tag schlimmer«.

Rahil Schor-Tschudnowskaja bekam zwei Orden für ihre Verdienste während des Zweiten Weltkriegs verliehen – den Orden des Roten Sterns und den Orden des Großen Vaterländischen Krieges. Jedes Jahr am 9. Mai, am Tag des Sieges, geht sie auf Veteranentreffen – und trägt ihre Orden.

Auf dem Tisch liegen Zeitungsartikel über Veteranentreffen der Roten Armee in Frankfurt am Main. An der Wand hängen vergilbte Schwarz-Weiß-Fotos von Verwandten, auf dem Bücherschrank stehen Farbfotos ihrer Enkel. Rahil Schor-Tschudnowskaja, die heute 95 Jahre alt ist, sitzt elegant gekleidet, leicht geschminkt, mit modernem Schmuck und perfekt sitzender Frisur – ihre kinnlangen Haare haben einen leichten Rotschimmer – auf dem Sofa in ihrer Wohnung in Frankfurt, in der sie alleine lebt.

Kurz bevor die deutsche Wehrmacht am 10. Juli 1941 Witebsk einnahm, wurden Rahil Schor-Tschudnowskaja, ihre Mutter, ihr Bruder und ihre Schwester – der Vater war bereits 1924 gestorben – nach Kursk, rund 500 Kilometer südlich von Moskau, evakuiert. Gerade noch rechtzeitig – der Wehrmacht folgte das SS-Einsatzkommando 9 (EK9) der Einsatzgruppe B. Deren Auftrag lautete: die Juden liquidieren. Bis Ende Oktober 1941 ermordeten die Männer des Einsatzkommandos mehr als 16.000 Juden in Witebsk.

1936, noch in Witebsk, hatte Rahil Schor-Tschudnowskaja ein Medizinstudium begonnen. »Das medizinische Institut war auch nach Kursk evakuiert worden. Zusammen mit 15 Kommilitonen aus Witebsk habe ich dort weiterstudiert. Wir waren im vierten Jahr und absolvierten den Chirurgie-Kurs. In Kursk wurde ich allerdings auch zum ersten Mal als ›Jid‹ beschimpft, das hatte ich in Witebsk nie zu hören bekommen. In Kursk herrschte damals eine furchtbar antisemitische Atmosphäre. Wir haben in sehr ärmlichen Verhältnissen bei Verwandten der Frau meines Bruders gelebt – zu viert in einer winzigen Kammer.«

Bereits nach drei Wochen rief der Rektor der medizinischen Fakultät die 15 aus Witebsk evakuierten Studenten zu sich und befahl ihnen, sich bei der Armee zu melden. Sie wurden ins Feldlazarett zum Sanitätsdienst einberufen. »Ich war 22 Jahre alt und musste einen Eid aufs Vaterland schwören. Als ich mich bei der Militärverwaltung registrierte, nahmen die Militärs meinen Studentenausweis und sagten mit strengem Blick: ›Da Sie im vierten Jahr Medizin studieren, sind Sie für uns bereits eine Ärztin.‹ Es war August 1941, ich trug ein leichtes Sommerkleid und musste nun eine Militäruniform tragen. Sie war mir viel zu groß. Ich hatte damals noch Angst, zu den Kranken zu gehen. Von einer Chirurgin habe ich gelernt, wie man Wunden verbindet, Arme und Beine amputiert.«

Im Herbst 1941 rückte die Wehrmacht ins Kursker Gebiet vor. Das mobile Feldlazarett wurde evakuiert. »Das Ziel unserer Reise war Militärgeheimnis. Wir sind drei Monate lang im Zug durch Russland gefahren, ohne zu wissen, wohin. Es war grauenhaft, wir bekamen kaum Brot oder etwas zu trinken.«

Nach drei Monaten kamen sie in Sibirien an. Im hohen Norden war es so kalt, dass Rahil Schor-Tschudnowskaja die Wangen erfroren sind. »Wir konnten uns nur mit Schnee waschen. Über unseren leichten Uniformen trugen wir khakifarbene Mäntel. Ich bin ja ziemlich klein, der Mantel war so groß und hat gescheuert. Wenigstens hatten wir Mützen mit Ohrenklappen, aber nur sehr leichte Schuhe, keine warmen Schuhe, um die sibirische Kälte ertragen zu können.« Außerdem musste Rahil Schor-Tschudnowskaja ihre Füße mit Lappen umwickeln, um die Stiefel auszufüllen. Denn: Schuhgröße 34 hatte die sowjetische Armee nicht im Lager, die kleinste Schuhgröße, die die Armee vergab, war 42.

Schon bald bekamen ihre Einheit sowie das dazugehörige Feldlazarett den Befehl, in Richtung Leningrader Front vorzurücken. Im Dezember 1941 wurde Rahil Schor-Tschudnowskaja schwer verwundet und mit einem Militärflugzeug ins Krankenhaus nach

Tscherepowez, einer Stadt in Nordwestrussland, ausgeflogen. Nach Wochen im Krankenhaus war sie so weit genesen, dass ihr sogar ein einmonatiger Fronturlaub genehmigt wurde. Sie verbrachte ihn bei ihrer Mutter und ihrer Schwester, die nach Orenburg, nahe der Grenze zu Kasachstan, evakuiert worden waren. Endlich bekam sie warme und vor allem passende Stiefel. Ihre Mutter kaufte ihr im Basar Filzstiefel in der richtigen Größe.

»Ich hatte sehr schöne lange Haare, mein Vater war rothaarig, Mama war brünett. Damals im Krieg, in diesem Feldlazarett, musste ich mir immer viele Tricks ausdenken, um mir die Haare waschen zu können. Es war aufwendig, sie trocknen zu lassen. Meistens habe ich meinen Kopf in die Nähe eines kleinen Ofens gehalten und die Haare gekämmt, bis sie trocken waren. Aber es konnte ja jederzeit der Befehl kommen weiterzuziehen«, erzählt Rahil Schor-Tschudnowskaja lachend.

»Es war während der ganzen Kriegsjahre schrecklich. Es waren ja auch immer Männer dabei, das war widerlich. Wie ich mich gefühlt habe …? Ich konnte mich nicht waschen, die Haare waren nicht gut frisiert. Ich bin mir nicht wie eine Frau vorgekommen. Ich hatte natürlich Sehnsucht nach hübschen Kleidern, nach Haaraccessoires …, wie hätte ich mich nicht danach sehnen können? Aber es waren so schwere Zeiten, so grausame Zeiten nicht nur beim Militär, auch für die vielen Evakuierten und jene, die in ihren Heimatorten geblieben waren. Manchmal habe ich gar nicht über diese Dinge nachgedacht.« Rahil Schor-Tschudnowskaja hält inne beim Erzählen.

Bei einem Halt während des Vormarschs wurde ein 11-stöckiges Haus von der Armee beschlagnahmt, um darin das gesamte Gesundheitswesen des Bezirks unterzubringen. Rahil Schor-Tschudnowskaja sollte sich in der militärisch-medizinischen Abteilung bei dem Oberstleutnant melden – mit den Worten:

»Ich bin Rahil Schor-Tschudnowskaja und stehe Ihnen zur Verfügung.« Die örtlich rekrutierten Krankenschwestern hatten Puder und andere Schminkutensilien, um sich ein wenig herrichten zu können. »Die Heimschwestern konnten beim Oberstleutnant einen guten Eindruck machen. Sie hatten alles, sie kamen ja von zu Hause. Ich hatte keinen Puder, keine ordentlichen Schuhe, nicht einmal Handschuhe. Wegen des Bombardements war das ganze Gebäude verdunkelt. In der Dunkelheit klopfte ich also und betrat die medizinische Abteilung. Dort brannten ein paar Lampen, die von einem Generator betrieben wurden. Sie schienen mir direkt ins Gesicht. Ich stand da in meinem viel zu großen Militärmantel, auf dem Kopf trug ich eine viel zu große Mütze mit Ohrenschützern. Die Ärzte und Militärs lachten – ›Schaut Euch mal den Soldaten an‹ –, erst als sie mein Gesicht von der Nähe sehen konnten, erkannten sie, dass ich eine Frau war.«

Obwohl Rahil Schor-Tschudnowskaja, die inzwischen den Rang eines Oberstleutnants innehatte, während des Medizinstudiums noch keine Kurse über Infektionskrankheiten absolviert hatte, erhielt sie den Befehl, Reservisten aus Sibirien in einem Zug auf einem nahegelegenen Bahnhof auf Typhus zu untersuchen. »Wenn auch nur ein einziger Soldat hohe Temperatur hatte, wurde der ganze Waggon unter Quarantäne gestellt. Im Dezember 1941 war es schlimmer, wenn Soldaten an Typhus starben, als wenn sie in der Schlacht erschossen wurden. Denn die Läuse in den Uniformen konnten eine Typhus-Epidemie auslösen.«

In den wenigen Fällen, in denen zwischen den Operationen und dem Verbinden von verwundeten Soldaten ein paar Minuten Zeit übrig blieben, richteten die Soldatinnen eine Banja[1] ein. Sie badeten und wuschen sich mit Desinfektionsmittel die Haare. Es waren jene seltenen Momente, in denen sie über

Aussehen und der Sehnsucht nach weiblichen Freuden sprechen konnten. Mit einem Augenzwinkern sagt Rahil Schor-Tschudnowskaja: »In der Banja wurde ich manchmal gefragt, ob ich meine Haare färben würde, aber die waren ja von Natur aus so schön. Überhaupt, wenn ich das so sagen darf, ich war sehr hübsch. Ich habe überhaupt keine Mittel verwendet und hatte trotzdem tolle Haut und rote Wangen. Einen Lippenstift habe ich im Alter von 30 Jahren zum ersten Mal benutzt. An das Schminken haben wir im Krieg selten gedacht, wir hatten ja oft tagelang kein Wasser – unser einziger Wunsch und Traum war es, sich waschen zu können und die Haare irgendwie zu pflegen. Ich hatte übrigens während des Krieges immer einen Kamm in der Tasche.«

Ihr gutes Aussehen gab Rahil Schor-Tschudnowskaja in Kriegs- wie in Friedenszeiten Halt im Leben. »Dieses Selbstbewusstsein war immer auch ein Teil meiner weiblichen Würde.«

1944 wurde Rahil Schor-Tschudnowskaja zum Hauptmann des medizinischen Dienstes ernannt. Die Division der sowjetischen Armee, der das Feldlazarett unterstellt war, in dem sie arbeitete, war inzwischen auf dem Vormarsch nach Berlin.

Am 8. Mai 1945, kurz vor Dresden, erreichte sie mit ihrem Chef, einem Arzt, einem Politkommissar und zwei Krankenschwestern einen kleinen Ort, in dem sie stationiert werden sollten. Rahil Schor-Tschudnowskaja wollte sich nach den Strapazen des Marsches endlich die Haare waschen. In dem fremden deutschen Haus, in dem sie einquartiert worden waren, fand sie eine Waschschüssel und fing an, sich mit warmem Wasser die Haare zu waschen. In dem Moment kam der Befehl weiterzumarschieren. Rahil Schor-Tschudnowskaja sagte, sie könne nicht sofort weiterziehen, da sie eben Seife in das nasse Haar einmassiert habe. Daraufhin teilte sich die kleine Truppe, der

Fahrer des Lkws, in dem die ganze Ausrüstung lag, blieb, alle anderen fuhren in einem Militär-Pkw weiter. Eine verhängnisvolle Entscheidung: »Ich habe mir schnell die Haare gewaschen und gekämmt und bin im Lkw, mit noch nassen Haaren, mit dem Fahrer weitergezogen. Wir holten den ersten Wagen ein und stellten fest, dass er unter Beschuss geraten war. Alle Insassen waren tot! Ich habe, meine Haare waren noch nicht ganz trocken, mitgeholfen, die getöteten Kameraden zu begraben.«

Es stellte sich heraus, dass versprengte Angehörige einer Waffen-SS-Einheit den Wagen beschossen hatten. Stunden später saß Rahil Schor-Tschudnowskaja mit dem überlebenden Lkw-Fahrer und sowjetischen Soldaten anderer Einheiten in einem deutschen Dorf zusammen. Plötzlich hörten sie lautes, wildes Schießen vor der Tür. »Ich bin zu Tode erschrocken und hatte Angst, die SS-Männer seien zurückgekommen«, erinnert sich Rahil Schor-Tschudnowskaja an jene Minuten. In dem Moment riss ein Soldat der Roten Armee die Tür auf und schrie: »Was sitzt Ihr hier rum, warum feiert Ihr nicht?« Auf der Straße liefen sowjetische Soldaten jubelnd umher und gaben ununterbrochen Freudenschüsse ab – sie hatten soeben von der bedingungslosen Kapitulation Deutschlands erfahren.

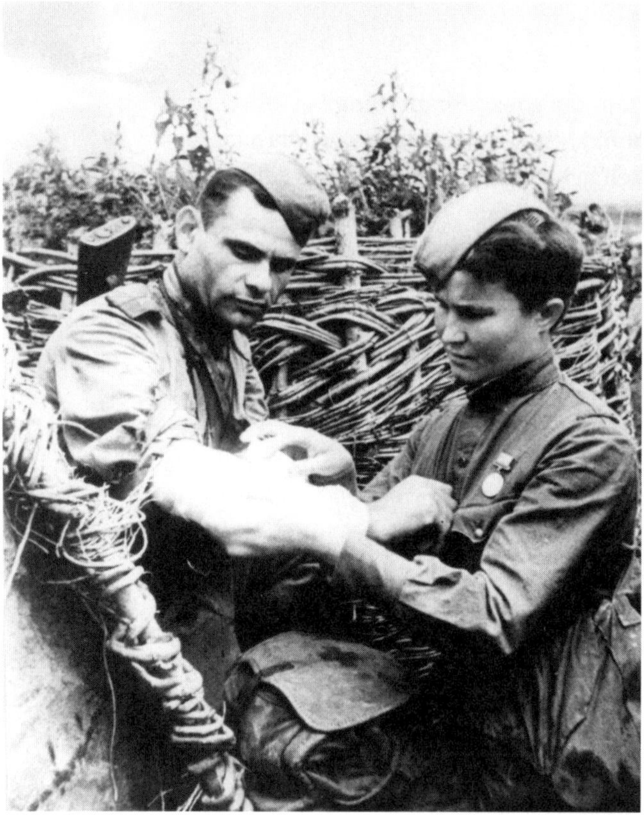

1

1
Eine sowjetische Krankenschwester verbindet den Arm eines verwundeten Soldaten an der Front bei Kursk im Sommer 1943. Während des Zweiten Weltkriegs dienten über eine Millionen Frauen in der Roten Armee, sowohl bei kämpfenden Einheiten als auch im Sanitätsdienst.

2
Der Angriff der Wehrmacht auf den sowjetischen Frontbogen um die Stadt Kursk im Juli und August 1943, auch bekannt als Schlacht am Kursker Bogen, gilt als die größte Panzerschlacht in der Geschichte der Kriegsführung.

2

»Ob wir an der Front sein wollten wie die Männer? Die erste Zeit sogar sehr: Wir ließen uns die Haare ganz kurz schneiden, veränderten sogar unseren Gang. Aber dann nicht mehr, o nein! Dann wollten wir uns schminken, sparten uns den Zucker vom Mund ab und benutzten ihn lieber als Haarfestiger. Wir waren glücklich, wenn wir einen Kessel Wasser auftreiben konnten zum Haarewaschen. Bei langen Fußmärschen suchten wir uns weiches Gras. Wir haben es ausgerissen und uns die Beine damit… Na ja, verstehen Sie, wir haben sie damit abgerieben… Uns mit dem Gras gewaschen. Wir hatten schon unsere Eigenheiten wir Mädchen… Unsere Beine waren ganz grün…«

Klara Semjonowna Tichonowitsch,
Feldwebel bei der Flak

Swetlana Alexijewitsch: »Der Krieg hat kein weibliches Gesicht«, 2013

ELISABETH JUPITER

In Extremsituationen ist das Festhalten an Äußerlichkeiten ein Anker

»Die Erinnerung in solchen Situationen an ein blaues Negligé, und eben nicht die Realität, nämlich ein kratziger Stoff mit Flecken, hilft überleben.«

»Welchen Wunsch hast du noch?« Da wurde mir mit einem Mal bewusst, dass sie mich erschießen würden. ... Die Wärterinnen fragten mich, welche Kleidung ich anlegen wollte. Ich verlangte nach meinem weißen langen Rock, meinem langen weißen Ledermantel mit Pelzbesatz und für den Kopf meine geliebte weiße Pelzmütze, meine ›Tomak‹. Für die Füße wählte ich kurze weiße Stiefel mit etwas höheren Absätzen. Meine Haare wollte ich waschen und lang fallen lassen. ›Ich will mich schminken‹, sagte ich.«

Rebiya Kadeer und Alexandra Cavelius: »Die Himmelsstürmerin«, 2009

Dr. Elisabeth Jupiter wurde 1949 in Wien geboren. An der Universität Wien studierte sie Psychologie und Italienisch. Ende der 80er-Jahre arbeitete sie als Psychotherapeutin an der Psychiatrischen Universitätsklinik Wien (Abteilung Verhaltenstherapie) und machte 1991 ihren Abschluss als systemische Familientherapeutin. Unter anderem war sie tätig in der Drogenrehabilitation, leitete das Wiener Zentrum des Kinderschutzzentrums »die möwe« und lehrte am *Institute for European Studies* (IES) Interkulturelle Psychologie. Heute arbeitet sie als selbstständige Psychotherapeutin und Supervisorin und darüber hinaus in der Ambulanz der Sigmund Freud Privatuniversität in Wien. Die österreichisch-jüdische Psychologin, die davon überzeugt ist, dass »… man Menschen am Lachen und vor allem daran, worüber sie lachen, schneller und besser analysieren kann, als in psychologischen Tests«, schrieb zwei Bücher über jüdischen Humor: »No warum nicht?« und »Mach Witze!« sowie einen Erzählband »Die Angst vor Jakob – Psychotherapeutische Geschichten«.

Warum bemühen sich Frauen selbst in Extremsituationen – in Lagern, Gefängnissen, totalitären Staaten und Kriegen –, sich um ihr Äußeres zu kümmern?

Das hat mit der weiblichen Identität zu tun. Es mag auch mit der Gesellschaftsschicht, der die Frauen angehören, zusammenhängen. Aber ein Teil der weiblichen Identität ist eben die Schönheit. Um dem Identitätsverlust in Extremsituationen entgegenzuarbeiten, ist das Festhalten an diesen Äußerlichkeiten ein Anker. Während des Krieges ist es sicher auch ein Zeichen des Überlebens, respektive des Überlebenswillens, mehr oder weniger vielleicht auch Trotz. Eine Trotzreaktion auf die Hässlichkeit des Krieges.

Schützen Frauen sich so auch vor der Angst?

Sicher ist es auch Schutz vor Angst, es ist ja auch eine Art Maske. Das blanke Gesicht zu zeigen, in dem man die Angst sieht – die Blässe zum Beispiel –, ist natürlich in solchen Situationen nicht sinnvoll. Und sich schön machen vermittelt sicher auch Stärke.

Spendet es auch Hoffnung?

Ich glaube, dass es sehr viel mit Hoffnung zu tun hat, sehr viel. Das zeichnet ja die Qualität des Überlebenswillens aus und nicht die des Todestriebs. Die Libido als lebenserhaltender Trieb ist auch damit verknüpft. Ein wunderbares Beispiel für den Überlebenstrieb ist der Film »Der Pianist«[1]. Da ist es für den Zuschauer oft nicht mehr nachvollziehbar, wieso er immer noch nicht aufgibt. Aber er überlebt. Menschen, die das Konzentrationslager überlebt haben, spürten diesen Wunsch extrem, denn der Tod war tagtäglich allgegenwärtig. Libido, Lust, Lebenstrieb als schwere Gegengewichte zum Todestrieb oder -wunsch wurden ja schon von Sigmund Freud ausgiebig beschrieben.

Geht es um Würde?

Es gibt ja auch etliche Beispiele von Vätern, die jungen Mädchen das Make-up vom Gesicht »schlagen«, sie ihrer Würde berauben und »nackt« dastehen lassen. Mit dem eigenen Gesicht oder Körper machen zu können, was man will und wie man will – auch das hat mit Würde zu tun.

In Extremsituationen erhält Würde eine ganz besondere Bedeutung, weil diesen Menschen ja alles geraubt wurde, was ihnen bis dahin Selbstachtung verlieh – sie haben keine Familie mehr, kein Haus, keine Wohnung, kein Bad, nichts zu essen, nur noch das blanke Leben. Und so können sie noch ein kleines Schlupfloch finden, in dem Würde oder Normalität existieren. Das eigene Selbstwertgefühl wiederzugewinnen, darum geht es. Indem sie sich um ihre Erscheinung kümmern, können sie sich ein wenig davon wieder zurückholen.

Ich glaube, es geht hier auch weniger darum, sich selbst schön zu finden, sondern vielmehr darum, dass das Elend nicht sichtbar wird. Und das hat mit Würde zu tun. Es geht darum, was die Anderen sehen. Und die Anderen sehen eine gepflegte Frau, also muss es ihr gut gehen. Man will nicht zeigen, dass es einem schlecht geht. Darin waren Frauen immer schon sehr gut.

Sind Frauen, die sich gehen lassen, eher psychisch gebrochen?

Um das zu bejahen, braucht man nur in die psychiatrischen Kliniken gehen. Wenn man sieht, wie depressive Frauen laufen, wie schwer der Gang ist, wie ungewaschen der Hals und wie ungeschminkt das Gesicht sind: All dies deutet auf psychische Gebrochenheit hin. Sich herrichten, ist auch ein Kampf gegen das Resignieren oder gegen die Depression. Es ist ein Kampfmittel. Der Lippenstift als Kampfmittel!

Warum ist gerade in Zeiten großer Not der Lippenstift so populär?

Weil der Lippenstift ein sinnliches Signal aussendet und Sinnlichkeit ist Leben! Das Gegenteil von Tod und Misere!

Frauen erzählen auch, dass sie sich im Lager an Kleinigkeiten aus ihrem früheren Leben erinnerten, zum Beispiel an ein blaues Seidenneglige. Glauben Sie, dass diese Sehnsucht nach einer Welt, die nicht mehr existiert, die vielleicht Geborgenheit, Heimat, Familie, einfach nur Alltag bedeutete, das Überleben erleichterte?

Ich erinnere mich zum Beispiel, dass meine Mutter sagte, sie habe die Jahre in Auschwitz nur überstanden, weil sie so ein geliebtes, verwöhntes Kind war. Zu geliebt und verwöhnt gehörten auch ein schöner Mantel und saubere Kleidung und gebürstete Haare, also das absolute Gegenteil von Verwahrlosung. Und in Lagern oder Gefängnissen herrscht ja in allen Bereichen völlige Verwahrlosung.

Ein blaues Seidenneglige – ja sicher, der Gedanke daran hält aufrecht und gibt Hoffnung. Der Überlebenswille ist unendlich groß. Man kann sich normalerweise nicht vorstellen, dass man das alles überleben kann, was viele Menschen überlebt haben. Und zum Überleben gehören sicher die Erinnerungen an die schönen Dinge.

Die Erinnerung in solchen Situationen an ein blaues Negligé, und eben nicht die Realität, nämlich ein kratziger Stoff mit Flecken, hilft überleben. Sie vermittelt wahrscheinlich auch ein anderes Körpergefühl, man erinnert sich nicht nur an das Objekt an sich, sondern man spürt auch, wie es war, das Negligé zu tragen, wie es sich, wie sich Seide, auf der Haut angefühlt hat.

Vielleicht kann ich hier noch einmal von meiner Mutter erzählen, weil die schönen Dinge, das Schöne, nach dem KZ für sie das Wichtigste im Leben waren: schöne Kleider, schöne Möbel, Antiquitäten. Sie hätte gerne ein Schloss mit Antiquitäten gehabt – alles Schöne, alles Saubere. Es musste immer alles sauber sein.

Frauen in Konzentrationslagern haben sich von ihrer Margarineration etwas abgespart, um ihr Gesicht damit vor Falten zu schützen, Frauen in der sowjetischen Armee haben von ihrer Zuckerration etwas abgezweigt, um sich die Haare zu waschen, sie haben Eier aufgeschlagen, um die Stiefel zu polieren …

Ich glaube, das ist zweierlei. Auf der einen Seite ist es unverständlich, denn: »Erst kommt das Fressen, dann die Moral.« Aber auf der anderen Seite gehört es natürlich zur Erhaltung des Selbstwertgefühls dazu. Ich finde, die Geschichte mit den Stiefeln ist schon fast pathologisch, weil man Stiefel auch mit Spucke oder mit Wasser putzen kann. Dieser Zwang, diese wahnsinnige Sehnsucht nach der Normalität, nach der sauberen Normalität, das ist zumindest ein bisschen neurotisch. Aber es wäre ja nicht verwunderlich in solch einer Situation, ein wenig neurotisch zu werden.

Im ersten Moment scheint es sicher lächerlich, sich von den kargen Lebensmitteln noch etwas zur Pflege abzuzwacken. Aber damit sind wir wieder beim Thema Normalität. Was in der Zeit vor dem KZ normal war, gibt nun auch hier einen gewissen Halt und schürt auch die Hoffnung, dass es wieder normal werden könnte. Kleine Gesten wie das Eincremen des Gesichts sind wie eine Metapher für das andere Leben – das Leben vorher –, und durch den Überlebenstrieb gespeist, auch das Leben nachher. Das Gefühl, sauber und gepflegt zu sein, entfernt einen vom drohenden Tod und gaukelt normale Lebendigkeit vor.

Der Versuch, sich die Haare zu waschen, ist normal weiblich, denn Haare sind natürlich ein sekundäres Sexualsignal. Es geht auch hier wieder darum, ein bisschen was von der früheren Normalität zu bewahren.

Zeigt es die Stärke von Frauen, in solchen Situationen noch Kraft für das Aussehen aufzubringen?

Ich glaube, dass es Freude macht und gar nicht so viel Kraft kostet, sondern, im Gegenteil, dass es Kraft spendet. Männer und Frauen gehen mit diesen Situationen anders um. Nach der Haft im KZ war für meine Mutter das Wichtigste – schön, schön, schön. Alles musste schön sein. Und für meinen Vater war das Wichtigste – essen, essen, essen. Mein Vater ist gestorben und hat nichts hinterlassen außer Kleidung und ein Fußballbuch. Ihm war alles egal, Kleidung war ihm nur noch wichtig, weil die Herrenkonfektion sein Beruf war. Meine Mutter dagegen hat viele schöne kleine Dinge gehabt.

Das sind auch die verschiedenen Reaktionen auf KZ-Haft. Man hatte dort plötzlich nur noch das, was man am Körper trägt oder überhaupt nur noch den Körper, und alles andere ist weg. Darum ist es wichtig, wenigstens den zu pflegen. Wenn man schon alles verloren hat, kann man nicht auch noch das Gesicht – im übertragenen Sinne – verlieren.

In einem Außenlager von Flossenbürg führten weibliche Häftlinge einen Sketch auf, der sich über Mode und Diäten[2] lustig machte. Woher nahmen die Frauen noch die psychische Kraft, kreativ und selbstironisch zu sein?

Die Fähigkeit, auch in den schlimmsten Situationen noch irgendetwas Witziges darüber zu sagen, ist immer eine Überlebensstrategie. Und die haben Juden ganz besonders. In meinem Buch »No, warum nicht? Der jüdische Witz als Quelle der Lebenskunst« gibt es eine Geschichte über die Latrinen, die waren ja offen, jeder saß neben jedem und man tauschte Nachrichten aus. Dort konnten die Leute miteinander reden, und darum wurden die Latrinen »*Radio Tuches Agency*«[3] genannt. Die ironische Sicht ermöglicht ja auch eine Distanz, sozusagen ein Aussteigen aus der Situation, um sie von außen betrachten zu können. Es ist auch eine Distanzierung von sich selbst.

Wird die Beschäftigung mit dem Aussehen in Extremsituationen zum elementaren Bedürfnis?

Das glaube ich nicht. Möglicherweise hat es auch mit den nicht vorhandenen Spiegeln zu tun. Also, ich könnte mir vorstellen, dass man gar nicht an das Aussehen denkt, wenn man sich nicht sieht und einen starken Charakter oder eine wenig neurotische Disposition hat. Wahrscheinlich kommt der Gedanke daran erst nach längerer Zeit auf. In den ersten Wochen der Verzweiflung, zum Beispiel im KZ, war es wahrscheinlich kein Thema, da ging es um das nackte Überleben. Aber selbst das Lager, das Eingesperrtsein, wird nach Jahren zum Alltag, wird zur Routine. Und dann wird sich um das Aussehen kümmern wichtig, um zu überleben, um etwas Vitales zu tun.

In DDR-Gefängnissen gab es oft keine Spiegel in den Zellen – Vernehmer fragten: »Wissen Sie eigentlich, wie Sie aussehen?«

Nicht zu wissen, wie man ausschaut, ist für Frauen wahrscheinlich ganz entsetzlich. Ich kenne keine Frau, die nicht mindestens zwei Spiegel zu Hause hat. Es ist auch Kontrolle: Wie schaue ich aus, wie sehen mich die Anderen. Das Gefühl ist bei Frauen viel stärker als bei Männern. Wenn Stasi-Vernehmer so etwas sagten, war das für die Frau eine zusätzliche Demütigung. Und Demütigung ist natürlich psychische Folter. Man hat die Kontrolle verloren als Mensch, wenn man nicht weiß, wie spät es ist, ob es Tag oder Nacht ist oder wie man ausschaut.

Flüchtlinge und Immigranten beklagen manchmal, dass das Gegenüber ihnen keinen Respekt zollt, weil sie, zum Beispiel auf Ämtern oder bei Hilfsorganisationen, in legerer Kleidung empfangen werden … »Ich hasse diese Art der Missachtung, die das Gegenüber zum Opfer macht und es somit degradiert. Wenn während meiner Zeit als Flüchtling zu mir jemand schlampig angezogen kam, empfand ich dies als diskriminierend und respektlos«, beschwerte sich mir gegenüber eine Tschetschenin.

Es war früher ganz normal, dass man sich schön, frisch und sauber angezogen hat, wenn man nicht nur ins Theater, sondern auch auf eine Bank oder eine Behörde gegangen ist. Die Kleidung drückt auch etwas aus darüber, wie man den Anderen einschätzt. Würde ich als Therapeutin mit Hausschuhen und im Hausgewand meine Patienten empfangen, würden sie das sicherlich als mangelnden Respekt interpretieren. Respekt gegenüber Menschen, die alles verloren haben, ihr ganzes Hab und Gut, ihre Familien und auch ihre sozialen Kontakte, ist sozusagen das Einzige, das ihre Menschenwürde aufrechterhält.

Warum gilt es immer noch als Tabu, darüber zu sprechen, dass Frauen auch in Zeiten großer Not sich um ihr Aussehen kümmern? Nach dem Motto: »Gibt es da nichts Wichtigeres?« Würden die Frauen Gedichte von Rainer Maria Rilke zitieren, würde niemand diese Frage stellen.

Die Frage, ob es nichts Wichtigeres gibt, beruht auf dem großen Irrtum, dass innere und äußere Werte voneinander zu trennen sind, doch in Kunst – schöne Kunst, Schöne Künste –, da steckt überall der Begriff Schönheit drin. Wenn ich als Frau gezwungen bin, alle äußere Schönheit zu vergessen, dann vergesse ich bald die innere Schönheit. Wenn man von oben bis unten verdreckt ist, dann ist es ganz schwer, sich an blaue Seidennegligés zu erinnern oder an Rilke-Gedichte. Sich um das Aussehen zu kümmern, ist dann ein Teil des Bewahrens, es scheint zwar oberflächlich, aber das ist es letztendlich nicht. Form und Inhalt gehören zusammen. In diesem Zusammenhang kann auch nicht von Eitelkeit gesprochen werden, sondern das »Schön-Machen« ist eine Metapher für den Lebenswillen.

Es gibt auch Beispiele von Frauen, die sich vor der Hinrichtung schön kleiden, sich schminken ... so bat die uigurische[4] Menschenrechtlerin Rebiya Kadeer, während sie in China inhaftiert war, eines Tages die Wärterinnen

darum, ihr ihre schönsten Kleider, Schminke und einen Spiegel in die Zelle zu bringen – sie befürchtete nämlich, an jenem Tag hingerichtet zu werden.

Es ist seit Jahrtausenden üblich, dass Menschen für das Grab schön gemacht werden. Angefangen von den ägyptischen Mumien bis zum Sonntagsgewand in unseren Breitengraden – man möchte nicht hässlich sterben. Da kommen die ganzen religiösen Ideen ins Spiel: Wer weiß, wen man trifft, da muss man schön und gepflegt sein. Es könnte für die Ewigkeit sein. Stellen Sie sich vor, ewig ohne Lippenstift! Der Tod ist immerhin ein sehr wichtiger Akt, es ist der zweitwichtigste Akt im Leben nach der Geburt, dem möchte man auch respektvoll begegnen. Und respektvoll behandelt werden, falls man überhaupt irgendwie behandelt wird.

Bei einer Hinrichtung weiß man, wann es passiert. Das weiß man sonst vom Sterben nicht. In dieser Situation ist es vielleicht auch leichter, ein Mittel gegen die Angst zu finden, selbst zu bestimmen, wie man ausschauen will. Es hat auch in einem solchen Moment sicher etwas mit Selbstbestimmung zu tun.

1

2

1
Maria Elżbieta Jezierska, eine polnische Überlebende, die vor ihrer Deportation nach Ravensbrück in Auschwitz inhaftiert war, erinnert sich »Der Hunger nach Schönheit ließ mich fast wahnsinnig werden, denn alles, was uns umgab – die Erde, die Architektur, die Menschen, die Kleidung – war schmutzig und widerlich.«

2
Von 1939 bis 1945 waren rund 120.000 Frauen aus über 20 Nationen im Frauenlager des KZ Ravensbrück in Brandenburg inhaftiert: »Politische«, Jüdinnen, Sinti und Roma, Zeugen Jehovas sowie angeblich »Asoziale«. Ravensbrück war, neben Auschwitz-Birkenau, das größte Frauenlager im nationalsozialistischen Lagersystem.

»Ah, die wunderbaren Französinnen! Als einzige bewahrten sie im Lager städtische Umgangsformen und Höflichkeit, sie hielten ihren Eßnapf mit Anmut, und im Gespräch benutzten sie immer wieder Wendungen wie ›Madame‹ und ›s'il vous plait‹.

Sie sorgten in der Brutalität und Rauheit des Lagers für einen zivilen, würdigen Umgangston. Oft habe ich gesehen, wie eine der Frauen, die peinlich darauf achteten, sich stets mit einem Margarinerest das Gesicht einzureiben, furchtlos gegen eine ›Stubowa‹ anging, die eine Gefährtin quälte.«

Liana Millu: »Der Rauch über Birkenau«, 1997

HERTA MÜLLER

Schönheit war damals politisch

Gedanken von Herta Müller über Ästhetik in der Diktatur.
Aus einem Gespräch – aufgezeichnet im Literaturhaus Berlin im Mai 2014.

»In einem Staat, in dem Individualität zur Staatsfeindin erklärt wird, was soll da noch entstehen?«

»Meine Mutter hat gewusst, ich komme nicht wieder, so wie ich gegangen bin …«

In dem Dorf, in dem ich aufgewachsen bin, gab es Vorurteile gegenüber den Städtern. Die Städter galten als moralisch verdorben und arrogant. Über die Frauen in der Stadt hat man gesagt, sie seien verhurt.

Ich gehörte zur ersten Generation im Dorf, die auf das Gymnasium ging und danach studierte. Das Gymnasium war in der Stadt und ich musste dort auch wohnen, weil die Fahrt in die Stadt zu lange dauerte. Ich wohnte dort zur Untermiete und fuhr nur über das Wochenende zurück ins Dorf. Meine Mutter wollte nicht, dass ich auf das Gymnasium in der Stadt gehe, weil sie wusste, ich komme dann nicht mehr so zurück, wie ich gegangen bin. Sie hatte schon eine Lehrstelle für mich bei einer Schneiderin im Dorf besorgt. Und überhaupt sollten Frauen nicht studieren. Ein Mädchen sollte in der Stadt eventuell einen Ingenieur oder Arzt kennenlernen, einen Mann heiraten, der studiert hatte.

In der Stadt habe ich angefangen, Bücher zu lesen. Bei uns zu Hause gab es keine Bücher. Und Bücher verändern etwas im Kopf. Deshalb hatte meine Mutter mit ihren Sorgen auch recht. Die Stadt und die Bücher haben mich verändert.

»Diese dreihundert Jahre stehen gebliebene Zeit …«

Ich habe bald auch Bücher über den Nationalsozialismus gelesen und hatte dabei auch immer die unterschwellige Angst, den Namen meines Vaters zu lesen. Ich wusste nur, dass er, wie fast alle Männer seines Alters im Dorf, in der SS war. Aber darüber wurde nicht gesprochen. Auf den Hochzeiten wurden im Suff immer Nazi-Lieder gesungen. Für die ehemaligen

Soldaten weckte das Jugenderinnerungen. Von Selbstkritik, Zweifel über den Krieg, über die Judenmorde habe ich nie etwas gehört. Ganz im Gegenteil. Man hat gesagt, wenn Hitler den Krieg gewonnen hätte, läge das Dorf in Deutschland. Zu dieser Verklärung des Kriegs kam die Verlogenheit der rumänischen Geschichtsschreibung. In Rumänien durfte nicht erwähnt werden, dass Rumänien auch ein faschistischer Staat war mit einem Diktator Antonescu, dass es Konzentrationslager gab unter rumänischer Leitung und dass rumänische Soldaten zusammen mit deutschen Soldaten in Stalingrad kämpften. Das sozialistische Rumänien gab sich immer als Verbündeter der Sowjetunion aus und die Deutschen trugen die Alleinschuld an den Verbrechen während des Krieges.

Zu Hause gab es alte Kirchweih-Fotos, auf denen viele Dorfbewohner mit Hakenkreuz-Fahnen auf dem Dorfplatz stehen und den Arm zum Hitlergruß heben. Mein Onkel war der Hauptredner auf diesen Volksfesten und, wie ich später erfahren habe, auch ein ziemlich schlimmer Denunziant. Später hat er sich auch als Freiwilliger gemeldet und ist in Serbien gefallen. Meine Großmutter hat sehr über ihren gefallenen Sohn getrauert. Wie blickt man auf das Leben seines Kindes? Wie kann die Liebe erhalten bleiben, wenn man dessen Geschichte als erwachsene Person, als Nazisoldat kennt? Meine Großmutter hat sie ausgeblendet. Ich konnte diese Trennung nicht mitmachen. Ich musste meine Familie so beurteilen, wie ich alle anderen beurteilte. Den SS-Soldaten, den Onkel.

Das hat die Beziehung zum Dorf natürlich verkompliziert, hat mich vom Dorf auch innerlich entfernt. Die Dorffeste waren mir suspekt. Selbst den Dialekt mochte ich nicht mehr. Das Dorf bedeutete dreihundert Jahre stehen gebliebene Zeit mit schrecklichen Traditionen mit den dazu passenden Trachten. Das war das Festhalten an der sogenannten Identität. Es war schon schlimm, einen Deutschen aus einem anderen Dorf zu heiraten. Ein Rumäne als Schwiegersohn war undenkbar. Also wurde immer untereinander geheiratet bis zur Inzucht. Hauptsache wir bleiben wir selber.

»Und die Städter waren immer morgens schon luftig angezogen …«

Mit meiner Mutter bin ich als Kind manchmal in die Stadt gefahren. In der Stadt waren die Leute schöner angezogen, sie sahen besser aus. Wir mussten immer früh am Morgen wegfahren, weil nur um fünf Uhr ein Zug fuhr, und wir waren deshalb immer zu dick angezogen. Wenn es wärmer wurde, hat man die Kleider ausgezogen und unterm Arm rumgeschleppt. Aber die Städter waren morgens schon luftig angezogen, kurzärmelig, und es hat immer gut gerochen. Für mich waren Nagellack und Stöckelschuhe großartig. Das habe ich mir immer gewünscht.

Im Dorf habe ich Puppenkleider gemacht. Ich habe immer die Puppen angezogen. Und ich habe auch die Katzen angezogen. Ich habe auch für die Katzen Kleider gemacht. Ich hatte eine Tante, die ich sehr mochte, und die war Schneiderin. Bei ihr habe ich viel Zeit verbracht. Und Nähen hat mich sehr interessiert. Dadurch ist meine Mutter wahrscheinlich auf die Idee gekommen, dass ich Schneiderin werden soll. Und das hätte durchaus geschehen können. Ich hätte nur durch die Aufnahmeprüfung am Gymnasium fallen müssen. Die Prüfung hätte ich nämlich nicht wiederholen dürfen.

Die Stoffreste der Schneiderei waren in einem Holzfass im Schuppen und ich konnte mich reinsetzen, mir alles Mögliche aussuchen, was übriggeblieben war: Stoffe aus Seide, Wolle oder Leinen, ganz verschiedene Farben. Manche Reste waren noch ziemlich groß, da konnte ich dann auch für die Katzen

Kleider nähen oder einem Huhn nur ein Halstuch umbinden, und das lief dann im Hof herum.

»Schönheit behütet ja ...«

Ich habe schon als Kind eine enge Beziehung zu Pflanzen gehabt. Ich war als Kind sehr lange mit unseren Kühen im Tal und war den ganzen Tag allein. Die Kühe haben ihr Gras gefressen. Das Einzige, was mir dort übrig blieb, war mich mit den Pflanzen zu beschäftigen. Ich habe mit den Pflanzen gesprochen, ich habe sie verheiratet und entscheiden müssen, welche passt zu welcher. Das waren erste ästhetische Übungen. Und das Heiraten kam aus dem Dorfkindskopf – man wird geboren, man wächst, man heiratet. Und das Heiraten habe ich dann auf die Pflanzen übertragen. Wenn da noch andere Kinder gewesen wären, hätte man Ball gespielt oder Verstecken. Ich hätte mich nicht hingesetzt und Pflanzen beobachtet. Das war eine Sache der Einsamkeit. Ich habe gesehen, wie die Natur mit Farben und mit Formen umgeht, wie schön die Pflanzen sind. Diese Naturschönheit hat mich damals behütet.

Jahre später in der Stadt habe ich dann die Schönheit der Sprache entdeckt. Ein schöner Satz ist wie ein schönes Kleidungsstück oder wie ein schönes Haus oder wie eine schöne Pflanze. Schönheit war damals politisch. Im Sozialismus, im Stalinismus, war alles hässlich. In der Architektur gab es nach dem Krieg zwar einige Prachtbauten als Kulissenarchitektur. Aber im Alltag war alles elend. In Rumänien gab es in neugebauten Wohnungen keine Türen mehr, der Fußboden war grober Beton, und in den Badezimmern waren die Abwasserrohre nicht abgedichtet. Man konnte von oben in das darunter liegende Bad schauen. Es war die gebaute Entwürdigung. Ich bin überzeugt davon, dass diese Hässlichkeit zum Programm der Diktatur gehörte. Es war ein Unterdrückungsmechanismus.

Durch Hässlichkeit wird man genauso beeinflusst und unterdrückt, wie durch die Taten und das stereotype Gerede der Politiker. Man wird auch durch das Auge, durch den Blick, durch die Trostlosigkeit entmündigt, weil man nichts daran ändern kann.

Für mich waren die Demütigungen im täglichen Leben nur die Fortsetzung der Zensur. Zensur betraf nicht nur die Kunst. Sie war genauso überall im Alltag als staatlich geplante Armut. Die Grundnahrungsmittel Brot, Milch, Zucker, Mehl, Öl, Butter gab es nur auf Lebensmittelkarten. Jeder, der etwas kaufte, musste seinen Personalausweis zeigen und wurde registriert. Die Leute standen tagelang Schlange um Lebensmittel. Da hatte jeder jeden und der Staat alle unter Kontrolle. Das war Staatsdressur. Die Tage waren verplant mit öffentlichem Warten und Schweigen, für Privates blieb keine Zeit mehr.

Ich habe die Zensur der Texte und den Zustand des Landes immer als Ganzes gesehen. Zensur am Text und Drangsalierung der Person war dem Regime gleich wichtig. Das eine war für die Sicherheit der Diktatur so nötig wie das andere.

Wer nur über die Zensur von Literatur, Zeitungen, Radio und Fernsehen oder heute von Internet spricht, geht an der Realität vorbei.

Leute aus heutigen Diktaturen in China, Russland, Kuba oder Iran wissen das. Diktaturen sind immer vielseitige Monster. Sie zensieren nicht nur auf dem Papier in alle Richtungen, sondern gleichzeitig auf der Haut des Menschen. Wo Texte zensiert werden, geht es immer auch um heikle, fragile Freiheit, chronische Angst. Die Zensur des Wortes endet nicht auf dem Papier, sondern auf der Haut des Menschen. Oft sogar im Gefängnis oder im Tod.

»Du kannst Dich nirgends irgendwie geborgen fühlen …«

Wenn man kurz vor 1989 in einem osteuropäischen Land war, sah alles unglaublich gleich aus – vom Straßenrand bis zum Schaufenster. Es war alles so hässlich, von der Getränkeflasche bis zur Kleidung und den Häusern. Es waren die sozialistischen Gegenstände mit dem brutalen Fehlen von Schönheit. Und Schönheit ist nicht allein das Aussehen von etwas. Das Hässliche war feindselig, es schickte mich von sich weg. Du kannst dich nirgends geborgen fühlen und dich irgendwo anlehnen, dich identifizieren. Es stellt sich alles gegen dich, und das macht auch haltlos und depressiv. Darum gab es ja auch diese schlechte Laune in Osteuropa. Du wurdest drangsaliert, es war alles verboten, du hast nichts bekommen und du musstest diese ganze grässliche Umgebung ständig anschauen. Und die ideologische Sprache war natürlich auch hässlich. Auch wenn man gedankenlos hinhörte, hatte sie einen Einfluss auf das Gemüt.

»Und Individualität ist ja auch Schönheit …«

Individualität ist auch Schönheit. Jeder Mensch ist anders. Was soll in einem Staat, in dem die Individualität zur Staatsfeindin erklärt wird, schon entstehen? So wie das Individuelle in allen Bereichen verboten war, so war auch die Schönheit verboten. Kleidungsstücke können auch nicht schön sein, wenn es keine Unterschiede gibt. Drei Modelle in jeder Saison, grau, staubige Farben und viereckig und steif. Und scheußliche, quietschende oder nach Chemiederivaten riechende Materialien. Auf der Straße hast du ein Kleid hunderte Male gesehen, weil die Menschen nichts anderes hatten. Wenn man sich etwas Neues kaufen wollte und sich danach selbst ununterbrochen begegnet, ist das furchtbar. Die Diktatur zeigte sich auch in der absichtlich ausgetriebenen ästhetischen Vielfalt.

»Die größten Kommunisten hatten die schönsten Kleider aus dem Westen …«

Wenn man in der Diktatur politisch ins Visier gerät, muss man auf sich aufpassen – in jeder Hinsicht. Ich musste auf der Straße sehen, was passiert, und ich musste in der Wohnung sehen, was passiert. Ich musste auch körperlich auf mich aufpassen. Und dazu gehörte, dass ich anziehen wollte, was ich mit mir selbst vereinbaren kann. Das konnte ich aber nur bei einer Schneiderin nähen lassen. Ich war auch in der Stadt, wie damals im Dorf, stundenlang bei einer Schneiderin. Gelegentlich bekam man Kleider aus dem Westen, die besser aussahen. Aber in der Regel waren sie zu teuer und man brauchte Beziehungen. Die hatte die Nomenklatura natürlich. Die größten Kommunisten trugen die schönsten Kleider aus dem Westen. Und das fand ich immer widerwärtig. Die sind in diesen Sachen rumgelaufen, aber sie haben den Kapitalismus als Sumpf beschimpft, in dem alles dekadent und verdorben sei.

»Ich wusste, wenn ich mich nicht mehr schminke, dann habe ich mich aufgegeben …«

Auch das Schminken war wichtig. Als die Bedrohung ganz schlimm wurde, als es zu Verhören beim Geheimdienst kam und Freunde verhaftet wurden, habe ich besonderen Wert darauf gelegt, mich nicht aus der Hand zu geben. Schminken gehörte dazu. Ich wusste, wenn ich mich nicht mehr schminke, wenn mir das nicht mehr wichtig ist, dann habe ich mich aufgegeben. Ich habe mich auch geschminkt, wenn ich nicht zu einem Verhör ging. Aber wenn ich zu einem Verhör ging, vielleicht noch mehr.

Ich war keine Ausnahme. Die Frauen in der Fabrik haben sich geschminkt und die Arbeiterinnen, die eine schrecklich schwere, dreckige Arbeit hatten, denen das Maschinenöl nicht mehr aus den Händen ging. Nach der Arbeit, nach der Dusche, haben sie sich geschminkt. Oder die Beine enthaart.

»Das Frauenbild ist ja auch so eine Sache ...«

Der Sozialismus hat die Menschen verachtet. Gerade wenn man ihnen ansah, dass sie eine schwere Arbeit machen müssen, hat er sie verachtet. In den Straßenbahnen hätte niemand einer Frau mit dreckigen ölverschmierten Händen einen Sitzplatz überlassen. Aber wenn eine gekommen ist mit langen lackierten Nägeln, dann bekam sie einen Sitzplatz.

Die Frauenrolle im Kommunismus war schrecklich. Eine Frau musste gut aussehen. Die Nomenklatura-Söhne haben immer sehr schöne Frauen geheiratet. Das gehörte zum Status. Je schrecklicher die Funktion eines Parteibonzen war und je höher er in der Hierarchie stand, je größer die Verbrechen waren, die er täglich beging, umso schöner war seine Frau. Das war eine Regel. Und die hat auch immer funktioniert. Die Frauen wollten auch in die höhere Gesellschaft aufsteigen, teure Kleider kaufen, nach Paris fahren.

Den Arbeiterinnen in der Fabrik blieb dagegen nichts anderes, als sich nach der Arbeit zu schminken, nicht kompliziert, aber sie haben sich die Lippen gefärbt, Lidschatten und Wimperntusche aufgetragen. Die Nägel konnten sie ja nicht lackieren, weil sie jeden Tag mit dem Schmieröl hantieren mussten. Es gab doch nicht einmal Arbeitshandschuhe.

»Eitelkeit ist vielleicht sogar übertriebene Würde ...«

Es geht dabei um Würde. Wenn man sich aus der Hand gibt, dann hat man natürlich keine Würde mehr. Eitelkeit ist vielleicht sogar übertriebene Würde. Oder Würde da, wo man sich etwas beweisen will, wo es nicht unbedingt sein müsste. Ich glaube, dass ich auch beweisen wollte, ich bin intakt. Dem Geheimdienstler, der mich verhörte, wollte ich damit sagen, du hast mich noch nicht fertiggemacht. Ich lass mich nicht unterkriegen. Mit Worten konnte man das ja nicht tun. Das tat dann die Kleidung.

Es war auch bei Freundinnen so, auch wenn ich keine Freundin hatte, die verhört wurde. Auch meine Freundin in der Fabrik, sie war Ingenieurin für Schweißtechnik, war genauso oft bei der Schneiderin wie ich. Kleidung war natürlich immer ein Diskussionsstoff. Weil es nichts gab, was gut aussieht, musste man sich damit beschäftigen. Es ist wie Hunger. Wenn man nichts zu essen hat, redet man ständig von Rezepten und vom Essen. Je weniger ansprechende Kleidung man hat, je mehr spricht man davon. Weil es nicht egal ist, wie man aussieht.

»Der Sozialismus war stockreaktionär, er war spießig, er war prüde …«

Beim Verhör haben mich die Geheimdienstvernehmer nicht auf mein Aussehen angesprochen, was hätten sie auch sagen sollen. Sie haben andere Sachen gesagt, zum Beispiel – das Rauchen. Wenn ich demnächst ins Gefängnis komme, werde mir das Rauchen ja nicht erlaubt sein. So was, solche Sachen. Die wollten suggerieren, dass ich verhaftet werden könnte. So was sagt man ja nur so nebenbei, aber demjenigen, den es betrifft, spukt es im Kopf herum. Das haben sie natürlich ausgenutzt, Tricks, um einen zu zerstören und unsicher zu machen. Sie haben mich auch der Prostitution beschuldigt. Zu arabischen Studenten hätte ich sexuelle Beziehungen. Sie würden mich in Naturalien bezahlen, mit Strumpfhosen und Kosmetika. Das ist auch so ein Hinweis. Und es durften keine

Rumänen sein, sondern Araber, obwohl Prostitution mit Rumänen genauso strafbar gewesen wäre. Aber es war der spießige Nationalismus. Das weiß man im Westen nicht, diese Geheimdienstvernehmer waren so was von reaktionär, das hatte nichts mit linken Inhalten zu tun. Der Sozialismus war stockreaktionär, er war spießig und er war prüde. Die Stalinisten passen ganz genau zu Rechtsradikalen. Wir brauchen doch nur die Nazi-Ästhetik und die stalinistische Ästhetik anzuschauen. Entstanden ist im Sozialismus nur Feindseligkeit, Kontrollmanie, Lebensfeindlichkeit und Willkür.

»Diese Gnadenlosigkeit …«

Für alles und jedes gab es drastische Strafen. Zum Beispiel das Kahlscheren. Schon Schüler, die irgendwas in der Schule angestellt haben, hat man kahl geschoren. Was ist das für eine Stigmatisierung. Jeder hat gesehen, dass dieses Kind bestraft wurde. Das war so gnadenlos. Soldaten hat man kahl geschoren, Häftlinge hat man kahl geschoren. Aber in der Schule, die kleinen Kinder. Man hat auch keine langen Haare geduldet. Studenten und Schüler, die sich die Haare wachsen ließen, wurden sogar von Lehrern in der Schule geschoren oder nicht zur Prüfung zugelassen. Sie mussten zuerst zum Friseur, um sich den kurzen Staatshaarschnitt verpassen zu lassen.

Meine Mutter hatte mir schon als Kind erzählt, dass auch sie ständig kahl geschoren wurde im russischen Zwangsarbeitslager, wohin sie 1945 deportiert worden war. Da war es auch wegen der Läuse, aber es war auch eine Strafe. Wenn sie vom Feld Rüben gestohlen hatte, weil sie nicht verhungern wollte, und man sie erwischte, hat man sie kahl geschoren. Meine Mutter war manchmal schon kahl geschoren gewesen wegen der Läuse als man sie noch beim Stehlen erwischte. »Gott sei Dank kann man nicht zweimal kahl geschoren werden«, hat sie sich dann gesagt.

»Das war Feindseligkeit gegen Schönheit …«

Das Gesellschaftsmuster in ganz Osteuropa war ja das Sowjetmuster. Die Sowjetunion hat ja ihr Gesellschaftsmodell über alles gestülpt – über ganz Osteuropa. Auch die Repressionsapparate waren nach dem Moskauer Muster ausgebildet. Feindseligkeit gegen Schönheit gehörte dazu. Das sieht man noch heute. Die russische Mode ist eine grauenhafte Übertreibung, ein Rausch. Eine obszöne Maßlosigkeit aus Mangelerfahrung. Die Demonstration der Ahnungslosigkeit nach hundert Jahren ohne Schönheit. Jetzt will man sie und will zeigen, was man sich leisten kann. So entsteht kein Stil, kein differenzierter Geschmack. Vor zwanzig Jahren schon war ich mal in Sibirien mit einer Gruppe von Autoren und Übersetzern. Wir trafen russische Schriftsteller, die in Deutschland enttäuscht von den hässlichen Frauen waren. Die einzig schönen Frauen im Westen waren für sie die wasserstoffbleichen aufgedonnerten Russinnen, die im Westen leben.

Die Lesungen fanden in einem Kulturhaus statt, Lenin stand als Pate davor. In den dunklen Gängen übten junge Frauen in kurzen Röcken das richtige Gehen. Sie stöckelten auf ihren hohen Absätzen wie Mannequins auf dem Catwalk. Später sah ich einige davon auf den holprigen Straßen wieder. Und dort gingen sie wie auf einer Modenschau. Tänzelten angestrengt vor den gusseisernen Zäunen mit Hammer und Sichel am Straßenrand. Pose und Alltag, eine traurige Deformation.

Ästhetik ist sinnliche Wahrnehmung, das kann man lernen, aber sie lassen sich gar nicht die Zeit, weil sie dieses unglaubliche Nachholbedürfnis haben. Schönheit hat immer etwas Oszillierendes. Die Schönheit muss hin- und herspringen zwischen dem, was man hat, und dem, was man nicht hat. Die russische Mode will diese innere Unruhe übertönen. Vielleicht auch die Unsicherheit über die politische Entwicklung.

2009 wurde Herta Müller mit dem Nobelpreis für Literatur geehrt, da sie – wie es in der Begründung heißt – »mittels Verdichtung der Poesie und Sachlichkeit der Prosa Landschaften der Heimatlosigkeit zeichnet«.

Herta Müller wurde 1953 in Nitzkydorf, einem von Banater Schwaben bewohnten deutschsprachigen Dorf, in Westrumänien geboren. Ihre Biografie ist geprägt von den beiden totalitären Systemen des 20. Jahrhunderts. Ihr Vater diente während des Zweiten Weltkriegs bei der Waffen-SS; ihre Mutter wurde mit 19 Jahren wie viele Rumäniendeutsche 1945 in die Sowjetunion zur Zwangsarbeit deportiert.

In Timisoara studierte Herta Müller Germanistik und Rumänistik. Nach Abschluss ihres Studiums musste sie als Übersetzerin in einer Maschinenfabrik arbeiten, wurde jedoch entlassen, nachdem sie sich weigerte, für den Geheimdienst ›Securitate‹ Spitzeldienste zu leisten. Ihr erstes Buch »Niederungen« erschien 1984 in West-Berlin, nachdem das Buch 1982 in Rumänien stark zensiert worden war. Wegen ihrer Kritik an dem Regime durfte sie in Rumänien nicht mehr publizieren.

Bis zu ihrer Ausreise nach Deutschland, 1987, lebte Herta Müller in dem von Angst, Paranoia und Terror geprägten kommunistischen Rumänien. Sie war Verhören, Hausdurchsuchungen, Bespitzelungen und Todesdrohungen ausgesetzt.

DANK

Zu Beginn möchte ich mich ganz, ganz herzlich bei meiner Verlegerin Elisabeth Sandmann bedanken. Als ich ihr Anfang 2013 von der Idee zu diesem Buch erzählte, war sie spontan begeistert, neugierig, aufgeschlossen und sofort bereit, das Buch in ihr Programm aufzunehmen. Besonderer Dank gilt selbstverständlich auch meiner Lektorin Antonia Meiners, die mit Wohlwollen, großem Interesse, Freundlichkeit und Geduld zur Verständlichkeit des Buches beigetragen hat und so manchen Spleen einer manchmal durchaus eigenwilligen Autorin ausgehalten hat. Vielen Dank!

Dieses Buch wäre ohne den Zuspruch und der großzügigen Hilfe vieler Freundinnen und Bekannter vielleicht nie geschrieben worden. Ihnen allen gilt mein tief empfundener Dank:

Meiner Freundin Eliza Mousaeva, die stets gut gelaunt auch die längsten Interviews und Texte, die ich auf Russisch bekam, schnell und voller Begeisterung für mich übersetzte. Lamija Muzurović, die nicht nur bosnische Texte übersetzte, sondern mir auch über die Jahre, mit viel Humor, Einblicke in die bosnische Gesellschaft gewährte. Ellen Presser gehörte zu den Ersten, denen ich von meiner Buchidee erzählte. Auf ihre weisen Ratschläge, guten Ideen und auf nächtliche aufmunternde Telefonate mit ihr konnte ich mich immer verlassen. Bei Monika Clauss in München bekam ich stets ein Zimmer, aber noch viel wichtiger, neben dem Kater Nemo sitzend, beim Frühstück in der Küche, mehrere Tassen Kaffee, ein Käsebrot, einen Aschenbecher sowie humorvolle, moralische Unterstützung. Ursula Steingräber im fernen Tegernsee, die sowohl von Mode als auch von Texten etwas versteht, gab mir manchen wertvollen

Tipp. Für viele anregende, stundenlange Gespräche danke ich meiner langjährigen Freundin Isabelle Fuchs, deren Liebe zu Büchern dabei immer im Vordergrund stand. Voller Verve und mit viel Leidenschaft erzählte mir meine Wiener Freundin Arabelle Bernecker bei der einen oder anderen Melange im Kaffeehaus viel Wissenswertes über Frauen im Maghreb, die sie von ihren vielen Reisen nach Nordafrika persönlich kennt. Peter Brod und Lea Brodová in Prag gehören nicht nur zu meinen ältesten Freunden, sie sind auch eine unerschöpfliche Quelle an Wissen und Prager-jüdischen Weisheiten. Lisa Kutzinskis und Libuše Brodovás Geschichten wären ohne die Brods in diesem Buch nicht erschienen. Danken möchte ich auch Lisa Peschel, einer Freundin der Brods, die im April 2014 ein Buch über Theateraufführungen in Theresienstadt veröffentlicht hat. Sie stellte mir großzügig und uneigennützig all ihre Informationen über Lisa Kutzinski zur Verfügung. Mit viel Enthusiasmus beantwortete die Modehistorikern Megan Virtanen aus St. Petersburg alle meine Fragen über Mode in den 40er-Jahren in der ehemaligen Sowjetunion; ihre kenntnisreichen Einsichten sind eine Bereicherung für das Buch. Über das Polnische Institut in Wien lernte ich Ewa Rogalewska vom »Institute of National Remembrance« in Bialystok kennen. Von ihr erfuhr ich zum ersten Mal von dem Internierungsgefängnis in Gołdap, das 1982 für Frauen in Polen eingerichtet worden war. Ein Thema, über das außerhalb Polens bisher noch kaum etwas veröffentlicht wurde. Selbstverständlich bedanke ich mich auch bei den beiden professionellen Übersetzerinnen, Tina Delavre (russisch/deutsch) und Marie Hauptmeier (polnisch/deutsch), die sensibel und mit Interesse am Schicksal der Frauen deren Texte übersetzten. Last but not least danke ich meinem Vater Dieter Schröder, der mit Gelassenheit, Humor und seiner jahrzehntelangen journalistischen Erfahrung mir immer einen guten Rat gegeben hat.

Zu guter Letzt: Für mögliche Irrtümer bin ich alleine verantwortlich.

Wien, im Juli 2014
Henriette Schroeder

ZITAT- UND QUELLENNACHWEIS

Vorwort:
1: Milena Jesenská, tschechische Journalistin, Freundin von Franz Kafka

2: Buber-Neumann, Margarete, »Milena, Kafkas Freundin«, München 2000, S. 250 f.

3: Beevor, Antony and Cooper, Artemis, »Paris after the Liberation 1944–1949«, London 1994, S. 169

4: Jäger, Gudrun, »Was für ein schönes Seidenhemd ich hatte«, in: Werkstatt*Geschichte* 20, Hamburg 1998, S. 99

5: Ginsburg, Jewgenia, »Gratwanderung«, München/Zürich 1997, S. 125

6: Alexijewitsch, Swetlana, »Der Krieg hat kein weibliches Gesicht«, München 2013, S. 215

7: Alexijewitsch, Swetlana, »Der Krieg hat kein weibliches Gesicht«, München 2013, S. 92

8: Alexijewitsch, Swetlana, »Der Krieg hat kein weibliches Gesicht«, München 2013, S. 223

9: Banja, russisches Dampfbad oder traditionell russisches Badehaus

10: Peiss, Kathy, »Hope in a Jar – The Making of America's Beauty Culture«, University of Pennsylvania Press 2011, S. 244

11: Orwell, George, »As I Please« in *Tribune*, 28. April 1944

12: BDM, Abkürzung für Bund Deutscher Mädel, nationalsozialistische Jugendorganisation für Mädchen

13: Weibliches Mitglied des Komsomol, Jugendorganisation der Kommunistischen Partei der Sowjetunion (KPdSU)

14: Schor-Tschudnowskaja, Anna, *Das Ideal der Frau. Eine qualitative Analyse sowjetischer ›Benimmbücher‹*, in: Martina Ritter (Hg.), »Zivilgesellschaft und Gender-Politik in Rußland«, Frankfurt am Main 2001, S. 67

15: Müller, Herta, »Der König verneigt sich und tötet«, Frankfurt am Main 2009, S. 197

16: Intourist: Staatliche Monopol-Reiseagentur für den Auslandsfremdenverkehr, die 1929 in der Sowjetunion gegründet worden war. Noch Mitte der 80er-Jahre hatten nur westliche Hotelgäste mit einem ausgewiesenen Hotelpass Zugang zu den Intourist-Hotels.

Emily Wu:
1: »Kuh-Dämon« war ein allgemein gebräuchliches Schimpfwort für sogenannte Klassenfeinde, reiche Bauern, Kapitalisten, Rechtsabweichler, Verräter, Spione usw. – auch für die Kinder der Denunzierten. Die Chinesische Kommunistische Partei adoptierte diesen entwürdigenden Begriff zu Beginn der Kulturrevolution, 1966. Mao Tse-tung verwendete diesen Ausdruck in seinen Reden und Schriften.

Choman Hardi:
1: Während der Anfal-Operation (Anfal, arabisch: legitime Beute) setzte das Baath-Regime unter Saddam Hussein Giftgas gegen die kurdische Bevölkerung des Irak ein. Über 100.000 Zivilisten wurden ermordet. Die militärische Anfal-Operation umfasste acht Einsätze zwischen Februar und September 1988. Menschenrechtsorganisationen wie Human Rights Watch kategorisieren die Anfal-Operation als Genozid gegen die irakisch-kurdische Bevölkerung im Norden des Irak.

2: http://www.theguardian.com/books/2014/jul/02/fifty-greatest-love-poems-30-different-countries?CMP=fb_gu

3: Hijab: von muslimischen Frauen getragenes Kleidungsstück, das den Körper verhüllt oder auch ein Kopftuch.

Yasmina Taya:
1: http://memoire5.webnode.fr/ (Gedenken5 – der 5. Juli 1962 war der Tag, an dem Algerien unabhängig wurde.)

2: Djebar, Assia, »Weißes Algerien«, Unionsverlag, Zürich 1995, S. 109

3: Borgmann, Monika, »Mit oder ohne Schleier droht der Tod«, in: *Die Zeit* Nr. 31/1996

1: »Die Opposition nennt es eine Maskerade«, Deutschlandfunk, 3.4.2009

Eliza Mousaeva:
1: The Gulag Archipelago. 1918–1956. An Experiment in Literary Investigation. V-VII. , New York, Hagerstown, San Francisco, London, S. 401 f.

2: NGO (non-governmental organization) oder auf Deutsch NRO (Nichtregierungsorganisation oder nichtstaatliche Organisationen)

Zara Murtazalieva:
1: Schalamow, Warlam, »Über Prosa«, Berlin 2009, S. 69

Nadezhda Tolokonnikova:
1: http://www.bbc.co.uk/russian/multimedia/2013/12/131228_v_tolokonnikova_interview.shtml

Alicja Maciejowska:
1: Name der Verwaltungseinheit, die die deutschen Besatzungsbehörden am 26. Oktober 1939 in den besetzten Teilen Polens, die nicht vom Deutschen Reich annektiert wurden, einrichteten. Das Generalgouvernement war in vier Distrikte unterteilt: Warschau, Krakau, Radom und Lublin, und jeder dieser Distrikte wurde in Stadt- und Landkreise unterteilt. Zur Hauptstadt des Generalgouvernements wurde Krakau bestimmt. Nach dem Überfall der deutschen Wehrmacht auf die Sowjetunion 1941 wurde dem Generalgouvernement mit Lwow ein fünfter Distrikt hinzugefügt. An der Spitze des Generalgouvernements stand Generalgouverneur Hans Frank.

2: Michnik, Adam, »Begreifen, was wir zu tun wagten«, in: *Die Zeit* Nr. 36/2005

3: Michnik, Adam, »Begreifen, was wir zu tun wagten«, in: *Die Zeit* Nr. 36/2005

4: »Interned Women Goldap 1982«, S. 9, The Institute of National Remembrance, Chief Commission for the Prosecution of Crimes against the Polish Nation, Bialystok 2009.

Edda Schönherz:
1: Alle kursiv gesetzten Zitate stammen aus dem Buch von Edda Schönherz, »Die Solistin – Roman einer Frau, die von Deutschland nach Deutschland wollte«, erschienen im Verlag Edda Schönherz, Berlin. Im Juli 2013 erschien die 2. korrigierte Auflage.

2: Läufer war ein Stasi-Mitarbeiter, der die Gefangenen abholen und zu Verhören bringen musste. Außerdem kontrollierte er die Häftlinge rund um die Uhr alle paar Minuten durch das Guckloch in der Tür.

Lilo Almog:
1: In den 90er-Jahren waren Karohemden, ausgeleierte XXL-T-Shirts und zerfetzte Hosen in; diese Mode bezeichnete man als »*Grunge*«. Einer der Begründer des *Grunge*-Kults war der inzwischen verstorbene Sänger der Kultband Nirvana, Kurt Cobain.

Ellen Presser:
1: In den DP-Lagern, die die westlichen Alliierten 1945 in ihren jeweiligen Zonen eingerichtet hatten, lebten vor allem jüdische Überlebende der Konzentrationslager, Juden, die in der Sowjetunion überlebt hatten, sowie ehemalige Zwangsarbeiter – sogenannte *Displaced Persons*.

Lisa Zeckendorf-Kutzinski:
1: Deutsche Bearbeitung: Ulrike Eckert, United States Holocaust Memorial Museum, Washington, D.C.

Pamela S. Nadell:
1: Vgl. Sarwer, David B., Grosbat, Ted and Didie, Elizabeth R.: »Beauty and Society«, in: Seminars in Cutaneous Medicine and Surgery 22, 2 (June) 2003, S. 79–92, University of Pennsylvania School of Medicine

2: Dio, Cassius, Roman History (XLII.34.4-6)

3: Altes Testament, Buch Esther 2,12

4: Levi, Primo, »Se questo è un uomo« (1958); »Survival In Auschwitz: The Nazi Assault on Humanity«, New York 1996, S. 40 f.

5: Vgl. Sarwer, David B., Grosbat, Ted and Didie, Elizabeth R.: »Beauty and Society«, in: Seminars in Cutaneous Medicine and Surgery 22, 2 (June) 2003, S. 80, University of Pennsylvania School of Medicine

Rahil Schor-Tschudnowskaja:
1: Banja, russisches Dampfbad oder traditionell russisches Badehaus

Elisabeth Jupiter:
1: »Der Pianist« (2002), Spielfilm von Roman Polanski, erzählt die Lebensgeschichte des Komponisten und Pianisten Wladyslaw Szpilman, der das Warschauer Ghetto und die Jahre nach dem Ghettoaufstand im Versteck überlebte.

2: Siehe den Sketch von Lisa Kutzinski, S. 236

3: *Tuches* auf Jiddisch: Gesäß

4: Uiguren sind eine muslimische Volksgruppe in China, die hauptsächlich in der Provinz Xinjiang im Westen Chinas lebt. Von der Regierung in Peking fordern die Uiguren mehr kulturelle Selbstbestimmung und mehr politische Autonomie.

BILDNACHWEIS

akg images: 239; Science Photo Library: 120 u.; Zhou Thong 39 o.
American University, Washington, D.C.: 250
Biskup, Daniel: Covermotiv, 2
Deutsches Historisches Museum Berlin/Max Kirnberger: 6
Getty Images: 71, 121 u., 152; AFP/Atta Kenare 79 o.; AFP/Pontus Lundahl 297; IWM 121 o.
Gümbel, Miryam: 222
Mahn- und Gedenkstätte Ravensbrück/Stiftung Brandenburgische Gedenkstätten: 238 (Ravensbrücker Modejournal)
Northfoto/Shutterstock.com: 50 u.
picture alliance: akg images 39 u.; AP images 50 o., 51, 156 o., 176 u.; dpa 64, 79 u., 157; landov 70 o.; ZB 268
Privat: 24, 36-38, 40, 52, 63, 80, 88, 96, 106, 122, 136, 138, 151, 158, 176 o., 178, 194, 196, 208-210, 212, 230, 231, 232 mit National Archives Prag, 240, 258, 270
Privatsammlung Alicia Boyle: 249
Privatsammlung Megan Virtanen, St. Petersburg: 221
SZ Photo: 219, 282; Scherl 284
ullstein bild: dpa 62; 195, 211; The Granger Collection 120 o.; Nowosti 137, 150, 156 u.; Reuters 70 u., 86, 87
University of Pennsylvania: 10

LITERATURVERZEICHNIS

Alexijewitsch, Swetlana, »Der Krieg hat kein weibliches Gesicht«, © 2013 Hanser Berlin
Applebaum, Anne, »Iron Curtain: The Crushing of Eastern Europe 1944–1956«, London 2012; auf Deutsch: »Der Eiserne Vorhang: Die Unterdrückung Osteuropas 1944–1956«, München 2013
Atwood, Margaret, »The Handmaid's Tale«, London 1987
Beevor, Antony and Cooper, Artemis, »Paris after the Liberation 1944–1949«, London 1994
Birkin, Jane, Interview in: *Süddeutsche Zeitung*, München 13./14. Juli 2013, Nr. 16, V2/4
Bondy, Ruth, »Mehr Glück als Verstand – Eine Autobiographie«, Gerlingen 1999
Brežná, Irena, »Die Wölfinnen von Sernowodsk – Reportagen aus Tschetschenien«, Stuttgart 1997
Brod, Toman, »gut dass man nich weiss was kommt – Meine Geschichte«, © 2013; Herget Verla
Buber-Neumann, Margarete, »Milena, Kafkas Freundin«, 4. Aufl., München 2000
Butler, Judith, »Das Unbehagen der Geschlechter«, Frankfurt am Main 1991

de Gaulle Anthonioz, Geneviève, »Durch die Nacht« © Edition du Seuil, Paris, dt. Übersetzung: Andrea Spingler

Dikötter, Frank, »Mao's Great Famine«, London/Berlin/New York/Sydney 2010
Djebar, Assia, »Weißes Algerien«, Zürich 1996

Frankl, Viktor E., »… trotzdem Ja zum Leben sagen – Ein Psychologe erlebt das Konzentrationslager«, 28. Aufl., München 2007

Ginsburg, Jewgenia, »Gratwanderung«, München 1980

Hardi, Choman, »Gendered experiences of genocide, Anfal survivors in Kurdistan – Iraq«, Farnham, Surrey 2011
Hardi, Choman, »The mental health of Kurdish women surviving migration«. PHD thesis, University of Kent in Canterbury 2005
Herrmann, Margit, »Erinnerung an Auschwitz und Bergen Belsen«, in: *Dachauer Hefte*, Nr. 13/97, Dachau 1997
»Huit ans et demi: une femme dans les camps de Poutine«, Books édition, *Collection Les moutons noirs*, Paris 2014

Jäger, Gudrun, »Was für ein schönes Seidenhemd ich hatte«, in: Werkstatt *Geschichte* 20, Hamburg 1998

Kadeer, Rebiya und Cavelius, Alexandra, »Die Himmelsstürmerin«, © 2007, W. Heyne Verlag, in der Verlagsgruppe Random House GmbH
Kamm, Nina (Hg.), »Weggesperrt – Frauen im Gulag«, © 2009, Dietz Verlag
Kinzelbach, Donata (Hg.), »Tatort: Algerien«, Berlin 1999
Knabe, Hubertus (Hg.), »Gefangen in Hohenschönhausen. Stasi-Häftlinge berichten«, Berlin 2007

Levi, Primo, »Ist das ein Mensch?«, München 1992

Mann, Klaus, »Das zwölfhundertste Hotelzimmer«, Hamburg 2006
Michnik, Adam, »Begreifen, was wir zu tun wagten«, in: *Die Zeit* Nr. 36/2005
Millu, Liana, »Der Rauch über Birkenau«, © Verlag Antje Kunstmann, München 1997
Moorehead, Caroline, »A Train in Winter – A Story of Resistance, Friendship and Survival in Auschwitz«, London 2012
Müller, Herta, »Der König verneigt sich und tötet«, 4. Aufl., Frankfurt am Main 2009

Orwell, George, »As I Please«, in: *Tribune*, 28. April 1944

Peiss, Kathy, »Hope in a Jar – The Making of America's Beauty Culture«, University of Pennsylvania Press 2011
Penn, Shana, »Solidarity's Secret – The Women Who Defeated Communism in Poland«, The University of Michigan Press, Ann Arbor 2005
Petkewitsch, Tamara, »Die Liebe gab mir Hoffnung – Erinnerungen an eine russische Heimat«, München 2001

Ritter, Martina (Hg.), »Zivilgesellschaft und Gender-Politik in Rußland«, Frankfurt am Main 2001
Rogalewska, Eva (Hg.), »Interned Women Gołdap 1982«, The Institute of National Remembrance, Chief Commission for the Prosecution of Crimes against the Polish Nation, Bialystok 2009

Schalamow, Warlam, »Über Prosa«, Berlin 2009
Schönherz, Edda, »Die Solistin – Roman einer Frau, die von Deutschland nach Deutschland wollte«, 2. korr. Aufl., Berlin 2013
Schor-Tschudnowskaja, Anna, »Das Ideal der Frau. Eine qualitative Analyse sowjetischer ›Benimmbücher‹«, in: Martina Ritter (Hg.), *Zivilgesellschaft und Gender-Politik in Rußland*, Frankfurt am Main 2001
Solzschenizyn, Alexander, »Der Archipel Gulag«, 3 Bd., Reinbek 1978

Wilkinson, S., »Feminist Social Psychologies«, in: *International Perspectives*, Open University Press, Scarborough, North Yorkshire, S. 87–103, 1996
Wilson, Elizabeth, »Adorned in dreams: fashion and modernity«, London 1985
Ningkun Wu with Yikai Li, »A Single Tear – A Family's Persecution, Love and Endurance in Communist China«, London/Sydney/Auckland 1993
Wu, Emily, »Feder im Sturm – Meine Kindheit in China«, Hamburg 2007

Yuval-Davis, Nira, »Gender and Nation«, London 1997

2. Auflage

ISBN 978-3-938045-91-6

Texte: Henriette Schroeder
Lektorat: Antonia Meiners
Redaktion: Svenja-Milena Kutsch
Gestaltung: Kunst oder Reklame, München
Herstellung: Peter Karg-Cordes, Jan Russok
Lithografie: Jan Russok
Druck und Bindung: GGP Media GmbH, Pößneck

Besuchen Sie uns im Internet unter www.esverlag.de